AKADEMIE DER GEFALLENEN

BUCH EINS

CALLIE ROSE

Wenn Sie E-Mails von mir mit Updates zu zukünftigen Versionen, Verkäufen und anderen buchbezogenen Extras erhalten möchten, melden Sie sich für meinen Newsletter an.

CALLIE ROSE NEWSLETTER

KAPITEL EINS

„Komm schon, Schätzchen, lass mich jetzt nicht im Stich." Ich streichelte das Armaturenbrett meiner alten Karre, während sie die Straße hinunterratterte. „Nur noch ein paar Blocks und wir sind daheim. Trautes Heim, Glück allein!"

Ich trat stärker aufs Gas, aber die spottbillige Schrottkarre, die ich Auto nannte, verlor schnell an Kraft. Ich schaffte es noch über eine kleine Anhöhe und beugte mich dann im Sitz nach vorn, während das Auto auf der anderen Seite sanft den Hang hinunterrollte. Hoffentlich bekäme ich so genug Schwung, um das Fahrzeug in Bewegung zu halten.

Nachdem ich den ganzen Tag auf den Beinen gestanden hatte, war das Letzte, was ich tun wollte, nach Hause zu laufen. Außerdem wollte ich mein Auto wirklich nicht am Straßenrand stehen lassen.

Das Radio gab den Geist auf und ich musste ihm einen Hieb verpassen, damit es wieder funktionierte.

„Die Obdachlosigkeit von Kindern steigt in..."

„Oh, verdammt noch mal! Danke für diese Erinnerung.“ Ich war mir des schrecklichen Zustands der Welt durchaus bewusst und brauchte keine weiteren Gründe, um absolut wütend zu sein. Ich gab dem Radio einen weiteren Hieb, aber diesmal erweckte ich es damit nicht wieder zum Leben. Ich drehte an den Rädchen, aber ohne Erfolg. Verdammt. Das war kein gutes Zeichen. „Komm schon ... tu mir das nicht an, du blödes Teil!“

Plötzlich blieb das Auto ganz stehen.

„Was zum Teufel?“, stöhnte ich.

Ich war ja selbst schuld, ein gebrauchtes Auto für siebenhundert Dollar zu kaufen, was im Grunde so war, als hätte ich siebenhundert Dollar auf den Schrottplatz geworfen. Ich sagte jedes Mal ein kleines Gebet, wenn ich mich hinter das Steuer des Dings setzte, und anscheinend waren meine Gebete aufgebraucht.

Ich sah mich in der Nachbarschaft um, aber es war schon ziemlich spät am Abend und es war niemand unterwegs, den ich um Hilfe bitten konnte. Und ich wollte nicht an irgendwelche Türen klopfen. Es war kein Geheimnis, dass dies einer der finstereren Stadtteile war und ich wollte nicht irgendwelche Drogengeschäfte hinter verschlossenen Türen unterbrechen oder so. Ich hatte keine Lust, mir das Hirn wegpusten zu lassen.

Also blieb mir nur eine Option: Ich musste Colin anrufen.

Ich suchte seine Nummer in meiner Kontaktliste und wartete, bis es klingelte. Ungeduldig trommelte ich mit den Fingern gegen das Lenkrad. „Komm schon, Colin. Sei mein Ritter in glänzender Rüstung...“

Es klingelte, aber ich wurde direkt an seine Mailbox weitergeleitet. *Scheiße.*

Ich machte mir nicht einmal die Mühe, eine Nachricht zu hinterlassen. Stattdessen rief ich einfach wieder an und stieß einen frustrierten Atemzug aus, während ich wartete. *Heb ab. Komm schon, heb ab.*

Wieder die Mailbox, diesmal sogar noch schneller, fast so, als hätte er meinen Anruf absichtlich weggedrückt. Mit zusammengezogenen Brauen schaute ich auf den Bildschirm.

„Das ist komisch..." Vielleicht war er tatsächlich beschäftigt? Oder schlief er etwa? Es war nach zehn.

Pff, ist das ein Witz? Er versucht wahrscheinlich nur, seinen Amoklauf in einem Videospiel mit seinen Kumpels nicht zu verlieren.

Seine Wohnung war deutlich näher als meine. Und zum Glück hatte ich noch den Schlüssel, den er mir gegeben hatte, als er vor ein paar Monaten die Stadt verlassen und ich mich um seine Wohnung gekümmert hatte. Da ich keine andere Wahl hatte, sammelte ich meine Bücher ein und stopfte sie in meine Tasche. Sie wog buchstäblich eine Tonne. Mussten Universitäten diese Dinger wirklich so verdammt schwer machen? Als ob es nicht genug wäre, dass sie mir das Bankkonto leerräumten, nun wollten sie mir auch noch den Rücken brechen.

Meine Füße brannten wie Feuer, aber ich ging zügig und hielt Augen und Ohren weit aufgesperrt, um jegliche Anzeichen von Bewegung auf der Straße zu erkennen. Colins Wohnung war ungefähr eineinhalb Kilometer entfernt und lag in einer etwas besseren Gegend. Je schneller ich dort ankam, desto besser.

Mein langes, schokoladenfarbenes Haar fiel mir ins Gesicht, als ich durch die verlassene Gegend stapfte und ich strich es hinter mein Ohr. Ich versuchte es noch einmal auf seinem Handy, aber diesmal ging die Mailbox noch schneller ran. *Scheiße. Er muss unterwegs sein.* Wir hatten nicht geplant, uns heute Abend zu treffen, also war er vielleicht mit ein paar Kumpels in eine Bar gegangen oder so.

Etwas atemlos erreichte ich endlich mein Ziel und verlagerte mein Gewicht von einem gequälten Fuß auf den anderen, während ich meinen Schlüsselbund aus der Tasche fischte und durch die Schlüssel fummelte, bis ich den von Colin fand. Meine Stimmung verschlechterte sich von Sekunde zu Sekunde, aber immerhin trieb mich die Aussicht, meine klobigen Stiefel auszuziehen und die Füße hochzulegen, an.

Verdammt, vielleicht würde ich eine lange, heiße Dusche nehmen, mich dann nackt in Colins Bett zusammenrollen, auf ihn warten und ihm eine nette Überraschung bereiten, wenn er von der Bar, oder wo auch immer er war, nach Hause kam.

Unser Sexleben war in letzter Zeit bestenfalls lauwarm gewesen, also hatte dieser beschissene Abend vielleicht doch noch etwas Gutes und bot uns die Gelegenheit, die Dinge ein wenig aufzupeppen.

Der Hausflur war dunkel und ich ging die beiden Treppen zu seiner Wohnung hinauf, während ich bereits in Visionen der beruhigenden Dusche schwelgte, die mich erwartete.

Auch in seiner Wohnung war alles dunkel. Ich ließ meinen Rucksack in der Nähe der Tür fallen und streckte mich erleichtert aus, wobei ich zehn Zentimeter größer zu werden schien. Ich wollte gerade den Lichtschalter betätigen, als ein seltsames Knarren meine Aufmerksamkeit erregte. Ich erstarrte.

Moment mal. Ich kenne dieses Geräusch...

Ein leises Ächzen folgte, begleitet von einem hohen Stöhnen.

Oh verdammt. Diese Laute kenne ich definitiv.

Meine Augen weiteten sich vor Erkenntnis. Ich rannte durchs Wohnzimmer, stieß mir im Dunkeln schmerzhaft den Zeh an etwas an und stürmte direkt ins Schlafzimmer.

Ja. Colin war schwer dabei, eine zierliche rothaarige Frau zu vögeln, deren Stöhnen und Wimmern sie so klingen ließ, als würde sie für einen Porno vorsprechen.

„Was zum Teufel?", rief ich von der Tür aus.

Colin ließ von der Rothaarigen ab, als wäre ihre Haut plötzlich glühend heiß geworden. Sie kreischte sehr unpornostarartig, flüchtete sich zwischen die Laken und bedeckte sich, während sie die Augen aufriss wie ein Reh im Scheinwerferlicht.

„Du hast hoffentlich eine verdammt gute Erklärung hierfür, du Arschloch!", knurrte ich, während ich die erstbeste Waffe ergriff, die ich in die Finger bekam. Sie stellte sich als ein Pantoffel in Bananenform heraus. Colin hatte darauf bestanden, dass die Dinger urkomisch waren, als er sie gekauft hatte. Und jetzt würde ich ihn damit töten.

Expertentipp: Jeder Haushaltsgegenstand kann als Waffe verwendet werden, solange man ihn mit genug Wucht schlägt. Vergiss das nicht, es könnte dir eines Tages das Leben retten.

„Piper! Piper! Entspann dich! Ich dachte, du arbeitest heute Abend."

„Das ist deine verdammte Ausrede? Du dachtest, ich arbeite?" Ich warf den Pantoffel auf ihn und er kroch über die Matratze, um dem obstförmigen Projektil auszuweichen. Ich hob den anderen hoch, sprang auf das Bett und warf mich auf seinen Rücken, während er sich in der Ecke zu einer Kugel zusammenrollte.

Erbärmlich.

„Schau, Baby, du hast das alles falsch verstanden..."

Ich schlug ihm mit seinem Bananenpantoffel auf den Kopf. „Wage es ja nicht, mich Baby zu nennen, während eine nackte Frau in deinem Bett liegt, du verdammtes Arschloch!"

„Ich wollte es dir sagen..."

„Du wolltest es mir sagen?", wiederholte ich. „Mach dir nichts vor, Colin. Du wolltest mir einen Scheiß sagen."

„Ich wollte es dir sagen!"

„Dafür ist es jetzt zu spät, was? Gut, dass mein verdammtes Auto eine Panne hat. Es hat dir die Mühe erspart, die richtigen Worte zu finden. Du bist so ein Arschloch – du fickst hinter meinem Rücken mit irgendeiner Schlampe, während ich mir den Arsch aufreiße und versuche, die Uni zu packen und meine verdammten Rechnungen zu bezahlen." Ich warf den Pantoffel hin und fuhr mir mit den Fingern durch mein langes Haar. „Gott, mit dir auszugehen war der größte Fehler meines Lebens."

Ich konnte Colin keine weitere Sekunde ertragen und drehte mich zu dem Mädchen um. „Und du..."

„Bitte schlag mich nicht!", wimmerte sie und kroch auf

die entfernte Bettseite, das Laken immer noch vor ihren nackten Körper gepresst.

„Gott. Ich werde dich nicht schlagen“, sagte ich und senkte meine Stimme, um sie zu beruhigen. „Aber du musst mir sagen, was dieses Arschloch dir erzählt hat, als er dich hierhergebracht hat.“

„E-er...“, stotterte sie ängstlich.

„Piper...“

„Wenn du weißt, was gut für dich ist, Colin, wirst du sofort die Klappe halten.“ Ich warf ihm einen so vernichtenden Blick zu, dass ich glaubte, er könnte auf der Stelle umkippen. *Hey, ein Mädchen darf doch noch träumen, oder?*

Die Rothaarige schluckte, als ich meine Aufmerksamkeit wieder auf sie richtete.

„Sag es mir“, verlangte ich fest.

„Er ... er hat mir gesagt, dass er Single ist ... und ich habe ihm geglaubt.“ Ihre babyblauen Augen waren groß wie Untertassen. Sie sagte ohne Zweifel die Wahrheit. „Ich hatte keine Ahnung, dass er mit jemandem zusammen ist – ich schwöre es.“

„Ich glaube dir.“

Sie blinzelte. „Wirklich?“

„Ja, klar. Colin hier mag zwar ein Loser sein, aber ich werde nicht leugnen, dass er gut reden kann, wenn er etwas will. Damit hat er mich aufgegabelt und dir ist vermutlich das Gleiche passiert.“

Sie nickte energisch. „Ich hatte wirklich keine Ahnung.“

Ich nahm ihr Kleid vom Fußende des Bettes und reichte es ihr. „Tut mir leid, dass ich dich eine Schlampe genannt habe. Ich verschwinde jetzt und wenn ich du wäre, würde ich mich auch ganz schnell von diesem Loser entfernen."

„Piper, Baby..."

„Sei still, du Arschloch."

Er machte den Mund zu und sein Gesichtsausdruck schwankte irgendwo zwischen schuldig und bockig.

Was für ein verdammtes Arschloch.

Ich griff wieder nach seinen Bananenpantoffeln und hielt ihm drohend einen vors Gesicht. „Ruf mich nicht an. Schreib mir keine SMS. Lösch meine verdammte Nummer. Oh, und den hier nehme ich mit."

Dann drehte ich mich um und stolzierte hinaus, hievte meinen Rucksack auf meine Schultern und knallte die Tür hinter mir zu.

Draußen hatte es angefangen zu nieseln. Als ich auf die Straße ging und losmarschierte, konnte ich eine wütende, hohe Stimme aus seinem offenen Fenster hören. Dem Klang nach machte die Rothaarige ihn ebenfalls zur Schnecke.

Gut für dich, Mädchen. Hab keine Angst, für dich selbst einzustehen.

Ein Lächeln huschte über mein Gesicht. Wenigstens bekam der Mistkerl, was er verdiente. Mit diesem Gedanken gestärkt ging ich in Richtung meines Autos.

Doch dann stockte ich. „Ah, verdammt, stimmt ja. Mein Auto."

Ich spähte die Straße hinunter, aber das Stück nutzloses Metall, das ich Auto nannte, war immer noch fast eineinhalb Kilometer entfernt. Bei meinem Glück und in dieser beschissenen Gegend war es wahrscheinlich schon zerlegt und die Einzelteile zum nächsten Schrottplatz gebracht worden.

„Dann werde ich wohl laufen müssen", murmelte ich und verfluchte mich dafür, dass ich Colins Pantoffeln anstelle eines dummen Regenschirms gestohlen hatte. Ich änderte leicht den Kurs und ging in Richtung meiner Wohnung. Sie war nur ein paar Kilometer weit weg und meine Füße würden es überleben. Ich hätte mir ein Taxi rufen können, aber ich wollte das Geld wirklich nicht ausgeben, wenn ich es vermeiden konnte.

Der Regen machte mir nicht viel aus. Tatsächlich war er normalerweise eines meiner Lieblingsdinge. Regen erinnerte mich immer an meine Mutter und an die Nächte, die wir zusammen am Kamin verbracht hatten und nur beobachteten, wie der Regen über die Fensterscheibe lief. Wir hatten dieses Spiel gespielt, bei dem wir versuchten zu erraten, welcher Regentropfen es zuerst nach unten schaffen würde. Rückblickend denke ich, dass meine Mutter es sich zur Gewohnheit gemacht hatte, mich gewinnen zu lassen.

Und mein Vater?

Er hatte schon damals durch Abwesenheit geglänzt. Manchmal tauchte ein Scheck auf und half uns mit den Einkäufen, aber meistens nicht. Und irgendwann war er einfach vom Angesicht des Planeten verschwunden. Es war wahrscheinlich fast zehn Jahre her, seit ich seine Stimme das letzte Mal gehört hatte. Ich fragte mich, ob er wusste, dass Mom tot war.

Der Wind frischte etwas auf und ich warf Colins gelbe Hausschuhe in einen Müllcontainer in einer Gasse, an der ich vorbeikam und zog dann den Reißverschluss meiner

Lederjacke hoch. Als ich meine Arme um mich schlang, um die Kälte abzuwehren, ließ eine andere Art von Kälte einen Schauer über meinen Rücken laufen, als ich ein leises Geräusch hinter mir hörte.

Ich blieb stehen und warf einen Blick über meine Schulter.

Aber das Geräusch, das ich gehört hatte, verstummte abrupt.

Ich kniff die Augen zusammen und spähte in die Dunkelheit, aber soweit ich es erkennen konnte, war niemand da. *Scheiße.* Ich hätte meine Waffen nicht wegwerfen sollen. Aber wenn ein Straßenräuber versuchte, mich anzugreifen, wäre ich besser dran, ihn mit einem meiner Lehrbücher – oder gleich dem ganzen verdammten Rucksack – zu schlagen als mit einem verdammten Bananenpantoffel. Ich wusste, wie ich auf der Straße auf mich aufzupassen hatte. Die Erfahrung und ein paar Selbstverteidigungskurse hatten mich gelehrt, die meisten gefährlichen Situationen zu vermeiden.

Ich hielt meine Sinne wach, drehte mich um und ging weiter den Bürgersteig entlang. Als ich mich der Innenstadt näherte, wurden die Straßen weniger trostlos. Diese Gegend war keineswegs das gesellschaftliche Zentrum von Seattle, aber Studenten und Abbrecher kamen her, um in den heruntergekommenen Bars und Clubs zu trinken und zu tanzen. Einige von ihnen hatten neonfarbenes Haar, während andere schwere Gliederhalsketten trugen. Wieder andere trugen eher übliche Diskokleidung und manche sahen sogar geradezu adrett aus.

Die Straßenlaternen ließen meinen Schatten auf dem feuchten Bürgersteig vor mir fallen und ein paar Mal glaubte ich, einen anderen Schatten auf dem Boden auf mich zukommen zu sehen, aber als ich über meine Schulter blickte, war da nichts.

Trotzdem konnte ich das Gefühl nicht loswerden, verfolgt zu werden. Und eine der ersten Lektionen, die ich im Selbstverteidigungskurs gelernt hatte, war, meinem Instinkt zu vertrauen.

Ich beschleunigte mein Tempo und ignorierte den Schmerz in meinen Füßen und eilte zu einer Spelunke an der nächsten Ecke. Draußen stand ein blondes Mädchen, hatte einen Fuß gegen die Gebäudewand gelehnt, und tippte etwas in ihr Telefon. Ohne zu zögern ging ich direkt auf sie zu und zog sie in eine Umarmung.

„Hi Mädel! Lange nicht gesehen!“, rief ich begeistert, obwohl ich ihr noch nie im Leben begegnet war. „Wie geht es dir?“

Ihr Körper versteifte sich für eine Sekunde, bis sie verstand, was ich tat. Dann umarmte sie mich zurück. „Ach, du weißt schon. Ganz gut, wie immer. Und dir?“

Ich löste mich etwas von ihr und konzentrierte mich halb auf die Straße hinter mir, während ich belangloses Zeug mit meiner neuen besten Freundin schwatzte. „Ach, mir ging es auch schon mal besser. Colin hat mich gerade betrogen, also dachte ich, wir könnten uns zur Feier des Tages ein paar Drinks gönnen. Was meinst du?“

„In der Grey Goose?“, fragte das Mädchen und spielte mit.

„Wo auch immer du willst, solange ich trinken kann, um ihn zu vergessen.“

„Na dann Prost.“ Sie lachte und warf ihr langes blondes Haar hin und her.

Aus dem Augenwinkel sah ich eine schwarz gekleidete Gestalt an uns vorbeigehen. Das Mädchen schien sie ebenfalls zu bemerken und nickte mit dem Kopf.

Ich wartete, bis der Typ verschwand, bevor ich mich ihr wieder zuwandte und erleichtert aufatmete. „Hey, danke dafür. Ich weiß nicht, wie lange dieser Freak mir schon gefolgt ist, aber ich wollte ihn nicht länger im Nacken haben."

„Keine Ursache. Wir Mädels müssen zusammenhalten, nicht wahr?" Sie schenkte mir ein breites Lächeln. „Ich habe diese Nummer auch schon einmal abgezogen. Die Jungs hier können ernsthafte Spinner sein. Es ist immer ein Risiko, allein auszugehen."

Ich beäugte die Neonreklame der Bar. Ich war immer noch ein paar Kilometer von meiner Wohnung entfernt und ein ordentlicher Drink klang im Moment tatsächlich nach einer großartigen Idee. Verdammt, vielleicht würde ich am Ende des Abends einfach nachgeben und ein Taxi nach Hause nehmen.

„Wie wäre es, wenn ich dich zum Dank auf einen Drink einlade?", fragte ich.

Sie nickte lachend. „Ja, gern. Ich wollte gerade gehen – meine Freundin hat mich für ihren Immer-mal-wieder-Freund sitzenlassen und ich wollte nicht allein trinken. Aber ich würde gern mit dir..."

Bevor sie zu Ende sprechen konnte, blitzte eine Bewegung über uns auf.

Eine halbe Sekunde später fiel eine dunkle, unmenschliche Kreatur vom Dach – und riss das Mädchen nach oben.

Sie war im Nu verschwunden, als wäre sie nie dort

gewesen. Ihr abgebrochener Schrei hallte wie eine Erinnerung in der plötzlich stillen Straße wider.

„Was zum Teufel...?"

Ich war zu schockiert, um mich zu bewegen. Ich konnte kaum noch atmen. Ich starrte einfach weiter auf die Stelle, an der das Mädchen noch eine Sekunde zuvor gestanden hatte, und versuchte, das, was ich gerade gesehen hatte, aus meinem Gedächtnis zu löschen.

Das konnte doch nicht wirklich passiert sein.

Mein Herz hämmerte in einem unregelmäßigen Rhythmus in meiner Brust, sodass mir übel wurde.

„Was zum Teufel...?"

Mein Mund formte immer wieder dieselben Worte. Ich klang wie eine Schallplatte mit Sprung und mein Kopf drehte sich hin und her, als wäre ich eine wahnsinnig gewordene Eule.

Was zum Teufel war dieses Ding?

Es war zu dunkel gewesen, um es richtig zu erkennen, aber es hatte ausgesehen als wäre es einem Horrorfilm entlaufen – vielleicht ein Kobold. Ich hatte keine Ahnung.

„Hey, wenn das ein Scherz ist ... dann ist er nicht lustig", rief ich und entfernte mich langsam vom Gebäude. Entgegen jeder Anweisung meines Gehirns wanderte mein Blick die Seite der Backsteinfassade hinauf, auf der Suche nach einer Spur des Mädchens. Oder des *Etwas*.

Ein Stöhnen ertönte. Es war direkt hinter mir.

Ich wirbelte herum und dachte, das blonde Mädchen sei vielleicht zurückgekehrt – aber stattdessen sah ich mich einem riesigen Monster gegenüber. Seine Zähne glänzten mit dickem Schleim und sein Gesicht war vernarbt und entstellt. Seine Haut war rau wie Sackleinen.

Meine Brust wurde so eng, dass ich nicht atmen konnte.

Was verdammt noch mal ist das?

Dieser einzige zusammenhängende Gedanke zwang mein Gehirn wieder in den Anschein von Kontrolle. Ich taumelte, machte auf dem Absatz kehrt und sprintete die Straße hinunter. Mein Atem ging röchelnd und mein Rucksack schlug hart gegen meinen Rücken, als meine Füße über den Gehweg donnerten.

Ich musste von der Straße weg. Ich musste einen sicheren Ort finden. Irgendwo, wo ich eine Million Lichter anschalten könnte, um diesen Albtraum zu verjagen.

Aber ich schaffte es kaum einen halben Block weit, als mich etwas Hartes und Schweres von hinten schlug. Wie ein Stein ging ich zu Boden und eine Sekunde später hatte das Monster seine dicken, knorrigen Finger um meinen Knöchel geschlungen. Ich wurde nach oben gezogen, genau wie das blonde Mädchen, auf den Kopf gestellt und meine Welt kippte um.

Ein Schrei entfuhr mir, aber er konnte das Monster nicht davon abhalten, mich über mehrere Dächer zu schleifen. Meine Handflächen kratzten über raue Oberflächen, während ich nach Halt suchte – nach irgendwas, um mich davor zu bewahren, in die pechschwarze Dunkelheit der Nacht hineingezogen zu werden.

„Lass mich los! Lass mich verdammt noch mal los!"

Adrenalin rauschte durch meine Adern und gab mir die Kraft, die ich brauchte, um mich zu wehren. Mein Rucksack baumelte von meiner Schulter und ich schwang ihn immer wieder heftig – aber das Biest, das Monster, das albtraumhafte Etwas ließ einfach nicht von mir ab. Ich schrie wieder hilflos in die Nacht.

Meine Energie ließ schnell nach und mein Griff um den Rucksackgurt lockerte sich. Der schwere Sack krachte unten in die Gasse, als die Kreatur meinen Knöchel fester packte. Schmerz durchfuhr mich, strahlte wie ein Stromschlag mein Bein hinauf und ich schloss meine Augen fest. Ich öffnete sie nicht wieder.

Ich hörte etwas ... aber es war gedämpft, als wäre ich dreißig Meter unter Wasser.

Das Mädchen vielleicht?

Nein. Etwas Ungeheuerliches. Ein Heulen – ein Ruf nach Verstärkung.

Wumm!

Schmerz explodierte in meinem Schädel und durch meinen Nacken hinunter und lähmte mich.

Wumm!

Diesmal tat der Schlag nicht weh.

Er verwandelte meine Welt einfach in ein vollständiges und völliges Nichts.

KAPITEL ZWEI

Mein Bewusstsein kehrte langsam zurück, wie das Meer, das einen Strand hinaufkriecht und in Wellen über mich hinwegspült.

Jeder Zentimeter meines Körpers fühlte sich an, als wäre er von einem Metzger weichgeklopft worden und zwar nicht auf eine angenehme Art und Weise. Trotz der Schwere meiner Lider öffnete ich sie mit Gewalt und wurde von grellem Sonnenlicht begrüßt. Die Helligkeit verursachte mir sofort Kopfschmerzen.

„Puh." Meine Arme fühlten sich an, als wären sie aus Spaghetti, als ich versuchte, mich in eine sitzende Position hochzustemmen.

Endlich gelang es mir und ich drückte fest gegen den rauen Bürgersteig, während weiße Flecken in meinem Blickfeld tanzten.

Scheiße. Was ist letzte Nacht passiert? Was zum Teufel habe ich getan?

Für eine Sekunde kam mir der Gedanke, dass ich vielleicht zu heftig gefeiert hatte. Bei meinem Versuch,

Colin und seinen Betrug zu vergessen, hatte ich vielleicht einen Trostcocktail zu viel getrunken.

Ich blinzelte das Sonnenlicht weg und meine Augen gewöhnten sich endlich an die Helligkeit. Aber als die Welt um mich herum wieder scharf wurde, bereute ich es sofort. Nichts an meiner Umgebung gab mir ein besseres Gefühl.

Ich war in einer Gasse.

Der Boden um mich herum war mit Müll übersät und es roch nach altem Essen und nassem Asphalt. Etwas klebte an meinem Gesicht und meine Hand flog an meine Wange. *Lieber Gott, bitte lass es keine Kondomverpackung sein.* Ich riss es mir vom Gesicht und stellte erleichtert fest, dass es sich nur um eine *Milky-Way*-Verpackung handelte. Das war zwar immer noch total ekelhaft, aber angesichts der anderen Möglichkeiten war ich doch erleichtert.

Mit der Backsteinmauer als Stütze zwang ich mich aufzustehen. Die Oberseiten meiner Stiefel waren zerkratzt und meine Knie fühlten sich wund an, als hätte ich die ganze Nacht damit verbracht, einem Typen einen zu blasen. Jetzt, wo ich darüber nachdachte, schmeckte mein Mund ein bisschen komisch.

Mir wurde flau im Magen. Was um alles in der Welt hatte ich letzte Nacht angestellt? Das hier sah mir überhaupt nicht ähnlich! Ich hatte ehrlich gesagt seit Jahren nicht mehr so heftig gefeiert. Und obwohl ich verdammt sauer auf Colin war, hatte ich am Vorabend nicht vorgehabt, ein riesiges Besäufnis zu veranstalten. Das war das verdammte Arschloch nicht wert.

Das ist das letzte Mal, dass ich mich abschieße, nahm ich mir fest vor. Aber obwohl es logisch war anzunehmen, dass ich aufgrund einer Reihe von schlechten Entscheidungen in einer schmutzigen Gasse gelandet war, fühlte sich etwas an der ganzen Sache seltsam an. Ich übersah irgendetwas.

Aber *was*?

Ich stolperte aus der Gasse auf die Straße und sah mich um, um mich zu orientieren. Ich glaubte den Straßennamen zu meiner Linken zu erkennen, also ging ich mit immer noch unsicheren Schritten in diese Richtung. Es musste später Vormittag oder vielleicht sogar schon früher Nachmittag sein, denn es waren viele Leute unterwegs. Trotz meiner Benommenheit entging mir nicht, dass einige von ihnen mir seltsame Blicke zuwarfen. Eine Frau sah mich an, kniff die Augen zusammen und zerrte dann ihre kleine Tochter auf die andere Straßenseite.

Lieber Gott. Sie hält mich wahrscheinlich für eine Prostituierte, die sich nach Hause schleppt, nachdem sie die ganze Nacht in den Arsch gefickt wurde. Verdammt, Colin, du Scheißkerl.

Mein angestrebter Abschluss in Sozialarbeit sollte mir doch ein solides Leben eröffnen, ich wollte mich an den eigenen Haaren aus dem Sumpf ziehen, trotz meines Versagervaters und meiner Mutter, die die Radieschen von unten wachsen sah. Aber im Moment fühlte ich mich weniger wie eine angehende Sozialarbeiterin, sondern eher wie jemand, der selbst Hilfe brauchte. Ich musste mich wirklich zusammenreißen, keinen Mist bauen und mich konzentrieren.

Es gäbe definitiv keine nichtsnutzigen Freunde mehr.

Von nun an gäbe es nur mich, mich und mich.

Es dauerte gefühlt tausend Jahre, aber ich schaffte es zurück in meine Wohnung. Natürlich hatte ich in dem Schlamassel der letzten Nacht irgendwo meinen Rucksack verloren. Ich stöhnte innerlich, als mir klar wurde, dass ich alle meine Kreditkarten kündigen musste – schon wieder. Deshalb war meine Kreditwürdigkeit im Eimer. Nun, deshalb und weil ich seit Monaten kaum über die Runden kam und verschiedene Karten überzogen hatte, um zu überleben.

Als ich die Stufen meines Wohnhauses hinaufging, fiel mir ein, dass auch meine Schlüssel in meinem Rucksack gewesen waren.

Verdammt noch mal.

Glücklicherweise war das ein Problem, für das ich eine Lösung hatte. Ich stolperte die Stufen hinunter und ging um das Gebäude herum, dann zog ich die Leiter herunter, um zur Feuerleiter zu gelangen. Ich ging die wackeligen Metallstufen zum Treppenabsatz im dritten Stock hinauf und hebelte das Fenster auf. Es blieb zwar auf halber Höhe stecken, aber die Lücke war groß genug, um mich hindurchzuquetschen.

Meine Ankunft war wenig anmutig und mein Hintern schrammte gegen den Fensterrahmen, bevor ich zu Boden plumpste, aber immerhin war ich zu Hause.

Ich widerstand dem Drang, wieder an Ort und Stelle einzuschlafen, richtete mich auf und ging ins Badezimmer. Meine Füße schlurften über den Holzboden, der dringend mal wieder gewischt werden musste.

Im ebenso schmuddeligen Bad spritzte ich mir Wasser ins Gesicht, in der Hoffnung, es würde mich wieder zur Besinnung bringen. Die kalten Tröpfchen landeten auf meinem Gesicht und Hals und schienen auf meiner warmen Haut zu brutzeln. Ich fühlte mich fast fiebrig und glühte am ganzen Körper.

Ich tupfte mein Gesicht mit einem Handtuch trocken, richtete mich dann auf und streckte die Hand aus, um den Medizinschrank über dem Waschbecken zu schließen, den ich das letzte Mal, als ich hier drinnen war, offen gelassen hatte. Ich stählte mich innerlich für einen grauenvollen Anblick. Ich wollte die Nachwirkungen meiner verrückten Nacht wirklich nicht sehen, aber ich musste wissen, wie beschissen ich aussah und ob ich am Montagmorgen gezwungen sein würde, den Unterricht zu schwänzen.

Als ich mein Spiegelbild erblickte, war es jedoch nicht so, wie ich es erwartet hatte. Es war unbeschreiblich viel schlimmer. Mein Atem stockte nach einem kurzen Würgegeräusch und mir fielen fast die Augen aus dem Schädel.

Ich blinzelte.

Aber das Bild im Spiegel blieb das Gleiche.

„Was zum Teufel?“, schrie ich.

Mit zitternden Händen griff ich nach den Hörnern – ja, Hörnern! – die aus meinem Kopf ragten. Es waren kleine Stubbel aus dunklem Material, die direkt unter meinem Haaransatz hervorragten. Mein Gesicht war leuchtend rot. Und zwar nicht so, als wäre ich verlegen oder hätte einen Sprint hingelegt. Nein, ich sah aus, als hätte mich jemand in einen Bottich mit knallroter Farbe getaucht.

Das konnte doch verdammt noch mal nicht wahr sein.

Das hier war ein verdammter Albtraum. Irgendein schlechter Trip oder ein Fiebertraum. Das war die einzig mögliche Erklärung für mein Aussehen. Bevor ich mir erlaubte, völlig auszuflippen, nahm ich mir eine Sekunde, um tief durchzuatmen.

„Nein, das ist nicht echt“, murmelte ich dem dämonischen Spiegelbild fast drohend zu, das mich anstarrte. „Das ist nur ein Traum. Ein wirklich beschissener Traum, aber ein Traum. Das ist alles. Sobald ich mich kneife, wache ich gesund und munter in meinem Bett auf. Als wäre das verdammt noch mal nie passiert.“

Ich behielt den Spiegel misstrauisch im Auge, zog mein T-Shirt aus und enthüllte meinen rosa BH und noch mehr knallrote Haut. Die Intensität ließ an den Enden meiner Arme etwas nach – meine Hände waren nur leicht rosa, als hätte ich einen schlimmen Sonnenbrand. Das erklärte, warum ich die Verfärbung vorher nicht bemerkt hatte.

„Was ist das, verdammt noch mal?“

Langsam streckte ich die Hand aus, um die flammend rote Haut auf meiner Brust zu kneifen. Es tat weh, genau wie man es von einem Kneifen erwarten würde.

Aber ich wachte nicht auf.

Nichts änderte sich.

Mein Herzschlag beschleunigte sich und trommelte heftig in meiner Brust, als ich schnell meine Hose aufknöpfte, sie über meine Beine schob und abschüttelte, um den Rest meines Körpers zu untersuchen. Auch mein Bauch und meine Beine waren knallrot, obwohl die Farbe in der Nähe meiner Füße verblasste. Und ...

Etwas bewegte sich zwischen meinen Knöcheln.

Was zum Teufel ist das?

Ich wirbelte im Kreis herum wie ein Hund, der seinem Schwanz nachjagt, und erstarrte.

„Oh mein Gott, ich *bin* wie ein Hund, der seinem

Schwanz hinterherjagt“, hauchte ich und ein ekelhaftes Gefühl stieg aus meinem Magen empor.

Der spitze Schwanz, der direkt über meinem Arsch aus meinem Steißbein ragte, sauste peitschenartig herum, fast als würde er mich verspotten. Er musste vorher in meinem Hosenbein festgesteckt haben – oder aber mein Schock darüber, in einer Gasse aufzuwachen, hatte mich wirklich verdammt unaufmerksam gemacht.

Wie als Reaktion auf meinen Schreck begann der lange, geschmeidige Schwanz heftiger hin und her zu schlagen.

Das war endgültig zu viel für mich. Ich taumelte zur Toilette und übergab mich krampfartig.

„Das kann nicht wahr sein“, stöhnte ich in die Schüssel, als ich schwach nach oben griff, um die Spülung zu betätigen. „Ich sehe aus wie ein Halloween-Freak aus dem Laden für billige Partykostüme.“

Als ich glaubte, meine anhaltende Übelkeit endlich unter Kontrolle zu haben, richtete ich mich wacklig auf, riss den Medizinschrank wieder auf, um mein irrwitziges Spiegelbild nicht sehen zu müssen und ging in dem winzigen Badezimmer auf und ab. Dabei raufte ich mir so fest die Haare, dass ich sie fast aus meiner Kopfhaut zog.

Was zum Teufel ist mit mir passiert? Was ist hier los?

Während ich wie eine im Käfig eingesperrte Bestie umherpirschte, begann sich der Nebel in meinem Kopf zu lichten. Erinnerungen der vergangenen Nacht rauschten wie ein Hochgeschwindigkeitszug durch meinen Kopf. Von ihrer Wucht gepackt sank ich auf den Wannenrand, eine Hand auf die Brust gepresst.

Ich war wieder auf dem Rückweg zu meiner Wohnung im leichten Regen.

Schritte hinter mir.

Der gruselige Typ, der mir folgt.

Dieses blonde Mädchen, das mich rettet.

Dann...

Ein Monster, das sie hochreißt, als ob sie nichts wiegen würde.

Ein anderes Monster, das mich angreift.

Ich werde von Dach zu Dach gezerrt, als wäre ich eine gottverdammte Feder.

Die Stimme der Kreatur – wie Nägel, die in einem Mixer zermahlen werden.

Der Schmerz.

„Oh Gott..."

Der Ansturm von Bildern und Empfindungen war zu viel für mich. Ich eilte zur Toilettenschüssel und würgte erneut. Mein Magen war zwar längst leer, aber mein Körper bestand darauf, es weiter zu versuchen, bis ich nur noch keuchte und stöhnte. Meine Kehle war wund, als ich schließlich wieder auf den kühlen Fliesen zusammensackte.

Ich konnte nicht sagen, wie lange ich da lag, aber ich hatte mich gerade frisch davon überzeugt, dass das alles ein Traum war, als ein Geräusch aus dem Wohnzimmer ertönte.

Bzzzz.

Ich registrierte die Klingel anfangs kaum.

Bzzzzzzzzzzzzzzz.

Beim zweiten Mal war es lauter, eindringlicher. Ich hob meinen Kopf vom Boden und Adrenalin schoss durch mein System.

Scheiße. Was ist, wenn dieses Monster kommt, um mich endgültig zu erledigen?

Angst packte mich, aber irgendwie rappelte ich mich auf und näherte mich dem vorderen Fenster. Das war wahrscheinlich nicht besonders klug, aber mein Körper schien sich von selbst zu bewegen, und ich konnte nichts dagegen tun.

Langsam erhob ich mich auf meine Zehenspitzen, um besser aus dem Fenster sehen zu können, und spähte nach unten zur Treppe, als es erneut klingelte.

Bzzzzzzzzz. Bzzzzzzzzzzzzzzzzz.

„Oh Scheiße. Was?", murmelte ich.

Es war das blonde Mädchen, das am Vorabend vor der Kneipe gestanden und eine SMS geschrieben hatte. Von oben konnte ich nur ihren Scheitel sehen, aber ich war mir sicher, dass sie es war. Sie trug dieselbe dunkelviolette Lederjacke, die mir aufgefallen war, als ich am Abend zuvor auf sie zugegangen war.

Ich zog mich schnell vom Fenster zurück und drückte mich gegen die Wand. Jetzt, da ich seine Existenz bemerkt hatte, konnte ich meinen Schwanz vor Aufregung gegen die Wand trommeln fühlen.

Was um alles in der Welt macht sie hier? Was will sie?

Zögernd beugte ich mich vor, um wieder aus dem Fenster zu spähen, aber als ich nach unten sah, war das Mädchen verschwunden. Ich stieß einen kleinen, erleichterten Atemzug aus. Vielleicht hatte sie aufgegeben. Vielleicht hatte sie sich einfach in der Adresse vertan und...

Ein lautes Klopfen an meiner Wohnungstür ließ mich mehrere Meter zurückspringen. Ich sackte gegen die Wand, presste die Hand auf meine leuchtend rote Brust und schnappte nach Luft, während mein Herz raste.

„Was willst du?", rief ich und schlug mir dann mit der

Hand vor den Mund. Verdammt. Ich hätte nicht verraten sollen, dass ich zu Hause war.

„Ich ... ich brauche Hilfe."

Ja, es war definitiv das Mädchen von der Bar. Und sie klang nicht so, als ob sie hier wäre, um mich zu töten. Tatsächlich klang sie eher, als hätte sie geweint.

Ich schwankte eine Sekunde, dann ging ich auf Zehenspitzen zur Tür und spähte durch das Guckloch.

Der Grund für ihre zitternde Stimme wurde mir sofort klar. Sie sah auch anders aus, wenn auch nicht so wie ich. Anstatt wie ein Hummer auszusehen, hatte sie eine blassgraue Haut, die sich je nach Lichteinfall ins Grünliche verfärbte. Sie hatte ebenfalls Hörner, aber sie waren viel größer als meine und sahen etwas verstümmelt aus.

Wenn ich das krassere Kostüm hätte auswählen müssen, dann hätte meins definitiv gewonnen. Und doch behielt sie trotz ihrer fast trollhaften Erscheinung mit ihrer blonden Mähne und den tiefen, bernsteinfarbenen Augen wie Wildblumenhonig etwas von ihrer Schönheit bei.

Aber mal abgesehen von ihrem Aussehen, was machte mein Monster-Puffer hier? Woher hatte sie überhaupt gewusst, wo ich zu finden war?

Ehrlich gesagt wollte ich es wirklich nicht wissen. Alles, was ich wollte, war, dass dieser verdammte Albtraum ein Ende hatte.

„Hallo?", rief sie erneut und ihre Stimme zitterte vor Unsicherheit.

Gottverdammt. Das werde ich wahrscheinlich bereuen.

Ich verzog mein Gesicht über meine eigene Dummheit, streckte die Hand aus, öffnete das Schloss und zog die Tür auf. Sie schwang zurück und wir standen uns gegenüber.

Als sie mich sah, sprangen ihr fast die Augen aus dem Kopf und für eine gefühlte Ewigkeit konnten wir uns nur gegenseitig anstarren.

„Oh mein Gott. Dir ist es also auch passiert…“, flüsterte sie schließlich und brach das Schweigen.

Ich trat einen Schritt zurück. Ich hatte sie bereits gemustert, bevor ich die Tür öffnete, aber etwas daran, sie aus der Nähe und unmittelbar anzustarren, legte meine bereits angegriffenen Nerven noch weiter blank. Es erinnerte mich nur daran, wie beschissen ich selbst aussah.

„Wie zum Teufel hast du mich gefunden?“, fragte ich und verschränkte meine Arme vor der Brust – und bemerkte erst spät, dass ich immer noch nur meinen BH und meinen Slip trug.

Ich drehte ihr jedoch nicht den Rücken zu, um mir Klamotten zu schnappen. Nein, ich blieb wie angewurzelt stehen. Womöglich steckte sie mit dem Monster, das mich entführt hatte, unter einer Decke und das hier war Teil eines ausgeklügelten Plans. Ich hatte keine Ahnung, was das für ein Plan sein sollte, aber ich wollte nichts damit zu tun haben.

„Ich … ich bin dorthin zurückgekehrt, wo wir angegriffen wurden. Du hast dein Portmonee fallen lassen.“

„Was?“

Sie hielt es mir hin und ich riss es ihr aus der Hand und beäugte sie, als wäre sie eine Diebin. Ich sah nach. Alles war noch da, auch die paar mickrigen Pfennige, die im Münzbeutel verstaut waren.

„Deine Adresse stand auf deinem Perso…“, fügte sie hinzu, verstummte dann und kaute auf ihrer Lippe.

Ihre Stimme hatte eine gewisse Süße, die zu ihren

honigfarbenen Augen passte. Ich wollte ihr vertrauen – und ehrlich gesagt sah ich angesichts unserer aktuellen Situation keine große Alternative.

„Komm schon rein." Ich trat etwas weiter zurück, damit sie eintreten konnte und nickte in Richtung Couch. „Ich will gar nicht wissen, was meine Nachbarn tun, wenn sie ein grünhäutiges Monster durch die Flure streifen sehen."

Sie zuckte bei meinen Worten zusammen, nahm aber meine Einladung an, ging zu der verbeulten Couch und sank auf die klumpigen Kissen.

„Entschuldige, das war unhöflich. Grüne Haut steht dir", ergänzte ich lahm. „Wirklich."

„Danke", murmelte sie leise. „Das werde ich mir merken, wenn ich das nächste Mal Grundierung kaufe."

Ich machte mir immer noch nicht die Mühe mich anzuziehen und setzte mich neben sie. Ich überlegte, ihr etwas zu trinken anzubieten, aber ich hatte keine Lust, so zu tun, als wäre an dieser Situation irgendetwas normal. In meinem Kopf drehte sich alles und was ich wollte, waren ein paar verdammte Antworten. „Okay, also warum bist du hergekommen?"

Sie sah auf ihre Hände hinab. Ihre Nägel waren krallenartig, aber auf eine gruselige Art immer noch zart.

„Ich habe versucht, nach Hause zu gehen, aber ... ich konnte nicht."

„Was meinst du damit?"

„Sieh mich doch an!", rief sie aus und ihre Augen wurden glasig, als würde sie gleich wieder anfangen zu weinen. „Wie soll ich bei meiner Oma auftauchen, wenn ich so aussehe? Es würde sie ins Grab schicken. Und meine kleine Schwester? Sie würde meinen Anblick nicht verkraften. Ich würde ihr Alpträume bereiten..."

Ihre Schultern sackten zusammen und sie ließ den Kopf in die Hände sinken.

„Vielleicht solltest du versuchen, sie anzurufen?" Ich rutschte ein wenig näher und schlang meinen Arm unbeholfen um ihre Schultern. Trotz meiner Pläne, Sozialarbeiterin zu werden, war ich nie besonders gut darin gewesen, Fremde zu trösten. Oder Menschen im Allgemeinen. „Sag ihnen einfach, dass du für ein paar Tage weg bist. Das verschafft dir etwas Zeit, damit du das hier ... reparieren kannst."

„Ich habe mein Handy verloren, als das ... dieses Monster..." Sie verstummte und ich spürte, wie sie zitterte.

Stimmt. Scheiße.

„Ja", murmelte ich. „Meins ist auch weg. Du hast es nirgendwo gesehen, wo wir angegriffen wurden?"

„Ich habe deins gesehen – oder zumindest war es wahrscheinlich deins. Aber es war kaputt. Hätte ich es mitbringen sollen?", fragte sie mit großen Augen.

„Nein. Was zum Teufel soll ich mit einem kaputten Handy anfangen? Aber hier, willst du meinen Laptop benutzen, um deiner ... deiner Oma, sagtest du, eine E-Mail zu schicken?"

Ich fragte mich, ob ihre Eltern genauso durch Abwesenheit glänzten wie meine. Es klang ganz danach. Es war jedoch schön, dass sie wenigstens jemanden hatte, der sich um sie kümmerte und dem es auffallen würde, wenn sie verschwand. Colin war die einzige Person gewesen, die ich zurücklassen würde, wenn ich für eine Weile untertauchen müsste. Und nach letzter Nacht? Nun, er war mir herzlich egal.

Das Gesicht des Mädchens hellte sich auf, als hätte ich ihr gerade angeboten, ihr eine verdammte Yacht zu schenken. „Darf ich? Das wäre fantastisch. Nur damit sie sich keine Sorgen machen."

„Ja, klar."

Ich ging zu dem wackligen Küchentisch hinüber und schnappte mir den Laptop, dann stellte ich das uralte Ding neben ihr auf das Sofakissen. Während sie eine Nachricht tippte, ging ich ins Schlafzimmer, um mich anzuziehen. Der Schwanz stellte ein kleines Problem dar – ich war kein großer Fan davon, ihn mir wie ein Kerl mit dem größten Schwanz der Welt in ein Hosenbein zu stopfen, aber ich wollte ihn auch nicht wirklich raushängen lassen. Schließlich ging ich einen Kompromiss ein und zog mir eine locker sitzende Jogginghose an, bei der es hoffentlich etwas weniger auffiel, wenn ich meinen Schwanz hineinsteckte.

Das Mädchen schniefte leise, während sie tippte, und ihr fiel offensichtlich nicht viel ein, was sie sagen sollte. Sie brauchte fünf Minuten, um eine E-Mail zu verfassen, die dem Tippen nach aus nicht mehr als zehn Wörtern bestehen konnte.

Als ich zurückkam, sah sie zu mir auf und ihre relativ menschlichen Augen wirkten in ihrem grün gefärbten Gesicht fehl am Platz. „Okay. Ich habe sie abgeschickt. Was jetzt?"

„Jetzt versuchen wir, das verdammt noch mal in Ordnung zu bringen." Ich ließ mich neben ihr auf die Couch fallen und nahm meinen Computer von ihrem Schoß. „Wenn ich im Studium etwas gelernt habe, dann, dass das Internet die Antwort auf fast jedes Problem kennt, das man sich vorstellen kann."

Meine Finger schwebten über den Tasten und überlegten, was zum Teufel ich in einer solchen Situation googeln sollte.

Bin als Dämon aufgewacht – wie mache ich das rückgängig?

Was lässt einem Menschen über Nacht einen Schwanz wachsen?

Wie bricht man aus einem Wach-Albtraum aus?

Keine dieser Fragen schien zu helfen. Ehrlich gesagt war ich mir nicht sicher, ob es die richtige Frage gäbe, aber ich würde nicht aufgeben, ohne zumindest zu versuchen, diesen Irrsinn hier umzukehren.

„Ich bin übrigens Hannah", sagte das Mädchen nach einigen Momenten der Stille ziemlich unvermittelt.

„Piper", antwortete ich automatisch, meine Hände immer noch bewegungslos über den Tasten.

Ich konnte ihren Blick auf mir spüren und es fiel mir schwerer, zu denken. Trotz ihrer dämonisch grünen Haut wirkte sie äußerst zerbrechlich und verloren. Ich biss die Zähne zusammen und zwang mich, mir etwas einfallen zu lassen. Irgendetwas.

„Dämonen-Ektomie?", schlug sie halb im Scherz vor.

„Einen Versuch ist es wert." Ich stieß ein freudloses Lachen aus, tippte es aber ein.

Diese Suche ergab nichts Sinnvolles, aber nach der ersten Überwindung war es einfacher, uns Suchbegriffe auszudenken. Es brauchte viel Hin und Her, aber schließlich drehte ich den Bildschirm zu Hannah, um ihr zu zeigen, was ich gefunden hatte.

„Was denkst du? Diese okkultistische Frau macht Dämonenaustreibungen. Das klingt genau nach dem, was wir brauchen."

Ihre grauen Brauen zogen sich über ihren besorgten Augen zusammen. „Nur persönliche Beratungen?" Sie sah mich erschrocken an. „Müssen wir dafür auf die Straße?"

Ich zuckte mit den Schultern. „Es scheint kein Weg daran vorbeizuführen. Sie ist die einzige Person, die ich finden kann, die auch nur annähernd davon spricht, Dämonen zu vertreiben. Abgesehen von katholischen Institutionen und ich glaube nicht, dass uns ein Besuch bei der Inquisition guttun würde."

Ihre Honigaugen weiteten sich noch mehr und sie wurde blass, oder zumindest glaubte ich es. Vielleicht fiel das Licht auch nur anders auf ihren neuen Hautton.

„Oh ... Nein, das denke ich nicht."

„Ich auch nicht."

Sie schluckte schwer und kniff die Augen zu. „Okay. Dann also auf zur Okkultistin."

KAPITEL DREI

Hannah und ich standen da und betrachteten uns in meinem kleinen Badezimmerspiegel. Ihre Unterlippe begann zu zittern und in ihren Augen glänzten unvergossene Tränen. Zu sehen, wie sie versuchte, nicht zu weinen, ließ eine Mischung aus Mitleid, Entsetzen und eigener Traurigkeit in mir aufsteigen. Die Mischung aus Emotionen war so stark, dass sie mich in eine Panikattacke zu reißen drohte.

Aber nein, das würde ich nicht zulassen.

„Also gut, lass uns wieder zu Menschen werden!", sagte ich laut und klatschte in die Hände, bevor ich ihr entschlossen über den Rücken rieb.

Sie warf mir einen erschrockenen Blick zu und erstickte ein Lachen. „Was?"

Ich zog meine Schminkschachtel unter dem Waschbecken hervor. „Es sei denn, du willst die ganze Zeit angestarrt werden. In Portland könnten wir wahrscheinlich damit durchkommen, aber in Seattle? Die Bevölkerung hier ist nicht verschroben genug, um unseren neuen Look zu ignorieren, und ich habe keine Lust, die Straße entlang gejagt zu werden." Ich hielt einen Moment inne und erinnerte mich an die Nacht zuvor. „Nicht schon wieder."

Sie zuckte zusammen. „Okay. Ähm ... und wie stellen wir das an?"

„Wir beginnen mit dem Wichtigsten." Ich holte einen Abdeckstift hervor und begann, ihn aufzutragen. Hannah gab ein ersticktes Geräusch von sich und zuerst dachte ich, sie würde wieder weinen – aber dann wurde mir klar, dass es ein ersticktes Kichern war.

„Was?" Ich verzog das Gesicht.

„Du bist orange. Krass orange."

Stirnrunzelnd betrachtete ich mich im Spiegel. Es war besser als knallrot, aber meine Haut hatte immer noch nicht annähernd eine menschliche Farbe. „Verdammt. Vielleicht verteile ich eine Schicht Grundierung darauf?"

Hannah schüttelte den Kopf und ihr blondes Haar wippte. „Lieber nicht. Wir müssen zuerst die Farbe ausbalancieren. Hier, lass mich mal."

Ich war skeptisch. Ich hatte mich seit der Mittelstufe von niemandem schminken lassen und es war ja nicht gerade so, als wären wir auf einer Modenschau bei einer Pyjama-Party. Aber sie durchwühlte bereits mein Make-up.

„Setz dich hin", befahl sie. Ich hatte nicht gewusst, dass man einen Befehl süß bellen kann, aber Hannah schaffte es. Ich tat, was sie sagte, und setzte mich auf den geschlossenen Toilettendeckel. Nachdem sie mir den Abdeckstift vom Gesicht gewischt hatte, zog sie einen dicken, runden Pinsel und eine Palette heraus.

„Ist das Lidschatten?" Ich zuckte von ihrer Hand weg. „Ist das *blau*?"

„Vertrau mir“, sagte sie geduldig. „Blau für dich, rot für mich.“

„Also verkleiden wir uns einfach als andersfarbige Monster.“ Ich runzelte skeptisch die Stirn. „Ich bin mir nicht sicher, ob das die Leute davon abhält, vor uns davonzulaufen – oder uns anzugreifen.“

Sie lachte und tupfte den Pinsel auf die Palette. „Nein, du Dummkopf! Dies ist nur eine Grundschicht. Es ist wie Kunst. Die Idee ist, die Farbe wieder neutral zu machen, und das können wir nicht, ohne auszubalancieren, was da ist. Jetzt halt still und lass mich arbeiten.“

„Okay.“ Immer noch zweifelnd schloss ich meine Augen und ließ sie mein ganzes Gesicht und meinen Hals blau pinseln.

„Jetzt die Grundierung.“

„Warte, lass mich gucken.“ Ich stand auf und spähte in den Spiegel, dann brach ich in Gelächter aus. Ich war ein lavendelfarbener Teufel. „Glaubst du wirklich, das wird einfacher abzudecken sein?“

„Vertrau mir“, sagte sie langsam, als würde sie mit einem Kind sprechen. „Ich bin gut hierin. Das ist das Einzige, was ich gut kann.“

Ich zog eine Augenbraue hoch und sie zischte durch die Zähne, worauf ich sie entschuldigend angrinste.

„Hm ... Konturen ja, Augen und Lippen nein.“

„Warum?“

„Weil du an den richtigen Stellen schon rot bist“, sagte sie grinsend. Sie arbeitete noch ein paar Minuten weiter. Als sie sich zurückzog, blinzelte sie mich an wie eine Künstlerin, die ihre Leinwand beurteilt.

„Perfekt.“

Ich schaute in den Spiegel und konnte es nicht glauben. Sie hatte es geschafft, meinen normalen Hautton fast perfekt zu treffen, obwohl meine Lippen und mein Haaransatz noch hellrot waren. Der Gothic-Stil passte zu mir, aber der Kontrast zu Hannahs Reptilienglanz war stark.

„Okay, du bist dran. Sag mir, was ich tun soll."

„Ja, ähm ... hier, nimm das, dann das, dann das, dann die Grundierung, dann die Konturen, dann die Lippen. Verwende das hier."

„Was soll ich mit Rot, Blau und Gelb machen?"

Sie blinzelte mich an und grinste dann. „Ich zeige es dir."

Ich fühlte mich ein wenig schlecht, weil ich mich nicht bei ihr revanchieren konnte, aber mein Bedauern hielt nicht lange an. Zu sehen, wie sie ihr Gesicht verwandelte, war magisch. Sie benutzte erst das Rot überall, dann das Blau in den Vertiefungen, dann das Gelb als Highlight.

„Kriegsbemalung." Ein Grinsen lag auf meinen Lippen. „Sehr schick."

Sie lachte nur und schüttelte den Kopf. Als nächstes kam die Grundierung und das war der überraschendste Teil. Sobald es weiterging, verschmolzen alle Grundfarben nahtlos und ließen sie größtenteils menschlich aussehen. Als sie mit dem Rest fertig war, sah sie relativ normal aus – abgesehen von den riesigen Hörnern.

Sie hatte offensichtlich den gleichen Gedanken, denn ihre Hände wanderten zu den verstümmelten Vorsprüngen und berührten sie zaghaft, als hätte sie Angst, dass sie ihr wehtun würden.

„Dafür kenne ich leider keine Schminktipps“, sagte sie traurig.

Ich grinste. „Das ist ein Job für die Kostümabteilung.“

Ich griff nach ihrer Hand und zog sie aus dem Badezimmer zu meinem Schrank.

„Also, ich bin ein Halloween-Fan“, erklärte ich, während ich einen zerfledderten Karton in die Mitte des Raumes zog. Halloween war mein Lieblingsfeiertag. Auf Thanksgiving, Weihnachten – im Grunde alle familienorientierten Feste – konnte ich gern verzichten. Aber Halloween? Das war genau mein Ding. „Lass mal sehen ... Hexe, Strand ... Pirat!“ Ich warf Hüte aus der Schachtel und der letzte war ein großer Schlapphut aus Samt mit einer goldenen Blume auf einer Seite.

Sie hob ihn auf und kicherte. „Du hast dieses Ding tatsächlich getragen?“

„Aber ja! Das passende Korsett habe ich hier noch irgendwo. Ich wollte ein Steampunk-Ding machen, aber es wurde irgendwie eher eine Piratennummer.“

Sie lachte und setzte den Hut schräg auf. „Wie sehe ich aus?“

Nachdenklich legte ich den Kopf schief. „Als würdest du ein Geweih schmuggeln. Mal sehen ... oh! Wie wär´s mit einem mystischen lila Turban?“

Ihre Kinnlade klappte vor Staunen herunter.

„Ich habe mal als ‚Hellseherin‘ auf einem Kinderjahrmarkt gearbeitet. Sie haben mich um die Bezahlung geprellt, also habe ich den Turban behalten.“

„Beeindruckend! Ich könnte so was nie tun. Was haben sie gesagt?“

„Was sollten sie schon sagen? Sie schuldeten mir

zweihundert Dollar!“ Ich warf mein Haar empört zurück und zuckte mit den Schultern. „Hat sie aber nicht davon abgehalten, mich zu beschimpfen. Willst du ihn?“

„Ich glaube nicht, dass er zu meinem Outfit passt“, sagte sie trocken.

„Tun die Hörner auch nicht.“

Sie sah mich mit zusammengekniffenen Augen an, aber ihre Lippen verzogen sich zu einem schwachen Lächeln, als sie mir den Turban aus den Händen riss. Sie zog ihn auf und sah mich dann an.

„Besser“, sagte ich und versuchte, meine Miene ausdruckslos zu halten. Sie sah ein bisschen aus wie eine verrückte Handleserin, aber er passte zumindest zu ihrer Jacke. „Ich kann die Hörner nicht mehr sehen.“

„Aber ich kann deine noch sehen. Wie steht mir dieses Ding?“ Sie eilte zum Spiegel und brach in Gelächter aus. Ihre Stimme hatte einen leicht hysterischen Unterton, aber es war besser, als sie weinen zu hören. „Oh mein Gott. Das ist fürchterlich!“

Ich setzte eine Melone auf und gesellte mich zu ihr. „Wir sagen den Leuten einfach, dass heute Lustiger-Hut-Tag ist, und sehen sie an, als wären sie Idioten, weil sie nichts davon wissen.“ Ich ließ meine Finger über den Rand meines Hutes gleiten und warf mir einen hitzigen Blick zu.

Sie kicherte und sah ... menschlicher aus, als sie es getan hatte, seit ich ihr am Vorabend begegnet war. „Ich überlasse es dir, ihnen das zu erklären.“

Natürlich mussten wir laufen. Meine Füße schmerzten noch von gestern und der Ort, zu dem wir unterwegs waren, war fünf Kilometer entfernt, aber ohne Bus oder Auto blieb uns nichts anderes übrig. Hannah schien das Laufen nichts auszumachen, obwohl sie die Blicke störten, die wir kassierten. Sie versuchte, den Kopf einzuziehen, um den Turban zu verbergen, und ich stieß sie mit dem Ellbogen an.

„Es ist Lustiger-Hut-Tag, schon vergessen? Diese Banausen wissen nicht, was sie verpassen."

Sie lächelte mich dankbar an und ging etwas aufrechter. Obwohl wir zu Fuß unterwegs waren, verpassten wir fast die Straße, die wir suchten. Es war nicht einmal eine wirkliche Straße, eher eine Gasse zwischen zwei hohen, imposanten Gebäuden. Ein klapprig aussehendes lila Haus stand direkt hinter der Rückseite der Gebäude, umgeben von einem lila Lattenzaun. Hannah und ich wechselten einen zweifelnden Blick.

„Okkulte Dienste und Wahrsagungen", murmelte ich und las das abgenutzte Schild laut vor. Ich sah zum Haus hoch und runzelte die Stirn. „Seit wann haben Hellseher Neonreklamen in ihren Fenstern?"

„Vielleicht versucht sie, das Geschäft zu modernisieren?" Hannah schlurfte ein wenig näher an mich heran.

Ich mochte es nicht, sie verängstigt zu sehen. *Scheiß drauf.* Ich stieß das Tor auf und ging auf die Tür zu. Sie blieb mir dicht auf den Fersen, als die Verandatreppe unter meinen Stiefeln knarrte. Der Ort schien verlassen zu sein. Oder verflucht. Vielleicht beides. Aber das OFFEN-Schild leuchtete neonrot im Fenster, also drückte ich sanft gegen die schwere Tür.

„Willkommen", sagte eine dicke, rauchige Stimme. „Ihr seid gekommen, um euer Schicksal zu erfahren." Sie hatte einen leichten Akzent, aber ich konnte ihn nicht einordnen, und ein Teil von mir fragte sich, ob sie ihn einordnen konnte. Vielleicht war er nur vorgetäuscht.

„Wow. Sie ist gut", flüsterte Hannah mit einem Hauch von Sarkasmus.

Die Frau war etwa einen Meter fünfzig groß. Sie hatte langes, schokoladenbraunes Haar mit grauen Strähnen, das in Locken über ihre Schultern fiel. Es schien den violetten Schal zu verschlucken, den sie auf dem Kopf trug. Ein formloses lila Kleid bedeckte sie vom Hals bis zu den Fersen und flatterte wie ein sterbender Schmetterling um sie herum. Ihr Make-up war so schwer wie ihr Schmuck, der bei jeder Bewegung klapperte und klirrte.

„Kommt rein, kommt rein", sagte sie und deutete auf eine lila Couch.

„Ganz schön viel Lila", murmelte ich.

„Lila ist eine spirituelle Farbe", sagte die Frau. „Es verbindet uns mit dem Jenseits."

Hannah warf mir einen flehenden Blick zu, bevor ich diese Aussage als Blödsinn bezeichnen konnte und schüttelte leicht den Kopf. Ich wusste, dass sie wirklich hoffte, dass das hier funktionierte und obwohl mein Vertrauen in die Qualifikationen dieser Frau rapide schwand, setzte ich mich.

„Ich bin Madam Ophelia, und ihr seid sehr verloren." Sie streckte eine faltige Hand aus, um meine zu tätscheln. „Ihr seid genau richtig bei mir. Die Dunkelheit, die euch folgt, egal wohin ihr geht, beunruhigt euch. Aber ich kann euch von euren Problemen befreien."

Hannahs Augen strahlten. „Also ... haben Sie das hier schon mal gesehen?" Ihre Stimme zitterte, als sie zu ihrem Kopf griff.

„Natürlich, Liebes. Ich sehe alles. Jetzt nimm meine Hände und – Guter Gott, was ist das?" Ihr Akzent verschwand, als Hannah ihren Turban ablegte.

Hannah erstarrte. „Ich dachte ... ich meine, Sie sagten doch ... Oh nein."

„Eine Prothetik? Ihr kommt in mein Geschäft, um mich mit ein wenig Make-up zu erschrecken? Und mich mit diesem Turban zu verspotten!"

Hannah sah aus, als würde sie gleich wieder weinen, und ich sprang auf, um dazwischen zu gehen.

„Einen Moment mal, Ophelia..."

„*Madam* Ophelia!"

„Jetzt warten Sie mal. Auf Ihrer Website stand, dass Sie Dämonen austreiben können."

Sie blinzelte mich mit großen Augen an. „Ich ... ich ..." Dann begann ihr Kopf heftig hin und her zu wackeln, als könnte mich ihre hartnäckige Verleugnung irgendwie verschwinden lassen. „Ihr seid nicht echt. Ihr könnt nicht echt sein. Dämonen existieren nicht wirklich."

Wut brodelte in meiner Brust. Verdammt. Diese Frau war eine totale Halsabschneiderin. Sie glaubte nicht einmal an das Okkulte; ihr ganzes Geschäft basierte darauf, diejenigen auszunutzen, die es taten. Ohne nachzudenken warf ich meinen Hut beiseite.

„Sie denken, Sie können sich einfach Hellseherin nennen" – ich wischte das Make-up mit meinem Ärmel von einer Wange – „und sagen, dass Sie Dämonen austreiben“ – dann die andere Wange – „und dann erwarten sie, dass die Leute nicht zu Ihnen kommen, um sich helfen zu lassen, wenn … das hier passiert?“

Sie hyperventilierte und murmelte etwas, aber ich konnte die Worte nicht verstehen.

„Wie bitte?“, fragte ich und beugte mich näher. Da ich nicht widerstehen konnte, mich mit ihr anzulegen, fletschte ich knurrend die Zähne. Ich hatte zwar keine Reißzähne, aber das schien kaum eine Rolle zu spielen. Ihre Augen quollen trotzdem vor Schreck aus ihrem Kopf.

„Dämonen!“, kreischte sie. „Dämonen! Dämonen! Beim Blut Christi! Hekate hilf! Gesegnete Seele, Dämonen! Polizei! Hilfe!“

Sie flatterte im Raum herum, während sie kreischte, Dinge umwarf und durch ihr Make-up schwitzte. Sie stolperte in ein Regal und warf mehrere Kristallkugeln um, von denen sie eine auf Hannah warf. Meine blonde Freundin wich aus und die Kugel krachte durch das Fenster, was die Frau nur noch hysterischer machte.

Ich packte Hannahs Hand und zog sie zur Tür. „Zeit zu gehen!“

„Aber dein Gesicht!“

„Das ist nur ein fieser Sonnenbrand.“ Ich zerrte sie hinter mir her und hatte es fast bis zur Haustür geschafft …

Als das Ganze in hundert lila Scherben nach innen explodierte.

„Bleibt stehen! Sofort!“ Ein schwarz gekleideter Mann richtete eine Waffe auf mein Gesicht. Mehrere ebenfalls in Schwarz gekleidete Leute flankierten ihn.

„Scheiße. Zur Hintertür!“ Ich machte auf dem Absatz

kehrt und rannte so schnell ich konnte und hüpfte dabei über die schluchzende Ophelia. Ein Pfeil mit einer hellrosa Feder am Ende traf ihre Schulter, als ich vorbeistürmte.

Zumindest schießen sie mit Pfeilen und nicht mit Kugeln. Aber was steckt in den Pfeilen?

Hintertür.

Springe die Treppe runter.

Halte Hannah bei dir.

Über den Zaun.

„Spring!", schrie ich sie an, als wir zum Zaun rannten.

Sie folgte mir über den wackligen Metallzaun und wir fanden uns auf einem Parkplatz hinter einem schäbigen Lebensmittelladen wieder. Ich rannte in Richtung des Eingangs und lauschte auf Hannahs Schritte, um sicherzustellen, dass sie bei mir blieb.

Nur noch ein paar Meter, komm schon!

Hannahs Schrei ließ mich stocken. Ich hatte nicht einmal gehört, dass die Leute hinter uns über den Zaun kamen, aber als ich mich umdrehte, um nachzusehen, war sie umzingelt und lag auf dem Boden. Ein Mann bohrte ein Knie in ihren Rücken und eine rothaarige Frau hatte Mühe, Hannahs rudernde Arme zu packen.

„Oh, verdammt nein!"

Der Typ, der Hannah nicht am Boden festnagelte, riss bei meinem Schrei den Kopf hoch und richtete seine Pfeilpistole auf mich. *Vergiss es!* Ich schlug sie aus dem Weg, als ich mit voller Wucht an ihm vorbeirannte und auf Hannah zusteuerte. Ich erwischte den Mann, der auf ihr lag, mit einem ausgestreckten Arm an der Kehle, und er taumelte gerade so weit zurück, dass sie ihre Beine anziehen konnte.

Jemand packte meine Schulter und ich rammte meinen Ellbogen nach hinten, als Hannah anfing, mit den Fäusten auf ihren Angreifer zu trommeln. Wir landeten ein paar ordentliche Schläge, auf die ich stolz gewesen wäre, wäre ich nicht zu sehr damit beschäftigt gewesen, meine aufsteigende Panik niederzukämpfen. Dabei vergaß ich die Rothaarige, bis meine Arme auf meinen Rücken gerissen wurden und meine Füße zur Seite flogen. Mir blieb nicht einmal Zeit, mich für den Aufprall zu stählen, als ich auch schon hart auf dem Asphalt landete.

„Du bist verhaftet", knurrte die Frau.

„Warum? Weil ich rot bin? Mit deiner Haarfarbe solltest gerade du dafür Verständnis haben", ächzte ich. Mein Mund blutete und ich war ziemlich sauer.

„Halt die Klappe, Dämon."

„Dämon? Hey ich habe mir das echt nicht ausgesucht. Ich wurde hierzu mit Gewalt gezwungen. Buchstäblich. Etwas hat mich geschnappt und mich verwandelt. Niemand hat gefragt, ob ich das will." Wenn ich sauer war, wurde ich zickig. Das war schon mein ganzes Leben lang ein Problem und hatte dazu geführt, dass ich unzählige Male ins Büro des Schulleiters geschickt wurde.

Aber neben meiner Angst und meiner Panik war da noch etwas anderes. Eine Welle frischer, seltsamer Kraft durchströmte mich. Ich konnte fühlen, wie sie auf meiner Zunge vibrierte und in meinen Augen summte. Je länger ich redete, desto stärker wurde sie.

„Alles, was ich will, ist nach Hause zu gehen und vielleicht ein paar meiner Kurse besser online zu belegen. Ich will nur meine Ruhe haben. Du solltest mich gehen lassen. Zumal ich mir ziemlich sicher bin, dass ich den

Herd angelassen habe. Du willst doch nicht dafür verantwortlich sein, dass ein ganzer Wohnblock abbrennt, oder?“

Ich konnte fühlen, wie sich ihr Griff lockerte. Verdammt, woher auch immer diese Kraft kam, die in mir aufstieg, sie war mächtig.

„Ja, so ist es gut“, säuselte ich. „Du weißt, dass du das Richtige tust.“

„Ich tue das Richtige“, murmelte sie wie betäubt.

„Ja, genau. Lass mich einfach gehen.“

Ihre Fingerspitzen entspannten sich noch mehr und sie gab ein leises, verwirrtes Geräusch von sich.

„Danke“, murmelte ich und ließ die Kraft durch meine Stimme vibrieren. „Du hast das Richtige getan. Ich muss jetzt meine Blumen gießen. Hab noch einen schönen Tag.“

„Gleichfalls.“ Ihre Hand fiel von meinem Arm.

Wenn ich schlauer gewesen wäre, hätte ich mich aus dem Staub gemacht, aber ich war selbst an einem guten Tag eher impulsiv als klug und das hier war definitiv kein guter Tag. Ich war immer noch verdammt sauer. Außerdem hatten sie noch Hannah. Anstatt also zu fliehen, drehte ich mich von dem Rotschopf weg, der mich einfach gehen ließ und warf mich auf die beiden Jungs, die meine neue Freundin festhielten. Ich bewegte mich schnell genug, um sie zu überrumpeln, schlug einem mit dem Ellbogen in den Kiefer und verpasste auch dem anderen einen Haken.

„Verdammt, Sonja! Schnapp sie dir!“

„Was? Oh! Mist!“ Der Rotschopf – Sonja, schätzte ich – erschrak aus der Trance, in die ich sie versetzt hatte und stürzte sich auf mich. Ich fluchte noch im Sturz.

„Glaubst du, du kannst mich verarschen, du kleines

Miststück? Bleib am Boden." Sie presste ihr Knie in meinen Nacken und zerrte an meinen Haaren. Die Art, wie sie meinen Kopf nach hinten riss, ließ meinen Kiefer schmerzen, als würde er allein beim Versuch zu reden brechen.

Hanna weinte, eigentlich schluchzte sie eher. Es hätte mir das Herz gebrochen, wenn es mich nicht so wütend gemacht hätte.

„Lasst es uns zu Ende bringen!", schrie die Rothaarige und schüttelte meinen Kopf dabei heftig, was den einzigen Vorteil hatte, dass ich in der neuen Position sprechen konnte.

„Was wollt ihr zu Ende bringen? Werden Leute heutzutage dafür umgebracht, dass sie komisch aussehen?"

„Worauf wartest du noch, Kyle?" Ihr Kreischen drohte, mir das Trommelfell zu zerstechen.

„Okay, okay!" Einer der schwarz gekleideten Typen richtete sich auf und sein Ton änderte sich, als er seine Arme weit ausbreitete. „Dämonen, hört mich! Ihr seid aus diesem Reich verbannt!"

Er sprach weiter, seine Stimme dröhnte so laut, dass es fast war, als ob sie ein Echo hätte. Als seine Worte über den leeren Parkplatz hallten, erschien ein lila Fleck in der Luft über seiner Schulter und begann sich zu drehen.

„Viel Spaß in der Unterwelt, du Miststück", knurrte mir der Rotschopf ins Ohr.

„Wartet!" Der Mann, dessen Hals mein Ellbogen getroffen hatte, krächzte wie ein Frosch, aber er hob eine Hand, und der Typ namens Kyle hörte auf mit seinem beschwörenden Singsang. Der violette Fleck drehte sich noch immer hinter ihm, aber er wurde nicht mehr größer.

„Wir überspringen gerade einen Schritt, oder nicht?", krächzte er.

Sonja murmelte etwas vor sich hin und verstärkte ihren Griff in meinem Haar. Der Mann warf ihr einen missbilligenden Blick zu und sie lockerte ihren Griff leicht. Aber nur ein winziges bisschen.

„Wir haben alle eine Chance bekommen, Sonja. So sind die Regeln. Jeder hat die Wahl. Das Protokoll zu befolgen schützt uns alle."

Hannah weinte immer noch in kleinen, schaudernden Schluchzern. Der Mann, der kurze braune Haare und eine gerade Nase hatte, legte ihr tröstend die Hand auf die Schulter. Ich wollte ihn durch eine Wand rammen.

Wie kann er das Mädchen erst terrorisieren und es dann wagen, so zu tun, als wäre es ihm wichtig?

„Schwört ihr beide der menschlichen Spezies die Treue?", fragte er leise und sein Krächzen verschwand endlich.

Ich blinzelte ihn an. „Ähm ... Ja? Äh? Was denkst du denn, was wir sind?"

Er antwortete nicht. Er sah Hannah an, die aufgehört hatte zu weinen. Ihr Mund stand offen.

„Wem sonst sollten wir die Treue schwören?", platzte sie heraus. „Wir sind doch auch Menschen! Oder wir waren es. Bis gestern. Natürlich sind wir den Menschen treu!"

„Verdammt", hauchte Sonja.

„Lasst sie los."

Ich schüttelte Sonja von mir ab, die mich nur widerwillig aufstehen ließ. Hannah warf sich in meine Arme und ich umarmte sie fest. Es war seltsam. Vorgestern hätte ich nicht einmal daran gedacht, mich mit so einem

Sonnenscheinchen anzufreunden. Aber jetzt, wo die Welt Kopf stand, kam sie einer Familie am nächsten. Wir standen Arm in Arm da und sahen den Typen an, der nicht Kyle hieß.

„Mein Name ist Dru“, sagte er und nickte uns zu. „Ihr kommt mit mir.“

Hannah sah mich fragend an. Sie zitterte vor Angst immer noch am ganzen Körper. Unsere Alternativen waren das lilafarbene Loch in der Luft oder aber, von diesen Leuten eins aufs Auge zu bekommen, also nickte ich.

„Na schön. Wohin gehen wir?“

KAPITEL VIER

„Das wird eine krasse Reise, also macht euch auf was gefasst.“

Dru, Kyle und Sonja hatten uns zu einem verlassenen Haus in der Gasse der angeblichen Hellseherin gebracht. Nun standen wir in einem heruntergekommenen Wohnzimmer voller Schimmel und Spinnen. Zumindest ging ich davon aus, dass es hier vor Spinnen wimmelte.

„Moment mal.“ Ich hob eine Hand. Mein Herz raste immer noch und so erleichtert ich auch war, nicht durch ein Portal in die Unterwelt gesogen worden zu sein, wollte ich doch nirgendwo sonst hingehen, ohne zumindest ein paar Vorabinformationen zu haben. „Worauf sollen wir uns gefasst machen? Ihr habt mir immer noch nicht gesagt, wohin wir gehen. Oder wie wir dorthin kommen.“

„Oder ob wir jemals zurückkommen“, fügte Hannah leise hinzu.

Sonja seufzte unruhig und sah aus, als wollte sie mich noch einmal schlagen. Ich warf ihr einen Blick zu, der sagte, dass ich mich auf jeden Fall wehren würde. *Komm schon, Rotschopf. Gib mir einen Grund.*

Dru nickte. „Der einzige Weg für Dämonen, in der Menschenwelt zu bleiben, führt über uns. Ihr werdet die nächsten drei Jahre damit verbringen, zu lernen, wie ihr eure Fähigkeiten zum Wohle der Menschheit einsetzt."

„Und dann kommen wir zurück? Können wir dann in unser altes Leben zurückkehren? Sind wir dann geheilt?", fragte Hannah hoffnungsvoll.

Drus Gesicht wurde düster und meine Zuversicht schwand. „Wenn wir dort ankommen, wo wir hingehen, werdet ihr mit einem Mann namens Toland sprechen, der euch mehr erklären wird."

„Und wo genau gehen wir hin?", fragte ich genervt, denn das hatte er immer noch nicht beantwortet.

„Nicht in die Unterwelt", sagte Sonja ungeduldig. „Reicht das nicht? Gott! Können wir bitte einfach einen Kreis bilden und es hinter uns bringen?"

Dru presste seine Lippen zu einer schmalen Linie zusammen. Er schien den Rotschopf nicht mehr zu mögen als ich. Aber er bedeutete uns, uns im Kreis aufzustellen.

„Haltet euch gegenseitig an den Handgelenken fest", sagte er. „Das wird eine holprige Tour."

Ich umfasste Hannahs und Drus Handgelenke. Ich wusste nicht genau, was ich erwartet hatte, vielleicht, dass sich der Boden anhob und sich das heruntergekommene Haus als Luftkissenfahrzeug entpuppte oder dass ein Hubschrauber draußen landete. Aber was tatsächlich geschah, war viel schwerer zu glauben.

Drus Augen leuchteten lila – Madam Ophelia hatte zumindest darin richtig gelegen, als sie uns die Bedeutung dieser Farbe erklärt hatte – und ein Energiestrahl schoss aus seinem Arm in meinen.

Er knallte gegen meine Brust und mein Kopf flog zurück, als meine Wirbelsäule erstarrte. Eine Sekunde später keuchte Hannah neben mir geschockt. Meine Augen weigerten sich, sich zu konzentrieren. Jeder Nerv in meinem Körper summte. Ich konnte nicht atmen. Die Spannung in meinem Körper wuchs und wuchs, bis ich sicher war, dass meine Knochen brechen und meine Lunge explodieren würde. Gerade als es unerträglich wurde, wurde alles schwarz um mich herum.

Ich dachte wirklich, ich wäre gestorben.

Als sich mein Bewusstsein endlich wieder in meinem Körper niederließ, konnte ich nur noch Kälte fühlen.

Haben sie mich schon begraben?

Aber ich hielt mich immer noch an zwei Handgelenken fest, eines in jeder Hand. Ich drückte sie, um sicherzugehen, dass sie echt waren und die Hände, die meine Handgelenke umfassten, drückten zurück. Langsam und zögernd öffnete ich meine Augen.

Das Erste, was ich sah, war Schnee. Unsere kleine Gruppe stand dampfend darin und die auf uns herabfallenden Flocken verdunsteten sofort. Meine Haut war immer noch extrem heiß, was ich langsam für einen Dauerzustand hielt. Der Effekt war, dass wir eine Art Privatwolke hatten, was seltsam war, aber nicht seltsam genug, um meine Aufmerksamkeit lange zu fesseln. Denn hinter Sonjas Kopf erhob sich ein gewaltiges Steintor. Es sah uralt aus, ganz grau und schwarz, mit Schnee bedeckt und mit Eis verkrustet. Im Bogen ragten steinerne Buchstaben hervor.

Universität der Gefallenen.

„Universität der Gefallenen?", fragte ich. „Ernsthaft?"

Sonja verdrehte die Augen. Hannah gab ein Geräusch von sich, als wollte sie lachen, aber als ich sie ansah, liefen Tränen über ihre Wangen. Sie begann wieder zu zittern.

„Also, sollen wir noch länger hier im Schnee rumstehen oder…?" Ich sah Dru an.

„Kommt mit", sagte er. „Willkommen in eurem neuen Zuhause."

„In eurem *vorübergehenden* Zuhause", betonte Sonja, als wir alle durch den tiefen Schnee zum Tor stapften. „Vorausgesetzt, ihr fliegt nicht gleich in der ersten Woche raus."

Hannah warf mir einen besorgten Blick zu und ich zwang mich, sie anzugrinsen, wobei ich mit dem Kinn in Richtung der Rothaarigen wies. „Keine Sorge, diese Möchtegern-Schwarze-Witwe da drüben ist offensichtlich nicht rausgeflogen, also scheinen sie die Messlatte ziemlich niedrig anzulegen. Ich denke, wir kommen hier locker klar."

Hannah verbarg ein Grinsen, als Sonja neben uns her stapfte und aussah, als ob sie sich auf uns stürzen wollte.

„Wollt ihr zwei wirklich in dem Aufzug da reingehen?", fragte sie.

„Tut mir leid", ich verdrehte die Augen, „aber ich habe mein Make-up zu Hause gelassen."

Sie stieß einen Atemzug aus, der ein Wölkchen in die kalte Luft vor ihr blies. „Du brauchst kein Make-up, du Idiotin. Verwandle dich einfach."

„Was denn, bin ich auf einmal ein Werwolf, oder was?"

„Du bist ein Dämon", sagte sie langsam, als würde sie mit einem Kind sprechen. „Glaubst du, Dämonen laufen die ganze Zeit als Dämonen herum? Sie würden nie etwas schaffen. Verwandle dich."

„Wie?", fragte Hanna.

„Oh mein Gott, mach es einfach! Oder lass es bleiben. Ist mir doch egal." Sie schüttelte den Kopf und stapfte davon. Dru sah ihr genauso schmallippig wie vorher nach, aber dann wurde sein Ausdruck weicher und er lächelte uns entschuldigend an.

„Es ist wie Meditation", sagte er und fuhr sich mit einer Hand durch sein braunes Haar. „Schließt die Augen und konzentriert euch darauf, wie ihr aussehen wollt. Wenn ihr einen Schmerz in eurer Brust aufwallen spürt, dann greift nach ihm und lasst euch von ihm ausfüllen. Es wird ein paar Minuten dauern, aber je mehr ihr übt, desto schneller werdet ihr. Seht ihr?"

Er blinzelte und in dem winzigen Moment, in dem ich ihn genauer in den Blick nahm und er seine Augen schloss und wieder öffnete, verwandelte er sich in eine riesige holzkohlefarbene Kreatur mit langen Reißzähnen und Klauen. Hannah quietschte erschrocken und packte meinen Arm, während wir beide einen Schritt zurückwichen. *Meine Güte, Dru, wie wäre es mit einer kleinen Vorwarnung?*

Dann blinzelte er wieder und verwandelte sich in seine menschliche Gestalt zurück. Das dauerte etwas länger und schien mehr Energie zu kosten, aber es ging immer noch schnell und nahtlos.

Hannah holte zitternd tief Luft. Obwohl Drus Verwandlung mich erschreckt hatte, war sie nicht so gruselig gewesen, wie sie wahrscheinlich hätte sein sollen. Die Tatsache, dass ich mir vor Angst nicht in die Hose gemacht hatte, ließ mich glauben, dass ich vielleicht endgültig den Verstand verloren hatte.

Egal. In einer verrückt gewordenen Welt kann ich genauso gut auch gleich ebenfalls verrückt sein, nicht wahr?

Ich tat es Hannah gleich, schloss ich meine Augen und versuchte, mich zu konzentrieren.

Oh, ich sollte also einen Schmerz spüren? Das war die Untertreibung des Jahrhunderts. Es brannte wie Feuer und röhrte in mir wie ein Industriestaubsauger. Ich hörte völlig auf zu atmen und begann mich zu fragen, ob Dämonen atmen mussten. Das Hämmern in meinem Kopf schien JA zu schreien, aber bevor es ihm gelang, meinen Schädel zu zerschmettern, fühlte ich, wie sich mein Körper veränderte. Ich hatte ein mulmiges Gefühl, aber es war besser als das fiese Brennen vorher. Ich öffnete meine Augen gerade rechtzeitig, um zu sehen, wie Hannah sich in ihr menschliches Selbst zurückverwandelte.

„Ich habe es geschafft!", rief sie schrill. „Wie sehe ich aus?"

„Normal", sagte ich. Ich umarmte sie und sah über ihre Schulter zu dem imposanten Tor. Sonja stand davor und trommelte mit ihren leuchtend roten Nägeln ungeduldig auf den Stein. Kyle stand neben ihr, machte ein betont gelangweiltes Gesicht und warf ihr hin und wieder einen Blick zu, um zu sehen, ob sie ihn bemerkte. *Oh, verdammt.* Ich verdrehte die Augen. Wenn seine Verknalltheit uns nicht fast in die Unterwelt geschickt hätte, wäre es mir herzlich egal gewesen, aber war das sein Ernst? Sie war nicht heiß genug, um uns dafür zu töten.

Hannah fuhr mit ihren Fingern, die jetzt nicht mehr von ihren Hörnern behindert wurden, glücklich durch ihr blondes Haar. Die Dinger mussten sie verrückt gemacht haben. Und es schien, Sonjas Gebrauch des Wortes „Verwandlung“ war treffend gewesen, denn das hier war keine Illusion oder eine Maske. Wir hatten unsere äußere Erscheinung wieder in eine menschliche Gestalt verändert. Verstohlen tastete ich meinen Hintern ab, um zu sehen, ob mein Schwanz noch in mein Hosenbein gestopft war. Aber er war weg.

Wow.

Wir folgten Dru dorthin, wo Kyle und Sonja kurz vor dem Tor standen. In der Luft lag ein seltsames Brummen, das die Härchen auf meinen Armen aufrichtete, bis ich sie mir wütend rieb.

„Was ist das?“

„Ein Schutzzauber“, sagte Dru. „Übernatürliche Wesen können sich bis zum Tor transportieren, aber nicht weiter. Sie schützen die Schule.“

„Wo sind wir?“, fragte Hanna.

„In Mönkh Saridag.“ Als ich auf die unbekannte Wörter hin nur blinzelte, fügte er hinzu: „In den Bergen zwischen der Mongolei und Russland.“

Als ob das alles erklären würde, wandte sich Dru ab, legte eine Hand auf das Tor und murmelte etwas, worauf das schwere Steintor aufschwang.

„Das erklärt, warum es hier so kalt ist“, murmelte ich, immer noch meine Arme reibend.

Wir überquerten einen schneebedeckten Innenhof und gingen auf einen hohen Bau zu, der mehr wie eine Burg als wie eine Schule aussah. Wie das Tor war auch er aus Stein und von Schnee und Eis überzogen. Die schwarzen Fenster wirkten wie eine Million kleine Augen. Ich erschauderte.

Der Ort war so abgelegen und von hier draußen schien er völlig verlassen zu sein.

Wir stapften die breiten Stufen hinauf, bevor Dru und Kyle die großen, schweren Doppeltüren öffneten.

„Willkommen in der Universität der Gefallenen", intonierte Dru.

Als ich eintrat, sah ich, dass die Leere nur eine Illusion gewesen war. Im weiten Eingangsbereich wimmelte es von Leuten, die verstreut miteinander redeten und lachten. Sie hielten inne, als sie uns bemerkten und alle Blicke wandten sich uns zu. Hannah ergriff meine Hand und drückte sie so fest, dass ich zusammenzuckte. Während die meisten wie normale Leute aussahen, waren nicht alle von ihnen verwandelt. Ungetarnte Dämonen lauerten – okay, lauerten war vielleicht zu dramatisch, denn sie standen eigentlich nur genauso wie die anderen herum – und Hannah sah hastig und mit großen Augen von einem zum andern.

Wärme kroch meinen Rücken hinauf und das Licht in der Halle schien plötzlich heller zu werden. Es war wie ein Luftstrom, der sich um die Studenten schlängelte und mir zuwinkte. Etwas Fremdartiges und Verlockendes rauschte in meinem Blut und mein ganzer Körper kribbelte. Ich fuhr mit meiner Stiefelspitze über den Steinboden und genoss das Gefühl seiner Oberfläche. Mein Herz schlug heftig, aber nicht unangenehm. Ganz im Gegenteil. Es war ... erregend. Die Härchen auf meinem Körper prickelten, genauso wie meine Brustwarzen.

Was zum Teufel?

Die Luft hier schien mit Ecstasy oder etwas versetzt zu sein, das war die einzige Erklärung. Nach all dem Mist, der mir heute passiert war, konnte ich mich unmöglich so gut fühlen. So erregt.

Ich warf einen Blick auf die anderen, vor allem auf Hannah. Sie schien nervös und schüchtern, hatte aber die düster-erotische Stimmung im Raum nicht bemerkt. Auch Dru, Kyle und Sonja waren entweder immun gegen sie oder sich ihrer nicht bewusst. Sie waren inzwischen ein paar Schritte weitergegangen, sodass ich mich beeilte, aufzuholen. Ich unterdrückte ein Stöhnen, als sich meine Oberschenkel bewegten und mein Kitzler bei jeder Bewegung pochte. Was auch immer das war, es wurde zu einem Problem. Es fiel mir inzwischen schwer, mich zu konzentrieren und meinen Atem gleichmäßig zu halten.

War es das Licht? Oder die Luft an sich?

Nein, erkannte ich. Es war ein Duft.

Meine Nasenlöcher bebten und meine Augen weiteten sich, als ich meinen Kopf in Richtung der Geruchsquelle drehte. Woher zum Teufel ich wusste, wer für den unglaublichen Geruch in einem Raum voller Leute verantwortlich war, konnte ich nicht erklären. Aber ich wusste ohne jeden Zweifel, dass er von einem Mann ausging, der auf der anderen Seite der Halle stand.

Er roch nach einer wahnsinnig erotischen Kombination aus Geld, Sonnenlicht und Langeweile. Er war groß und schlank, mit aristokratischen Zügen in seinem blassen Gesicht. Seine Augen brannten wie grünes Feuer und sein perfekt frisiertes braunes Haar glänzte sanft im Licht. Er flüsterte dem Mann zu seiner Linken etwas zu und der kicherte. Ich konnte nicht sagen, wie der andere aussah.

Aber oh, was ist das?

Meeresschaum, Sandelholz und Freude.

Der Geruch riss mich heftig von dem grünäugigen Typen los und lenkte meinen Fokus um. Das neue Objekt meiner Aufmerksamkeit stand einige Meter von dem ersten Mann entfernt und sah aus wie ein kalifornischer Gott, braungebrannt und muskulös. Sein gewelltes blondes Haar fiel über seine kobaltblauen Augen, die farblich zu dem Steinanhänger seiner Hanfkette passten. Er grinste mich unverblümt an und zwinkerte. Als wäre das Zwinkern eine körperliche Berührung gewesen, ein Zungenschlag an meinem pochenden Kitzler, vernebelte ein lustvolles Schaudern meine Sicht.

Ich konnte nur deshalb wieder klarer sehen, weil inzwischen ein anderer Geruch meine Aufmerksamkeit erregt hatte. Dieser war würzig, voll und süß, wie scharfer Ingwer, der in Kokosmilch geschmort wurde. Der Mann, der dazugehörte, projizierte seine Emotionen nicht so stark wie die anderen beiden. Er sah gelangweilter und distanzierter aus als der reiche Typ, aber als ich näher kam, konnte ich seine Wut schmecken.

Und seltsamerweise schmeckte sie gut. Ich war total angemacht. Ich wollte mehr über diesen dunkeläugigen Mann mit der Toffee-Haut und so viel kontrollierter Wut wissen.

Seine Augenlider flackerten, als er mich ansah. Unsere Blicke trafen sich und ich spürte einen plötzlichen Sog in mir aufsteigen, so wie ich ihn gefühlt hatte, als ich Sonja überredet hatte, mich gehen zu lassen. Es war etwas Tiefes und Mächtiges, völlig außerhalb meiner Kontrolle.

Aber als das Gefühl meine Augen erreichte, wandte der schöne Mann mit den scharfen Gesichtszügen seinen Blick ab. Ich keuchte. Die unterbrochene Verbindung bereitete mir fast körperliche Schmerzen.

Während wir weitergingen, wuchs meine Erregung immer mehr. Ich wollte mich umdrehen und diese Männer einsperren, auszählen und einen von ihnen ins Bett zerren. Ich wollte Dru anhalten und um eine Verschnaufpause bitten, um mich zu sammeln, bevor wir weitergingen, oder um mich auszuziehen und durch den Gang zu rennen, bis mich jemand, irgendjemand...

„Au!" Hannahs Stimme riss mich aus meinen wilden Fantasien. „Piper, geht es dir gut?"

„Hm?"

Sie hob ihre Hand in meiner, um mir ihre violetten Fingerspitzen zu zeigen.

„Oh, scheiße, es tut mir leid." Ich ließ ihre Hand los und rieb meine verschwitzte Handfläche über meinen Oberschenkel. *Ohhh, Gott.* Das war ein Fehler. Es fühlte sich zu gut an, um in der Öffentlichkeit erlaubt zu sein, und ich verspürte den fast unkontrollierbaren Drang, mit der Hand über einen ganz anderen Teil meiner Anatomie zu reiben. Ich biss mir auf die Lippe, bis ich Blut schmeckte, und atmete so tief ein, dass meine Lunge mit meiner Wirbelsäule zu verschmelzen drohte.

Hannah beobachtete mich besorgt. „Schon okay. Geht es dir gut?"

„Ich ... ich weiß es nicht", murmelte ich heiser. „Fühlst du das nicht?"

Sie sah sich mit gerunzelter Stirn um. „Was soll ich fühlen?"

Den flüssigen Sex in der Luft.

Aber das konnte ich nicht sagen, ohne es zu erklären,

und da ich es nicht erklären konnte, schüttelte ich nur den Kopf. Doch bei dieser Bewegung wurde ich von dem bislang verführerischsten Duft fast umgehauen. Feuer. Nicht Rauch oder Schwefel, sondern Feuer an sich. Der Mann, der für dieses erstaunliche Aroma verantwortlich war, ragte aus den Leuten um ihn herum heraus. Seine Haut war wie dunkler Kaffee und seine Augen wie Mitternacht. Sein dunkles Haar war kurz geschnitten, der Haaransatz perfekt konturiert, und ich wollte mit den Fingern über seine Borsten streichen. Als er mich ansah, bemerkte ich kleine Honigflecken in seiner Iris, wie Lagerfeuer auf zwei Hügeln.

Er kniff die Augen misstrauisch zusammen, als ob ich für dieses überwältigende Gefühl von Sex verantwortlich wäre, das die Luftmoleküle um uns herum vibrieren ließ.

Aber dem war bestimmt nicht so, oder? Aber sonst schien es niemand bemerkt zu haben. Nur ich und diese vier Jungs. Warum gerade diese vier? Sie hatten nirgendwo in der Nähe gestanden. Verdammt, sie kannten sich wahrscheinlich nicht einmal. Aber ich kannte sie.

Zumindest erkannte etwas in mir etwas in ihnen. Irgendwie.

„Ach, ich brauche ein Nickerchen", murmelte ich. „Ich glaube, etwas in meinem Kopf sitzt locker."

„Dieser Sprung oder die Teleportation oder was auch immer war ziemlich hart", stimmte Hannah mir leise zu. „Ich hoffe, dass wir das nicht oft tun müssen."

Sonja warf uns einen höhnischen Blick über ihre Schulter zu. „Wenn ihr lieber wie Menschen reisen wollt, haben wir hier sicher irgendwo einen Yak."

„Was?“ Hannah sah mich verwirrt an, doch ich konnte nur mit den Schultern zucken.

Dru seufzte. „Dieser Ort ist für menschliche Fahrzeuge unmöglich zu erreichen. Ihr könnt euch teletransportieren oder ein Lasttier verwenden. Ich schlage ersteres vor. Das Büro des Schulleiters ist gleich hier oben. Benehmt euch. Er kann euch die Aufnahme verweigern.“

Das Büro des Schulleiters sah überraschend freundlich aus. Die steinerne Rückwand war größtenteils mit beigen Aktenschränken bedeckt und ich hätte schwören können, dass ich seinen Schreibtisch erst letzte Woche in einem Möbelgeschäft im Einkaufszentrum gesehen hatte. Kyle und Sonja hatten sich nicht die Mühe gemacht, mit hereinzukommen, als Dru uns hineingeführt hatte. Ich sah mich in dem völlig normalen Zimmer um, während Dru leise mit dem Schulleiter sprach.

Ich achtete nicht darauf, was sie sagten, denn ich war zu sehr damit beschäftigt, den Nebel der Lust in meinem Kopf zu verjagen. Er hatte angefangen sich zu heben, als wir die große Haupthalle verließen, und obwohl sich meine gesamte untere Hälfte immer noch geschwollen und bedürftig anfühlte, konnte ich zumindest etwas klarer atmen und denken.

„Ihre Namen bitte.“

„Piper! Hey!“, zischte Hannah und stieß mir mit dem Ellbogen in die Rippen.

„Oh, tut mir leid“, murmelte ich. „Ich war abgelenkt. Ich schwöre, dass ich genau dieses Büro schon einmal gesehen habe. Es erinnert mich an das Büro meines Mittelstufendirektors. Ich dachte, es gäbe hier Wandteppiche und Pergamentrollen, vielleicht ein paar Zauberstäbe und Kristallkugeln, aber keine Aktenschränke von 1985."

Hannah verschluckte sich an einem überraschten Lachen und sah dann entsetzt aus, dass ich sie vor dem Schulleiter zum Kichern gebracht hatte.

Der grauhaarige Mann mit dem dicken, buschigen Schnurrbart blinzelte mich einen Moment lang an und ich fragte mich, ob er mich gehört hatte. Ich hatte leise sprechen wollen, aber alle meine Sinne schienen im Moment abgelenkt zu sein.

Der Schulleiter räusperte sich. „Ihren Namen. Bitte."

„Piper Lawless."

Er hob eine Braue. „Dieser Nachname hat hoffentlich nicht viel zu sagen. Mein Name ist John Toland, ich leite diese Universität. Nehmen Sie Platz. Dru hat mir erzählt, dass er Sie festgenommen hat, als Sie eine alte Frau angegriffen haben."

Ich schnaubte und sah Dru ein wenig vorwurfsvoll an, bevor Hannah und ich es uns auf Stühlen vor dem Schreibtisch des Schulleiters bequem machten. Ich hatte geglaubt, er sei auf unserer Seite, aber im Moment fühlte ich mich von ihm verraten. „Sie war noch nicht so alt. Und wir haben sie nicht absichtlich angegriffen."

„Ach nein?"

„Ernsthaft. Wir haben sie um Hilfe gebeten. Sie behauptete, sie könne Menschen von ihren Dämonen befreien. Es ist nicht unsere Schuld, dass sie nur heiße Luft versprach."

Sein Schnurrbart zuckte und einen Moment lang glaubte ich, ein Lachen in seinen Augen zu sehen. Sie wurden fast sofort wieder stählern, aber zumindest wusste ich jetzt, dass der Typ Sinn für Humor hatte.

„Nun, in diesem Fall sehe ich keinen Grund, Ihnen die Einschreibung zu verweigern. Mal sehen…“ Er drehte den alten Monitor zu sich und tippte etwas ein. „Erstes Jahr, erstes Jahr … zu Ihrem Glück sind wir dieses Semester noch nicht voll belegt. Letztes Jahr mussten wir Personal aufstocken. Das war ein Fiasko. Ah, da sind wir. Sie zwei sind Freundinnen, richtig?“

„Ja“, sagte ich sofort.

Hannah strahlte, als wäre heute ihr Geburtstag und Weihnachten gleichzeitig. Ich grinste sie an, froh, dass sie mit meiner Antwort so einverstanden war. Immerhin war sie im Moment buchstäblich die einzige Freundin, die ich auf der Welt hatte.

„Mm-hm. Ich bevorzuge es im Allgemeinen, Freunde im ersten Jahr zusammenzulassen. Ein Übergang dieser Art kann etwas überwältigend sein. Das hängt natürlich davon ab, ob Sie beide denken, Sie können sich auf Ihr Studium konzentrieren, wenn Sie zusammen wohnen. Dies ist schließlich keine Grundschule, ich gehe also davon aus, dass Sie sich wie Erwachsene benehmen können?“

„Hm … ja?“ Ich blinzelte ihn an.

Er seufzte. „Dies hier ist keine Situation, in der man entweder besteht oder den Test noch einmal macht, Piper. Wer hier nicht gut abschneidet, wird nicht mit einem Trost-Diplom und einem *Viel Glück beim nächsten Mal* nach Hause geschickt. Wer hier rausfliegt, für den geht es nur noch steil bergab, wenn Sie verstehen, was ich meine?“

Ein Schauer lief mir über den Rücken, aber ich sah ihn mit zusammengekniffenen Augen an. „Ist das eine Drohung?"

Er sah mich an, seine Augen waren matt und kalt und jede Spur von Humor war verschwunden. „Nein, Miss Lawless. Es ist eine Tatsache."

Die Spannung im Raum stieg und die Stille dehnte sich. Ich klebte an seinem stählernen Blick fest und nach mehreren Minuten rutschte Hannah auf ihrem Sitz herum und räusperte sich.

„Ähm … kann ich meine Oma anrufen? Sie wird sich Sorgen machen."

Tolands Gesichtsausdruck wechselte zu geübtem Mitgefühl. „Ich fürchte, das geht nicht, meine Liebe. Was Ihre Familien betrifft, so sind Sie einfach verschwunden. Es ist in Ihrem eigenen Interesse, dass dies so bleibt. Es gibt Regeln. Am Ende dieses Termins erhalten Sie ein Handbuch. Ich schlage vor, Sie beide gehen es akribisch durch."

Hannahs Augen funkelten und ihr Atem stockte. Ich wollte sie trösten, aber ich hatte Angst, sie zu berühren würde sie zum Weinen bringen.

„Oh", sagte sie mit zitternder Stimme.

Ich funkelte den Schulleiter an, der ärgerlich ruhig blieb.

Er ignorierte meine offensichtliche Wut und wechselte reibungslos das Thema. „Nun zu Ihren Fächern. Ich habe Sie für die meisten Stunden zusammen eingeschrieben."

„Für die meisten Stunden?", fragte ich und verschränkte meine Arme.

„Ja. Ihre Kernklassen sind gleich. Ihre intensiveren

Krafttrainingskurse sind jedoch auf Ihre individuellen Bedürfnisse ausgerichtet, aber diese Kurse belegen Sie natürlich erst im zweiten Jahr."

„Warum?", fragte ich mit einem Unterton der Enttäuschung. Verflixt, ich wollte meine Kräfte gern stärken – beziehungsweise würde ich zunächst einmal gern herausfinden, worin meine neuen Kräfte überhaupt bestanden. All dieser Wahnsinn musste doch etwas Nützliches haben, das schien mir nur fair zu sein.

Toland schenkte mir ein mildes Lächeln. „Zuerst sind die Grundlagen dran. Geschichte, Sozialwissenschaften, Ethik. Grundlagen in Magie und Kampf. Wir werden Sie nicht an die großen Geschütze lassen, bis wir wissen, auf wen Sie sie richten werden."

Okay, das ergab Sinn. Es war zwar ätzend, aber ich konnte seine Logik nachvollziehen.

Er druckte unsere Stundenpläne aus und reichte sie uns. Ich betrachtete sie mit einem Gefühl der Vertrautheit. So sehr dieser Ort auch versuchte, mysteriös und übernatürlich zu sein, so menschlich funktionierte er letztlich. Die Fächer hießen zwar etwas anders, aber alles in allem sah mein Stundenplan an der Seattle University sehr ähnlich aus.

„Die Nummer ihres Wohnheimzimmers steht auf der Rückseite, zusammen mit einer Karte der Schule. Sie sollten sich mit allem vertraut machen." Der Schulleiter wollte sich gerade erheben und uns schon hinauswinken, aber dann stockte der plötzlich. „Oh! Ihre Handbücher."

Er zog zwei dicke, glänzende Handbücher aus einem Regal und reichte sie uns.

Ich blinzelte zu ihnen hinunter, dann wieder zu ihm.

Das Handbuch in meinen Händen sah so normal aus und ich war etwas überrascht, dass auf dem Einband keine Gruppe von Dämonen aus verschiedenen Kulturen zu sehen war, die gemeinsam im Gras unter einem Baum lachten.

Andererseits ist dies nicht wirklich die Art von Universität, die Studenten rekrutieren muss.

Wir haben keine andere Wahl.

KAPITEL FÜNF

„Sieht so aus, als ginge der Unterricht erst in einer Woche los“, sagte ich, als wir uns unbegleitet auf den Weg machten.

„Großartig.“ Hannah seufzte.

„Das ist es! Wie können die Burg eine ganze Woche lang erkunden und haben die Gelegenheit, ein paar dieser Leute kennenzulernen, bevor wir den ganzen Tag mit ihnen in einem Klassenzimmer stecken.“

Wir fanden die Treppe, die auf der Karte markiert war und stiegen sie hinauf. Im Flur im Obergeschoss war es ruhiger und unsere Schritte hallten auf den Steinfliesen. Die berauschende erotische Atmosphäre war hier oben ebenfalls dünner, was gut und schlecht war. Zum einen war es eine Erleichterung, wieder klar denken zu können, andererseits fehlte sie mir – ich sehnte mich geradezu nach ihr – und beschleunigte meine Schritte, um schnell unser Zimmer zu finden. Wir verliefen uns zweimal, aber schließlich fanden wir es.

Unser Zimmer befand sich in einem kleinen Turm mit

Blick auf die raue Schneelandschaft. Es war der einzige Raum hier oben, obwohl es im Gang, der vom Turm wegführte, viele weitere gab. Ein kleines Badezimmer befand sich auf der anderen Seite des Flurs und ich hoffte, dass wir es hauptsächlich für uns hätten.

„Trautes Heim, Glück allein", sagte ich trocken, als ich die schwere Holztür zufallen ließ. „Gott, es ist wie in einem verdammten Kloster."

Es gab ein kleines Fenster auf der einen Seite des Raumes, durch das kaum Licht auf zwei Betten mit Eisengestell und zwei identische leere Schreibtische drang. Am Fuße jedes Betts standen große Holzkisten, eine grob gewebte Matte lag statt eines Teppichs auf dem Boden und in die Steinmauern waren Regale eingebaut. Laptops, die kaum moderner waren als der, den ich zu Hause hatte, standen auf den Schreibtischen.

„Nicht schlecht", sagte Hannah müde.

Ich sah sie skeptisch an. „Geht es dir gut?"

Sie schüttelte den Kopf. „Ja. Ich ... ich bin nur müde. Und..." Sie sah sich zitternd im Raum um und schlang ihre Arme um sich. „Ich brauche nur etwas Zeit."

Sie hatte wieder diesen Blick eines gehetzten Tiers und ihre Anspannung ließ die Luft um sie herum fast knistern. Ich war bisher nie besonders empfindlich für Auren gewesen, aber ihre war wild und fast außer Kontrolle. Ich trat unbeholfen näher, um sie zu trösten, aber sie zuckte zusammen. Sie musste allein sein.

„Nun", sagte ich fröhlich, entfernte mich ein paar Schritte und drückte meine Schultern nach hinten durch. „Ich werde die Burg erkunden. Soll ich dir was mitbringen, wenn ich etwas zu essen finde?"

Sie schüttelte den Kopf wie betäubt, warf mir aber einen dankbaren Blick zu. „Nein danke. Mir geht es gut."

„Okay. Bis später."

Ich schloss die Tür hinter mir sanft zu und zögerte. Eine Sekunde später hörte ich, wie sie sich aufs Bett fallen ließ. Keine weitere Sekunde später drang ein leises Weinen durch die dicke Holztür. Ein Teil von mir wollte zurückstürmen und sie aufheitern; der andere Teil wollte einfach nur die Flucht vor ihrem Gefühlsausbruch ergreifen. Ich entschied mich für Letzteres, um ihretwillen. Sie hatte wirklich so ausgesehen, als bräuchte sie einen Moment allein. Außerdem war ich schrecklich im Umgang mit solchen Sachen und würde es wahrscheinlich nur noch schlimmer machen.

Ich verbrachte eine Viertelstunde mit dem Versuch, eine Treppe zu finden und wünschte, ich hätte daran gedacht, die Karte mitzunehmen. Schließlich witterte ich einen Hauch jener erotischen Dunkelheit von vorher und ging schnurstracks auf sie zu. Links, rechts, einen langen Flur hinunter, dann wieder links. *Ah! Da ist es!* Eine Treppe lag am Ende des Gangs und die lustvolle unsichtbare Wolke strömte mir von der obersten Stufe entgegen.

Ich konnte nicht sagen, ob es an der schieren Größe der Burg oder an dem berauschenden Aroma lag, aber mir war schwindlig, bevor ich unten ankam. Als ich das Erdgeschoss erreichte, blieb ich stehen und sank gegen das verzierte alte Geländer. Während ich durchatmete, änderte sich das Aroma. In der vagen Wolke nebliger Erotik lag noch etwas anderes. Feuer. Mein Herz setzte einen Schlag lang aus und der trübe Korridor schien sich zu erhellen. Plötzliche

Klarheit überkam mich und ich folgte dem dünnen Feuersog.

Er wurde intensiver, bevor er sich mit dem muffigsüßen Duft von Geld mischte. Mein Herz schlug schneller. Ich schlich geschmeidig, wie eine Katze auf Beutezug, langsam und genüsslich, bis ich eine große, offene Tür erreichte. Von drinnen konnte ich Gemurmel hören. Das Sonnenlicht der grauen Berge fiel durch einen weichen Staubwirbel und die beiden Männer, die ich irgendwie entschieden hatte zu suchen, saßen mit den Rücken zueinander auf kleinen Sofas in der Nähe des Fensters. Sie schienen sich der Anwesenheit des anderen nicht bewusst zu sein. Der Aristokrat beugte sich verschlossen über einen riesigen Wälzer, während der dunkelhäutige Mann, der wie Feuer roch, durch eine Zeitschrift blätterte. Nein, keine Zeitschrift, erkannte ich, als ich näher kam. Es war ein Comic-Heft.

„Das scheint mir ein wenig überflüssig an einem Ort wie diesem, meinst du nicht?“

Er sah langsam zu mir auf. Ich hatte ihn kein bisschen erschreckt und aus irgendeinem Grund war ich darüber gleichzeitig verärgert und erregt. Jede seiner Bewegungen schien mich anzumachen.

„Ich lese gern, wie Menschen uns Übernatürliche sehen“, sagte er mit einer Stimme, die so glatt war wie Obsidian. Mir lief ein Schauer den Rücken hinab und ich setzte mich halb auf die Armlehne der Couch, um ihm über die Schulter zu schauen.

„Und wie wahrheitsgetreu sind die Darstellungen?“

Er grinste. „Manche Leute haben definitiv Dinge

gesehen, obwohl die Erklärung der Ursprünge immer amüsant sind. Fässer mit Atommüll?"

„Es macht in gewisser Weise Sinn", argumentierte ich. Ich hatte einmal eine Comic-Phase gehabt, die ich nie ganz hinter mir gelassen hatte. „Ich meine, Krebs sind auch nur Zellen, die unkontrolliert wachsen, nicht wahr? Und wenn sie nun auf magische Weise zu etwas Größerem und Besserem heranwachsen?"

Der Mann hinter uns verschluckte ein Lachen und drehte empört zu uns um. „Habe ich da gerade richtig gehört? Deiner Meinung nach ist Krebs etwas Gutes?"

„Na ja, nein." Ich war nervös und seine Stimme half nicht, denn sie schien wie ein verdammter Pfeil direkt zwischen meine Beine zu schießen, wo sich ein Sehnsuchtsschmerz aufbaute. „Aber ich glaube nicht, dass es mich zu einer Superheldin machen würde, ausgeraubt zu werden. Es würde mich auch nicht zu einem Super-Bösewicht machen, denke ich." Ich warf einen Blick auf dem Mann mit den kurzen schwarzen Haaren zurück. „Ich weiß nicht, wie wir eingeordnet werden."

Düsterer Humor flackerte in seinen mitternachtsdunklen Augen auf. „Das hängt ganz davon ab, wen man fragt. Ich bin Xero."

Er streckte seine Hand aus. Ich zögerte einen Moment, nicht weil ich sie nicht schütteln wollte, sondern weil ich mir selbst nicht über den Weg traute. Wenn ich seine Haut einmal berührte, wäre ich je in der Lage, aufzuhören? Aber ich ergriff seine große, warme Hand trotzdem und ehe ich mich versah, rutschte ich von der Couchlehne direkt neben ihn, ohne seine Hand loszulassen. Die Honigflecken in seinen dunklen Augen wirbelten herum und je näher ich kam, desto mehr Farben sah ich. Rot, Ocker und Funken aus Gold, alle in einem dunkelbraunen, fast schwarzen Ring. Wie war mir das bisher entgangen?

„Piper", hauchte ich.

„Ich bin Kingston", sagte die aristokratische Stimme hinter mir. Eine blasse Hand – ein krasser Gegensatz zum dunklen Xero – schob sich zwischen uns und ich ergriff sie. Meine Aufmerksamkeit wurde plötzlich gewaltsam zum zweiten Mann gezogen. Sein Haar wirkte so weich, unmenschlich weich und perfekt gestylt. Ich fragte mich, ob das Teil seiner neuen Gefallenen-Erscheinung war oder ob er nur einen sehr teuren Geschmack hatte. Als ich mich zu ihm drehte, glitt meine andere Hand unbewusst zu Xeros Oberschenkel und strich über den Stoff. Ich spürte seine sehnigen, kräftigen Muskeln.

„Du bist neu", sagte Xero. Er klang sanft, fast entschuldigend. „Wie gefällt es dir hier bis jetzt?"

Oh verdammt! Was zum Teufel mache ich hier?

Ich zog meine wandernden Hände fort von den Männern und klemmte meine zusammengepressten Finger zwischen meine Schenkel, die ich ebenfalls fest zusammenpresste.

Piper, du kannst doch nicht einfach die Studenten hier begrabschen. Reiß dich zusammen.

„Wie es mir gefällt?" Ich räusperte mich und hoffte, es war nicht so offensichtlich, dass ich Mühe hatte, eine kohärente Antwort zu formulieren. „Na ja, ich meine, ich wollte schon immer eine Burg sehen, aber das ist hier mehr eine Schule als eine richtige Burg und mehr eine Burg als eine richtige Schule. Außerdem glaube ich nicht, dass mir meine Punkte aus der Seattle U hier angerechnet werden.

Aber ich hoffe, ich muss nicht noch mal die ganzen Einführungskurse aus dem ersten Jahr belegen."

Ich verstummte und biss mir auf die Lippen. Ich quatschte unzusammenhängendes Zeug.

Aber wie auch nicht? Mit jedem Atemzug, den diese Jungs taten, wollte ich sie packen und küssen, einen nach dem anderen, beide gleichzeitig. Und dabei wollte ich nicht bleiben. Zum ersten Mal in meinem Leben stellte ich mir mich selbst in einem nackten Gewirr von Körpern vor. Mein Atem ging schnell, egal wie sehr ich versuchte, ihn zu drosseln.

„Also, äh ... sind das alle Studenten?"

Kingston schüttelte seinen edlen Kopf. „Die aus dem dritten Jahr sind auf Feldarbeit mit den Hütern."

Ich kniff verwirrt die Augen zusammen. „Was? Mit Torhütern?"

Xero lachte, ein Geräusch, das meinem Herz das Gefühl gab, es könnte explodieren. „Nein, nicht diese Art von Hüter. Sie tun das, was wir hier lernen sollen. Sie halten die Menschenwelt frei oder so frei wie möglich von Gefallenen."

„Sie sind Arschlöcher", sagte Kingston kalt. „Sie schnappen sich die Leute, egal, was sie tun oder wie sie zu Gefallenen geworden sind und stecken sie in diese Uni. Egal, wie wichtig die Person in der menschlichen Welt ist. Wer warst du vorher?"

Er war verbittert. Selbst wenn seine Worte es nicht verraten hätten, tat es sein Geschmack. Ich verzog den Mund. „Nur eine normale Unistudentin. Ich habe Sozialarbeit studiert."

Kingston sah entsetzt aus. „Um Gottes willen, warum denn das?“

Ich zuckte mit den Schultern. „Ist etwas falsch daran, andern zu helfen?“

„Nein, nein, natürlich nicht“, sagte er schnell. „Es ist nur ... weißt du, wie viel Sozialarbeiter verdienen? Niemand kann davon leben!“

Ich warf mein Haar zurück und grinste ihn herausfordernd an. „Ich bin schon mit weniger ausgekommen. Apropos, wenn wir hier schon feststecken, bekommen wir wenigstens die Kleidung gestellt?“ Ich warf einen Blick an mir herab. „Das hier ist reif für den Müll.“

„Ja“, Xero sagte mit seiner sanft rumpelnden Stimme. „Sprich mit Toland.“

„Dem Schulleiter?“

Er nickte. „Er hätte dir das alles bei deiner Ankunft erklären sollen, aber er ist wahrscheinlich beschäftigt. Die Uni verdoppelt ihre Rekrutierungsbemühungen am Anfang des Studienjahrs.“

Ich sah zu ihm. „Und wo wurdest du rekrutiert?“

Seine Augen trübten sich und er wandte den Blick ab. Die intensive Verbindung, die sich zwischen uns geknüpft hatte, brach plötzlich ab und ich fröstelte in der Kälte ihres Fehlens.

„Es spielt keine Rolle“, sagte er in einem Ton, der klarmachte, dass die Unterhaltung hiermit zu Ende war. Dann erhob er sich sanft und warf einen Blick über die Schulter auf mich herab. „Nett, dich kennenzulernen, Piper.“

Mein Herz brannte, als er ging, und es rutschte fast in

meinen Magen, so als hätte es den Willen verloren, weiterzuschlagen.

Wow, Piper, seit wann bist du so dramatisch? Du hast den Typen doch gerade erst kennengelernt.

Ich verzog das Gesicht. Normalerweise hatten andere Leute keinen derartigen Einfluss auf mich. Jedenfalls nicht mehr seit der Mittelstufe. Irgendwann kommt jedes Mädchen über die Idee der Liebe auf den ersten Blick hinweg. Aber die Gefühle, die ich erlebte, waren real und stark.

Sie waren fordernd und ließen sich nicht leugnen.

Ich wäre ihm beinahe nachgelaufen, aber da berührte Kingston meine Schulter. Der Stromschlag rauschte von seinen Fingerspitzen durch meinen ganzen Körper und ich war wie erstarrt.

„Die Leute hier reden nicht gern über die Vergangenheit“, sagte der elegante Mann düster. Ich schätzte ihn auf Anfang Zwanzig, so wie ich. Vielleicht ein oder zwei Jahre älter. „Die Hüter reden uns ein, dass sie keine Rolle mehr spielt. Dass die Vergangenheit einfach fort ist.“

Während ich über diese finsteren Worte grübelte, zuckte er, als ob ihn etwas gebissen hätte, und warf einen Blick auf seine Hüfte. „Ich muss dich auch verlassen. Viel Glück und willkommen in der UG.“

Ich schnaubte und er zwinkerte mir zu, wobei ein kleines Lächeln um seine Lippen huschte. Er schien die Abkürzung für albern zu halten, genau wie ich.

Ich schüttelte den Kopf, als Kingston wegging, und fühlte mich plötzlich einsamer als je zuvor in meinem Leben. Das war dumm, denn ich kannte diese Jungs nicht einmal, und doch schien meine ganze Existenz von ihrer Nähe abzuhängen.

„Vielleicht ist das hier an der UG so", murmelte ich. „Ich frage mich, ob Hannah das gleiche Problem hat."

Nachdem ich für eine Weile unten herumgelungert und gegen alle Hoffnung gehofft hatte, dass die beiden Männer wiederkommen würden und mich vielleicht, hm, auf einem der Sofas um den Verstand ficken könnten, ging ich bis zu unserem kleinen Turm zurück.

Hannah war in unserem Zimmer dabei, einen kleinen Kleiderhaufen zu mustern. Sie lächelte mir kurz zu, als ich hereinkam. „Hey, sie haben uns Klamotten geschickt. Die Größe passt mir perfekt und das Zeug sieht ganz nett aus. Ich habe deinen Stapel auf dein Bett gelegt."

Sie hatte mir das Bett am nächsten Fenster überlassen, aber ich sah darin weniger eine großzügige Geste als vielmehr einen Akt der Selbsterhaltung, denn sie hatte ihr Bett so weit in die fensterlose Ecke geschoben und ihren Kleiderschrank und die Holztruhe daneben gestellt, um eine Art kleine Höhle zu bauen. Sie hatte Angst.

Ich hielt das oberste Kleidungsstück hoch. Es war eine langärmelige Tunika, die warm, aber atmungsaktiv war und mir bis zu den Knien reichte. Sie war schwarz mit roten Nähten und gefiel mir auf Anhieb. Ich sah eine passende Leggins dazu. Die meisten anderen Kleidungsstücke waren ebenfalls langärmelige Tuniken und bequeme Leggings, aber es gab auch eine dicke, gefütterte Hose und einen schweren Mantel.

„Ist das eine Uniform?“, fragte ich.

„Nur vom Stil her.“ Sie zuckte mit den Schultern, bevor sie eine babyrosafarbene Tunika hochhielt. „Die Farben sind aber verschieden. Du hast hauptsächlich schwarz und rot. Glaubst du, sie habe die Farben auf unsere Dämonenhautfarbe abgestimmt?“

„Sieht ganz danach aus“, sagte ich. „Gefallen dir deine Sachen?“

„Oh ja.“ Sie schaute auf die Tunika in ihrer Hand, fast überrascht über ihr Eingeständnis. „Sehr sogar.“

„Mir auch. Vielleicht sind sie Hellseher.“ Ich kaute für eine Sekunde auf meiner Lippe und fragte dann: „Ähm, Hannah ... hast du dich seit unserer Ankunft hier seltsam gefühlt?“

„Seltsam? Natürlich. Aber seltsam inwiefern?“

„Seltsam, wie ...“ *Oh Gott, ist das peinlich.* „Angeturnt. Voller Lust auf Sex. Mit einem Hormonchaos jenseits der Pubertätswerte. Besessen von Dingen, die keinen Sinn machen.“

Ihre goldenen Augen weiteten sich und wurden mit jedem Wort, das ich sagte, größer. Sie schüttelte den Kopf. „Ähm, nein. Mir ist im Gegensatz ziemlich kalt hier. Glaubst du, der Bau hat eine Zentralheizung?“

Fast hätte ich ihre Frage nicht gehört, obwohl sie wahrscheinlich ohnehin nur rhetorisch war. Ich zuckte unverbindlich mit den Schultern und runzelte die Stirn, während ich meine Sachen in den Schrank hängte.

„Dann geht es wohl nur mir so“, murmelte ich. „Dir ist auch niemand Besonderes aufgefallen? Ich meine, hast du unten jemanden sehen, den du unbedingt kennenlernen willst?“

„Oh Gott, nein.“ Sie schauderte. „Ich meine, die Leute sind bestimmt nett hier und waren nur zur falschen Zeit am falschen Ort, so wie wir, aber ... ich will es nicht wirklich wissen. Nicht jetzt jedenfalls. Ich bin froh, dass wir eine Woche haben, bevor der Unterricht beginnt. Ich brauche Zeit, um das alles hier zu verarbeiten.“

Es geht definitiv nur mir so. Super.

Ich trat unbehaglich von einem Fuß auf den anderen und versuchte, die Gefühle zu ordnen, die durch meinen Körper rauschten. Hitze glühte immer noch in meinen Adern und staute sich an Stellen, an denen sie in diesem Augenblick wirklich nicht sein sollte. Ich war wie auf Drogen. Ich versuchte, mich auf den nächsten Schritt zu konzentrieren.

Was ist der nächste Schritt? Abendessen?

Ich schüttelte den Kopf. Meine Haut fühlte sich klebrig an. Es war, als ob die erotische Atmosphäre unten dichter Rauch gewesen wäre, dessen Rückstände noch an mir hafteten.

„Ich gehe duschen.“ Ich entfernte mich vom Schrank. „Und dann gehen wir auf die Suche nach etwas zu essen.“

Es liegt einfach an all den Veränderungen, beschloss ich. *Ich bin gewaltsam aus meinem Leben gerissen worden. Zuerst Colin, dann die Verwandlung in eine Kreatur der Unterwelt, jetzt die Uni. Mein Unterbewusstsein versucht nur Bekanntschaften zu knüpfen, um zu überleben. Das ist das grundlegendste Urbedürfnis. Nichts, worüber ich mir Sorgen machen sollte.*

Ich ging über den Flur und freute mich auf eine lange, heiße Dusche.

Oder vielleicht sollte ich lieber kalt duschen.

KAPITEL SECHS

„Oh ... ich bin so nervös. Ich hasse es.“ Hannah schlang ihre Arme um den Bauch und rückte im Gehen ein wenig näher an mich heran.

„Vielleicht wärst du nicht so nervös, wenn du in dieser Woche mit irgendjemandem gesprochen hättest“, sagte ich und milderte meine Worte mit einem Lächeln. „Es wird alles gut. Die Leute, denen ich begegnet bin, waren größtenteils nett. Sie sitzen alle im selben Boot wie wir. Wir sind die Lost Boys, mit dem Unterschied, dass wir Mädchen sind. Oder Dämonen? Was auch immer. Der Punkt ist, wir stecken alle zusammen in dieser Sache und es wird alles gut gehen.“

Sie lächelte mich matt an. Die goldene Tunika, die sie für den ersten Kurstag gewählt hatte, brachte ihre Augen zum Vorschein und kontrastierte sanft mit ihrem hellen Haar. Sie bemerkte die anerkennenden Blicke in ihre Richtung nicht, als wir den Flur entlanggingen, aber ich tat es.

„Du wirst hier prima klarkommen“, sagte ich. „Ich weiß es. Die Leute mögen dich jetzt schon.“

Sie schüttelte den Kopf, sodass ihr Haar wippte. „Sie kennen mich nicht einmal.“

„Ich glaube nicht, dass das hier wirklich wichtig ist“, gab ich zu bedenken, als ein leicht blauhäutiger Mann sie entdeckte und lila errötete. „Es fühlt sich an, als ob jeder an diesem Ort verzweifelt nach Freunden sucht, nach einem Zuhause.“

„Kann sein. Aber ich hatte ein Zuhause. Ich hasse die Regel, dass wir keinen Kontakt mit unserem alten Leben haben dürfen. Ich habe das Handbuch von Anfang bis Ende gelesen und konnte kein einziges Schlupfloch finden. Sie wollen wirklich, wirklich nicht, dass wir mit Freunden oder Verwandten sprechen. Es ist so dumm! Meine Oma muss ganz krank vor Sorge sein.“

Mitfühlend drückte ich ihre Schulter. Ich fühlte mich fast schlecht, dass ich nichts und niemanden zu vermissen hatte. Ich konnte mich kopfüber in dieses neue Abenteuer stürzen und jede Sekunde davon genießen, wenn ich wollte. Hannahs Woche war härter gewesen als meine. Sie hatte sich in den ersten drei Nächten in den Schlaf geweint, zusammengerollt unter den schweren Decken auf ihrem Bett. Dann war sie für eine Weile wie betäubt gewesen, und jetzt, wo der Unterricht begann, hatte sie nur noch Angst.

„Wir sind da. Geschichte. Bist du bereit?“ Ich warf ihr einen Blick zu, als wir vor der kleinen Tür anhielten.

Sie holte Luft, um sich zu beruhigen. „Muss ich wohl.“

Wir setzten uns an zwei Tische im hinteren Bereich und ich war immer wieder von der seltsamen Kombination aus normaler Uni und mittelalterlichem Stil überrascht.

Das Arbeitsmaterial war in unser Zimmer geschickt worden – darunter übliche Dinge wie liniertes Papier und Druckbleistifte – zusammen mit zwei geölten Ledertaschen, um sie darin zu verstauen. Die Tische bestanden aus dem üblichen Sperrholz und Metall und hatten sogar eingeritzte Graffiti. Aber sie standen in einem höhlenartigen Steinsaal mit langen, schmalen Fenstern an einer Seite, die auf zerklüftete Gipfel in der Ferne blickten.

Ich zog einen Notizblock und einen Stift hervor, während ich die anderen Studenten hereinschlurfen sah. Viele hatten den gleichen Ausdruck wie Hannah. Ihre Augen waren verquollen, sie waren blass, nervös und aufgeregt. Andere knisterten vor Faszination und wieder andere sahen sich argwöhnisch um. Die meisten erkannte ich von meinen häufigen Spaziergängen durch die Flure, konnte mich aber nicht an alle Namen erinnern.

„Toll! Ist das nicht toll? Geschichte! Echte Geschichte, nicht die Geschichte, die wir für Geschichte hielten. Ich wusste doch, dass etwas fehlt." Die Worte schossen mir auf einer Welle aus Meeresschaum und Sandelholz zu Ohren. Ich drehte meinen Kopf herum, um nach der Quelle zu suchen.

Es war der blonde Typ vom ersten Tag. Er unterhielt sich mit einem kleinen, dunkelhaarigen Typen, der aussah, als bräuchte er Kaffee mehr als alles andere auf der Welt. Der Kleine ließ den Blonden absichtlich stehen und zwängte sich durch einen Gang, um einen einsamen Sitzplatz zu finden. Doch das störte den Surfer nicht. Mit funkelnden kobaltblauen Augen sah er sich nach jemand anderem um, mit dem er sprechen konnte.

„Hier drüben ist ein Platz frei", rief ich sofort und

winkte auf den freien Platz neben mir.

„Großartig! Genial! Super, der perfekte Sitzplatz." Begeisterung strömte weiter von ihm aus, als er sich neben mich setzte. „Sind diese Taschen nicht toll? Und die Aussicht! Ich hätte nicht gedacht, dass Berge so hoch sein können. Hallo, ich bin Jayce."

Konzentrier dich, Piper, konzentrier dich...

Ich wiederholte die Worte wie ein Mantra in meinem Kopf, aber alles, worauf ich mich konzentrieren konnte, waren seine Lippen und die Dinge, die ich mit ihnen machen wollte. Ich räusperte mich und schüttelte seine Hand. „Piper. Und das ist meine Freundin Hannah."

Hannah lächelte schwach.

„Genial. Ich habe gesehen, wie ihr angekommen seid." Sein fröhliches Lächeln ließ für eine Sekunde nach und Besorgnis huschte über sein Gesicht. „Ihr saht ein wenig mitgenommen aus." Dann lächelte er wieder, so als könnte er es einfach nicht lange unterdrücken. „Jetzt seht ihr aber besser aus. Geht es euch gut? Seid ihr nicht auch total begeistert von diesem Ort?"

Ich lachte. „Es ist ganz nett hier."

Seine weißen Zähne blitzten, als sein Grinsen breiter wurde. „Ja, das finde ich auch. Ich meine, es ist total durchgedreht, aber so verdammt cool."

Er kam mir über das erste Treffen im Flur hinaus bekannt vor, aber ich konnte ihn nicht einordnen. War er vielleicht ein Model? Ich öffnete meinen Mund, um ihn zu fragen, aber ein scharfes Klopfen im vorderen Teil des Raums unterbrach mich. Alle Augen richteten sich pflichtbewusst auf den Dozenten. Er war wahrscheinlich Ende dreißig oder Anfang vierzig, groß und breit, sehr muskulös. Sein Haar war noch heller als das von Hannah und aufwendig geflochten – sogar sein Bart. Er sah aus wie ein gebleichter Wikinger.

„Willkommen, Erstsemester“, dröhnte er. „Ich bin Ihr Geschichtsdozent, Sven Karlson.“

„Natürlich heißt er Sven“, flüsterte ich.

Hannah unterdrückte ein Kichern und Jayce grinste.

„Sie können mich Sven nennen, wenn Sie wollen. Oder Mr. Karlson. Es ist nicht wichtig. Wichtig ist, dass Sie alles lernen, was ich Ihnen beibringen werde. Sie finden Geschichte langweilig? Okay. Das hier wird nicht langweilig sein, denn die echte Geschichte ist mit nichts zu vergleichen, was man Ihnen bisher beigebracht hat.“

Er holte einen Stapel Bücher hervor und wie in jeder Uni gab er jedem in der ersten Reihe einen Stapel. Ich formte die Worte stumm mit den Lippen, während er sie laut sagte. „Nehmen Sie sich ein Buch vom Stapel und reichen Sie den Rest nach hinten durch.“

Jayce schien mit seinem Sitz zu verschmelzen. Er war so gelassen, wie ich es noch nie gewesen war, aber seine Augen leuchteten immer noch interessiert und seine Finger trommelten aufgeregt auf den Schreibtisch. Sobald ein Buch bei ihm ankam, schlug er es auf und fing an, die Seiten zu überfliegen.

Mir fiel es schwer, konzentriert zu bleiben, denn Jayce so nahe zu sein war, als würde ich am Fuße eines Wasserfalls in der Nähe des Ozeans stehen und alles in mir sagte mir, ich solle eintauchen und mich von ihm aufs Meer hinausziehen lassen. Als der Stapel bei mir ankam, umklammerte ich mein Buch wie einen Rettungsring und zwang mich, mich auf die anstehende Aufgabe zu konzentrieren.

„Wer regiert die Unterwelt?“, fragte Sven in die Runde.

Jemand auf der anderen Seite des Raumes hob zögernd die Hand. „Ähm ... Satan?“

Sven schüttelte den Kopf und seine eisblauen Augen blitzten. „Satans Macht ist ein Mythos. Er ist nur ein Dämon der mittleren Stufe. Sein Anspruch auf Ruhm stammt aus einer Zeit in der Geschichte, in der er fest entschlossen war, die Menschheit zu regieren. Er wurde übermütig und wurde erwischt. Er hatte nicht die Macht, sich zu rächen. Er wurde bestraft und wird weiterhin vom wahren König der Unterwelt gezüchtigt.“

Unser Dozent hielt inne und drehte seinen Kopf langsam hin und her, um sicherzustellen, dass alle Augen im Klassenzimmer auf ihn gerichtet waren. Neben mir hielt Jayce den Atem an. Hanna zitterte.

„Gavriel.“

Es war nur ein Wort. Ein einzelnes Wort mit sieben Buchstaben. Doch der Name fiel Sven wie eine Atombombe von den Lippen. Der Raum versank in eine Stille, die so tief war, dass sie mir in den Ohren rauschte. Niemand atmete. Der Name hallte und flüsterte in meinem Kopf und weckte längst vergessene Instinkte. Heißes Adrenalin kollidierte mit eisiger Angst und ließ mich erstarren. *Gavriel. König der Unterwelt.*

„Schreiben Sie sich das auf“, sagte Sven und brach die Stille. „Gavriel. G-A-V-R-I-E-L. König der Unterwelt. Zweite Frage. Was wollen die Dämonen von den Menschen?“

„Uns allen ein Makeover verpassen“, sagte ich. Ich

konnte es nicht mehr ertragen. Die Atmosphäre wurde viel zu drückend.

Hannah stieß mir mit dem Ellbogen in die Rippen und schüttelte den Kopf, während sie ihre bernsteinfarbenen Augen aufriss. Sie war in ihrer Schulzeit definitiv kein Klassenclown gewesen, wohl eher eine Einser-Streberin.

„Ich nehme an, Sie sprechen von der Verwandlung", sagte Sven kühl. „Obwohl Ihre Antwort mehr als flapsig war, haben Sie gewissermaßen recht." Er ging einen Moment auf und ab, bevor er dramatisch zur Klasse herumwirbelte. „Die Gefallenen, die aus der Unterwelt aufsteigen und sich auf den Weg zur Erde machen, haben ein Ziel: Menschen zu verwandeln und für Gavriels Armee zu rekrutieren. Jeder von Ihnen ist nur knapp einem Schicksal entgangen, das schlimmer ist als der Tod. Hätte Gavriel Ihren Verstand beherrschen können, wären Sie für immer verloren gewesen."

Ich warf einen Blick nach links, um zu sehen, wie Jayce das wegsteckte. Seine Augen waren groß und aufgewühlt, aber seine Haltung strahlte noch immer Gelassenheit aus. Er schien mehr als alles andere fasziniert zu sein. Hannah hingegen war blass geworden und schien Schwierigkeiten beim Atmen zu haben. Ich legte eine Hand auf ihre, zog eine Augenbraue hoch und fragte leise, ob es ihr gut ging. Sie schluckte schwer und riss die Hand hoch.

„Ja, die Dame da hinten." Sven hob das Kinn und blickte über die Köpfe der anderen Schüler hinweg zu Hannah.

„Was meinen Sie mit … verloren?"

Der blonde Wikinger sah grimmig aus. „Nachdem ein Gefallener genug Zeit in der Unterwelt verbracht hat, wird er zu einem Monster. Vollständig. Jeder Rest von Menschlichheit verschwindet und die Person wird zu dem, was sie angegriffen hat, was sie verwandelt hat. Einige unglückliche Gefallene erliegen diesem Schicksal unabhängig davon, ob sie hier oben oder da unten sind, aber dafür sind Sie hier. Um eine Chance zu haben, diesem Ende zu entgehen."

Er schenkte ihr ein sanftes Lächeln und fuhr fort. „Sie sollten wissen, liebe Studenten, dass die Übernatürlichen und die Menschen zu einer Art unbequemer Übereinkunft gekommen sind. Sie ... die Gefallenen ... sind besser in der Lage, Gavriels Monster zu bekämpfen als die Menschen selbst. Sie sind stärker, begabter und belastbarer. Außerdem haben Sie die Fähigkeit, diese Monster auf einer Ebene zu verstehen, wie es die Menschen niemals könnten."

Ein anderer Student hob die Hand. „Wenn wir alle zu Monstern werden könnten, warum sind wir dann hier? Wäre es nicht sicherer für die Menschheit, wenn wir alle einfach ... irgendwo weggesperrt werden?"

Sven warf dem Studenten einen langen, harten Blick zu. „Wollen Sie weggesperrt werden?"

Der Typ zuckte mit den Schultern. „Nein, nicht wirklich, aber ich will auch nicht wirklich das Gesicht meiner Freundin zerfleischen."

Unser Lehrer nickte. „Und genau deshalb sind Sie hier. Diese Universität ist eine Ausbildungsstätte für Gefallene. Wir geben Ihnen alles, was Sie brauchen, um die Erde zu verteidigen. Diejenigen, die bestehen, werden in die Reihen der Hüter aufgenommen. Wer scheitert, wird in die Unterwelt verbannt. Wir können uns nichts dazwischen erlauben. Aus diesem Grund wurden Sie alle von Ihrem früheren Leben getrennt. Es existiert nicht mehr. Ihre Lieben können durch Ihren neuen Status nicht verletzt werden, solange sie nichts davon wissen."

Hannah stieß einen schaudernden Seufzer aus, und ich drückte ihre Hand. *Das ist verdammt noch mal nicht fair.* Ich hatte noch nie zuvor so viel Mitleid mit einer Person empfunden, und das erschreckte mich. Ich konnte nicht verstehen, warum jemand so Süßes und Gutes wie Hannah von den Menschen getrennt werden sollte, die sie liebten. Ich konnte mir nicht vorstellen, dass sie jemals zu einem Monster werden könnte. Ich hingegen ... nun ja, ich würde mich ein bisschen stärker auf mein Studium konzentrieren müssen, das war alles.

Der Rest der Stunde rauschte an mir vorbei und ich machte nur halb bewusst Notizen. Zwischen meiner Ablenkung über Hannahs Elend und meiner zunehmenden Sensibilität für Jayces Nähe schenkte ich dem Stoff kaum Aufmerksamkeit. Ich dachte, ich hätte später Zeit, das Handbuch und die Notizen durchzugehen. Hauptsächlich ging es ohnehin um die Geschichte der Universität, die anscheinend schon ewig existierte.

„Das ist alles für heute, Studenten. Ich sehe Sie morgen früh in aller Frische wieder."

Jayce stand auf und streckte sich träge. Hannah taumelte aus ihrem Stuhl, als wäre ihr Lebenswille geschwächt.

„Habt ihr Mädels zum Mittagessen schon was vor?" fragte Jayce mit einem freundlichen Augenzwinkern.

„Oh, ja, ich wollte los und Tacos kaufen", sagte ich sarkastisch.

Er gluckste. „Hey, ich mag dich. Was ist dein nächstes Fach?“

„Äh ... Dämonenlehre. Und deins?“

„Ach, Mist. Ich habe Menschliche Beziehungen.“

„Wow, da wird man aus der Welt rausgerissen und muss doch noch Menschliche Beziehungen büffeln.“ Ich grinste ihn an und fühlte, wie mich seine intensive, summende Anziehungskraft von den Zehen bis zu den Haarspitzen erfüllte.

„Ich kann dem Stundenplan wohl nicht entkommen“, sagte er mit einem Schulterzucken. „Wir sehen uns.“

Mein Herz schlug mir im Hals, als ich ihm nachsah. Es war nicht ganz dasselbe wie die verkorkste Faszination, die ich für Kingston empfunden hatte, oder das überwältigende rohe Verlangen, das ich nach Xero hatte, aber es war genauso verlockend. Ich konnte mir gut vorstellen, jeden Nachmittag mit Jayce in einer Hängematte am Strand zu verbringen, nach einem Morgen voller Surfen und Sekt-Orange. Sehnsucht erfüllte mein Herz, als mir die Bilder durch den Kopf schossen, als hätte ich Heimweh nach einem Ort, an dem ich noch nie gewesen war.

„Wo ist Dämonenlehre?“, fragte Hanna.

„Ähm ... hier entlang.“

Ich riss meine Gedanken zum gefühlt millionsten Mal seit dem Aufwachen in die Gegenwart zurück, machte mich auf den Weg durch den Flur und navigierte uns zu unserer nächsten Unterrichtsstunde.

Ich schaute auf die Karte, anstatt darauf, wohin ich ging und nur der Ansturm eines wilden, süßen, würzigen Duftes warnte mich, bevor ich kopfüber in den toffeehäutigen Halbgott rannte, den ich am Tag meiner Ankunft im Flur bemerkt hatte. Mein Körper reagierte sofort und – mittlerweile – vorhersehbar und vibrierte mit einer intensiven Erregung.

„Hoppla!“ Das war alles, was ich sagen konnte, bevor ich mich in den Tiefen seiner dunklen Augen verlor.

„Entschuldigung.“ Seine Stimme war barsch.

„Äh ... tut mir leid. Ich habe mich ein bisschen verirrt. Weißt du, wo die Dämonenlehre-Klasse ist?“

Er hatte über meinen Kopf hinweg geschaut. Bei meiner Frage seufzte er scharf und sah mir in die Augen. Sein Körper versteifte sich und eine fast unmerkliche Röte stieg in seinen Wangen auf. Dann sah er mich finster an. „Da komme ich gerade her. Kommt, ich bringe euch hin.“

„Vielen Dank. Ich bin übrigens Piper und das ist Hannah.“

„Kai.“

„Schön dich kennenzulernen, K...“

„Wir sind da.“ Er ließ mich nicht einmal ausreden, deutete nur auf die Tür und machte auf dem Absatz kehrt, um den Weg zurückzugehen, den er gekommen war. Ein schmerzliches Gefühl des Verlustes packte mein Herz. Was war nur mit mir los?

„Geht es dir gut?“ Hannah umklammerte meinen Ellbogen und beschleunigte unser Tempo. „Komm schon, wir kommen zu spät.“

Ich schüttelte mich. „Richtig, tut mir leid“, murmelte ich leise. „Hey, ist dir etwas Seltsames an dem Typen aufgefallen?“

„Jetzt, wo du es erwähnst, kam er mir schon ein bisschen seltsam vor. Fast so, als wäre er eine Kreatur der

Unterwelt.“ Sie zog eine Braue hoch und warf mir einen trockenen Blick zu.

Ich verdrehte die Augen und lachte. Ich war froh zu sehen, dass sie ihren Sinn für Humor nicht verloren hatte. Vielleicht war das hier doch nicht allzu traumatisch für sie.

Wir waren die Letzten und es gab keine zwei freien Plätze mehr nebeneinander, aber Hannah fand eine Gruppe nett aussehender Mädchen, zu denen sie sich setzen konnte, und ich hörte für einen Moment auf, mir Sorgen um sie zu machen.

Ich hatte die Wahl: Ich konnte mich neben den süßen, nerdig aussehenden Typen mit dem welligen, aschbraunen Haar und den Grübchen setzen oder neben die kräftige, amazonenhafte Frau mit dem finsteren Blick. *Ja, keine allzu schwere Entscheidung*. Der Typ strahlte, als ich näher kam, und ich wartete darauf, dass mein Körper wieder einmal durchdrehte. Doch zu meiner Erleichterung geschah nichts.

„Ich bin Owen“, sagte er und grinste mich an. Ich schätzte, dass er ein paar Jahre jünger als ich war. Oder vielleicht hatte er einfach nur eine jugendliche Ausstrahlung. „Bist du auch neu hier? Ich meine, natürlich bist du neu, wir sind alle neu, immerhin ist das ein Fach für Erstsemester und ... Hallo.“ Er wurde knallrot und ich fühlte mich geschmeichelt und bewundert, ohne dass mein Körper versuchte, die Kontrolle über die Situation zu übernehmen.

„Nett dich kennenzulernen, Owen. Ich bin Piper. Und ja, ich bin so neu wie du, denke ich.“ Ich lächelte ihn an und seine Röte vertiefte sich.

„Ich bin mir nicht so sicher, was ich von diesem Fach

halten soll“, sagte er etwas nervös. „Ich weiß nicht, ob ich wissen will, was alles da draußen ist.“

„Wissen ist besser als Nichtwissen.“ Ich ließ mich auf den Sitz neben ihm sinken und versuchte, aufbauend zu klingen. Es fühlte sich an, als ob er die gleiche Art von Schutz brauchte wie Hannah. Ich zuckte innerlich mit den Schultern und akzeptierte mein Schicksal. Mein neues Ich schien Leute anzuziehen – solche, die Schutz brauchten und solche, mit denen ich mich nackt herumwälzen wollte.

„Du bist wirklich schlau“, murmelte er und blickte auf seinen Notizblock herab.

Ich grinste nur. Er kannte mich nicht einmal wirklich, aber er war eindeutig ein bisschen in mich verknallt. Daran war nichts auszusetzen. Wenn überhaupt, brachte es die Dinge nur ein klein wenig mehr ins Gleichgewicht. Ich verpasste das ganze erste Viertel des Vortrags, weil ich von meinen eigenen Schwärmen träumte.

Es war ein schrecklicher Anfang.

Wenn ich mich nicht bald auf das Wesentliche konzentrierte, würde ich hier mit Pauken und Trompeten durchfallen.

KAPITEL SIEBEN

„Piper! Piper, wach auf, wir kommen zu spät!"

Ich stöhnte und öffnete meine Augen. Hannah hatte mich die ganze Woche auf diese Weise geweckt. Ich verstand es einfach nicht. Ich hatte noch nie verschlafen. Normalerweise wachte ich nach ein paar Wochen einer neuen Routine sogar ein oder zwei Minuten vor dem Klingeln des Weckers auf. Irgendetwas stimmte nicht mit mir und es wurde immer schlimmer.

Als meine verschlafenen Augen scharfsahen, begegnete mir der missbilligende Blick meiner blonden Mitbewohnerin.

„Ich habe dir ein Wurstbrötchen aus der Cafeteria geholt. Beeil dich und zieh dich an, wir haben nur sieben Minuten, um zum Unterricht zu kommen."

Mein ganzer Körper schmerzte, aber ich schaffte es, mich aufzurappeln. Ich streckte und drehte mich und zuckte zusammen, als jeder Wirbel meines Rückens knackte. Benommen schlüpfte ich in saubere Klamotten, die nicht zusammenpassten, aber ich war zu müde, als dass es mich interessierte. Die nächsten neunzig Sekunden verbrachte ich im Badezimmer, bevor ich Hannah das Brötchen aus der Hand riss und schneller als eine rasende Oma auf die Treppe zu eilte.

„Ich glaube, du bist krank", platzte Hannah heraus, als ich die Treppe hinunter in den sich schnell leerenden Flur stolperte. „Dir geht es mit jeder Woche schlechter."

„Wir sind erst seit einem Monat hier", sagte ich abwehrend. „Wahrscheinlich ist es nur die Höhe oder so. Ich bin an Küstenhöhe gewöhnt."

„Ich auch", sagte sie nachdenklich. „Aber ich habe mich ziemlich schnell angepasst."

„Ja, gut, du bist eben belastbar." Das war sie wirklich. Ich hatte ehrlich geglaubt, sie würde sich von dieser depressiven Welle wegspülen lassen, in die sie bei unserer Ankunft abgetaucht war. Es hatte viel Mühe und eine Menge Ablenkung gekostet, aber sie fing endlich wieder an, sich wie sie selbst zu benehmen. Zumindest nahm ich an, dass ihr Verhalten ihrem früheren Normalzustand ähnelte, denn ich hatte die menschliche Hannah nicht wirklich gut gekannt.

„Du auch", stellte sie ernsthaft fest. „Ich denke, du solltest zur Heilerin gehen."

Ich wischte ihre Besorgnis beiseite. Mir ging es gut. Es war entweder Höhenkrankheit oder eine Grippe oder eine Kälteallergie, immerhin waren die Mauern hier eisig, egal wie hoch die Flammen in den Kaminen stiegen oder wie weit der Raum von den Außenwänden entfernt war. Ich hatte mir angewöhnt, die meiste Zeit eine dicke Jacke zu tragen.

Meinen vier Typen zu begegnen war das Einzige, was mich besser fühlen ließ. Jayce saß jeden Morgen in Svens Vorlesung neben mir und das war für meinen nebligen Kopf und meine steifen Muskeln besser als Kaffee. Heute Morgen war ich ihm fast in den Schoß gefallen, als ich mich hingesetzt hatte. Ich konnte einfach nicht anders. Er roch nach Leben und ich fühlte mich wie der Tod.

„Guten Morgen, Sonnenschein“, sagte er mit seinem genüsslichen Lächeln, als ich mich setzte. Dann formte sich eine Falte zwischen seinen Brauen. „Du siehst aus wie die Hölle.“

„Na, das passt ja.“ Ich machte ein Geräusch, das ein Lachen geworden wäre, wenn ich genug Energie gehabt hätte.

„Nicht wirklich. Willst du mir vielleicht etwas sagen?“ Er wackelte mit zwei Fingern über seiner Stirn und ahmte Hörner nach.

„Oh verdammt.“ Das hatte ich ganz vergessen. Ich war in letzter Zeit nicht in der Lage gewesen, nachts meine menschliche Gestalt beizubehalten und ich hatte es nach dem Aufstehen so eilig gehabt, loszukommen, dass ich mein Gesicht nicht verwandelt hatte. Ich schloss meine Augen und konzentrierte mich. *Scheiße.* Es kostete in letzter Zeit so viel Energie, viel mehr als die ersten Male. Ich fing an zu zittern, als ich verzweifelt versuchte, mein eigenes menschliches Bild vor meinem geistigen Auge zu behalten.

Nein. Ich werde es nicht schaffen. Ich muss wohl einfach den ganzen Tag wie ein verdammter Dämon herumlaufen.

Jayce berührte meine Hand. Diese schlichte Geste fühlte sich an, als hätte er irgendwo tief in meinem Inneren einen Knopf gedrückt, und ich fühlte, wie die Verwandlung mich leicht und natürlich überflutete. Ich seufzte erleichtert und öffnete meine Augen, um zu sehen, dass er mich besorgt anstarrte.

„Dir geht es nicht gut", sagte er entschieden.

„Doch, jetzt schon." Ich grinste, benommen von seiner Berührung. „Vielen Dank."

„Äh ... gern geschehen."

Ich lächelte nur noch breiter und schlug eine saubere Seite in meinem Block auf. Ich müsste nur dafür sorgen, dass er jeden Morgen meine Hand berührte. Meine Hand oder ... etwas anderem.

Ich zwang mein Gehirn, sich auf das Hier und Jetzt zu konzentrieren und lenkte meine Aufmerksamkeit Sven zu. Ich hatte den ersten Test in diesem Fach in den Sand gesetzt und ich würde diesen Fehler nicht noch einmal machen. Schlechte Noten wurden hier viel zu ernst genommen.

Jayce sah immer noch besorgt aus, nachdem der Unterricht zu Ende war, und er zog mich im Flur beiseite. „Im Ernst, Piper, geht es dir gut?"

„Wenn mich das alle weiter fragen, fange ich vielleicht tatsächlich an, mir Sorgen zu machen", sagte ich leichthin, bevor Hannah an meinem Ellbogen zog und mich drängte, mit ihr zum nächsten Fach zu gehen. „Ich bin einfach kein Morgenmensch, das ist alles. Wir sehen uns im Kampftraining!"

Das Kampftraining war aus vielen Gründen zu meiner Lieblingsklasse geworden. Erstens war es nicht nur erlaubt, andere zu schlagen, es wurde sogar erwartet. Zweitens war Hannah hier total in ihrem Element. Ich hätte nie gedacht, dass sie eine so wilde Kämpferin wäre. Sie war sogar besser als ich. Drittens, und vielleicht am wichtigsten, waren alle meine vier Jungs in unserer Klasse.

Ich konnte nicht sagen, wann ich angefangen hatte, sie als *meine* Jungs zu betrachten. Abgesehen von Jayce sprach ich kaum mit ihnen, aber die Verbindung war nicht zu leugnen. Ich konnte es daran erkennen, wie Xero sich in der Cafeteria, die mehr ein riesiger Bankettsaal war, nach mir umsah, oder wie Kingston immer ein wenig verstört aussah, wenn ich mit ihm sprach. Ich sah es sogar bei Kai, der jedes Mal erschauderte, wenn wir uns begegneten.

Ich war so damit beschäftigt, die Situation zu analysieren, dass ich fast nicht bemerkte, wie drei Mädchen mir den Weg ins Dämonenlehre-Klassenzimmer versperrten. Es waren dieselben Mädchen, bei denen Hannah am ersten Tag gesessen und die sie seitdem gemieden hatte. Sie hatte mir nicht gesagt, warum. Ich lächelte sie an, als ich auf sie zuging.

„Oh, du bist es“, sagte eine kleine Blondine mit einem höhnischen Grinsen. „Na, in letzter Zeit irgendwelche alten Damen ermordet?“

„Nein, es ist schon ein Weilchen her“, sagte ich mit einem leichten Grinsen. *Was zum Teufel ist ihr Problem?* „Kann ich vorbei?“

„Ich weiß nicht, kannst du?“ Ein großes Mädchen spitzte die Lippen und stellte sich etwas breiter in die Mitte der Türöffnung.

Ich runzelte die Stirn. Ich hätte sie gern einfach umgeworfen, aber meine Muskeln schmerzten immer noch, als wäre ich gerade auf nüchternen Magen einen Marathon gelaufen. Die drei Mädchen drängten sich zusammen, die große Brünette in der Mitte, die winzige Blondine links und ein mürrisch aussehendes Mädchen mit pechschwarzen Haaren rechts.

„Wie wär's denn damit?", sagte die Blondine. „Wenn du vorbei willst, warum … überzeugst du uns nicht einfach?"

Es kicherte hinter mir und ich wusste schon, wen ich sehen würde, bevor ich überhaupt den Kopf drehte, aber ich tat es trotzdem. Das war Sonja mit einer Gruppe von Leuten aus dem dritten Jahr, die mich angrinste. Die Mädchen vor mir bauten sich entschlossener auf und warfen ihr verstohlene Blicke zu. Alles begann einen Sinn zu ergeben.

„Hey, vielleicht kannst du mir helfen", sagte ich zu der kleinen Blondine. „Ich habe meinen Stundenplan hier, aber ich sehe kein Fach zum Thema *Wie werde ich eine Zicke*. Kannst du mir sagen, wo das unterrichtet wird?"

Einen Moment lang sah sie verwirrt aus, dann verstand sie die Bemerkung und blickte finster drein. „Pass auf, was du sagst, du Miststück. Wir haben dich immer im Auge."

„Meine Güte, das klingt, als bräuchtet ihr ein Hobby. Ich habe gehört, dass es im Westflügel einen großartigen Kunstraum gibt."

Ich grinste und bewegte mich, als würde ich direkt durch sie hindurchgehen wollen. In letzter Sekunde gaben sie mir wütend den Weg frei. *Mir doch egal.* Ich hatte wichtigere Dinge zu tun, zum Beispiel, mich trotz der pochenden Migräne, die gerade hinter meinen Augen begonnen hatte, zu konzentrieren.

Ich ignorierte die Mädchen so gut ich konnte, aber meine Gefühle konnte ich nicht ignorieren. Zum Mittag war ich fast so weit, in die Krankenstation statt in die Cafeteria zu gehen, aber ich wurde von einer Menge hungriger Studenten mitgerissen und hatte nicht die Willenskraft, mich loszureißen. Dort angekommen folgte ich meiner Nase zu Jayces Tisch, an dem großer Andrang herrschte. Der Mann wurde aus offensichtlichen Gründen gemocht.

Und vielleicht auch aus einigen weniger offensichtlichen.

Ich fing im Vorbeigehen Gesprächsfetzen auf, die meine Neugier weckten, trotz des gewaltigen, unsichtbaren Hämmerns hinter meinen Schläfen.

„Ach, wirklich? Das ist cool! Ich wusste doch, dass ich dich schon mal irgendwo gesehen habe!"

„Ach, es war keine große Sache", sagte Jayce mit seiner typischen Gelassenheit.

Ich steuerte mit meinem Tablett zum Nebentisch, an dem Kai saß. Okay, er würde mich nicht ansehen oder mit mir reden, aber zumindest würde ich mich besser fühlen, wenn ich neben ihm säße. Ich ließ mich schwer auf die Holzbank fallen und starrte lustlos auf mein Essen. *Pfui. Verdammt.* Ich hatte doch gerade noch so viel Hunger gehabt. Ich hatte immer noch Hunger, aber irgendwie sah das Essen nicht nach der Nahrung aus, die ich brauchte.

„Wer hat gesagt, dass du da sitzen kannst, du Anfängerin?" Sonjas Knurren drang durch meinen Kopfnebel.

Ich sah müde zu ihr auf. Ich hatte nicht einmal bemerkt, dass sie dem leeren Platz gegenüber auf der anderen Seite des Tisches saß.

„Die Gesetze der Physik", murmelte ich.

„Das macht keinen Sinn."

Ich zuckte mit den Schultern. „Dann die der Kinesiologie. Oder der Geometrie. Such dir was aus. Es ist ein Platz frei. Meine Knie beugen sich, die Schwerkraft funktioniert, und zack, ich sitze."

Sie funkelte mich an. „Du weißt nicht, wann du besser den Mund halten solltest, oder?"

„Weißt du es denn?" Meine Geduld ließ nach.

Sie lachte. „Was hast du vor? Willst du mich hauen?"

„Nein. Ich werde dich überreden, dir selbst eine Ohrfeige zu verpassen."

Sie biss die Zähne zusammen und ihre Augen blitzten. „Wir sehen uns im Kampftraining, kleines Miststück."

„Ihr müsst euch wirklich bessere Beleidigungen einfallen lassen. Ich bin ein verdammter Dämon. Glaubst du, *Miststück* verletzt meine Gefühle?"

Aus dem Augenwinkel sah ich, wie Kai ein Grinsen hinter seinem Sandwich verbarg. Ein Blitz lächerlicher Hoffnung schoss durch meine Adern – und mit ihm eine Ladung Energie. Ich grinste Sonja an.

„Worüber zum Teufel lächelst du?"

„Hast du jetzt ein Problem damit, dass Leute lächeln? Verdammt. Du wirst eine tolle Hüterin abgeben."

Die Rothaarige biss die Zähne zusammen und stand auf. Sie schnappte sich ihr Tablett und stürmte aus der Cafeteria.

„Scheiße. Dafür werde ich heute im Kampftraining büßen", sagte ich leise.

„Das war es wert", murmelte Kai.

Seine Zustimmung und Sonjas Wutanfall gaben mir

meinen Appetit zurück. Ich verschlang mein Mittagessen und freute mich auf den Kampfunterricht.

Leider hielt dieses Hoch nur an, bis der Unterricht tatsächlich begann. Nachdem sich meine Jungs in die vier Ecken des höhlenartigen Raums verstreut hatten, fühlte ich mich wieder wie eine Achtzigjährige nach einem Wochenendgelage. Unser Dozent, Atticus Beedle, bildete Kampfpaare und ich sah mich Mia gegenüber, einem Mädchen, das überall karamellfarben war. Haare, Haut, Augen, alles Karamell. Ich fragte mich, ob sie so geboren worden war oder ob sie sich für diese Gestalt entschieden hatte, aber ich hatte nie die Gelegenheit gehabt zu fragen. Sobald Beedle den Kampf eröffnete, flog Mia mir ins Gesicht.

Ich hielt sie nur mit Mühe davon ab, mir die Nase zu brechen. Sie lenkte um und steuerte auf meine Rippen zu. Ich wollte ihr die Beine wegtreten, aber sie sprang einfach über meinen Fuß, als würde sie Seil hüpfen und traf meinen Kiefer. Mein ganzer Kopf wurde durchgeschüttelt. Die Schmerzen waren jedoch nicht annähernd so schlimm wie meine Frustration. Ich kannte all die Bewegungen, aber warum reagierte mein Körper nicht?

Der einzige Pluspunkt war, dass wir Erstsemester noch den Nahkampf übten, während die aus dem zweiten Jahr auf der anderen Seite der Halle mit langen Stahlstangen gegeneinander kämpften. Das Klirren von Metall auf Metall hallte in meinem Kopf wider und verstärkte meine Migräne. Ich wollte es nur hinter mich bringen, aber Mia traf mich immer wieder. Jedes Mal vermied ich es nur knapp, zu Boden zu gehen.

Sie grinste mich an. Sie war großspurig, und das machte sie schlampig. Ich nutzte ihre Schwäche sofort aus und als sie weit ausholte, traf ich sie im Solarplexus. Sie fiel zusammen wie ein Sandsack. Der Sieg gab mir einen Energieschub und ich hob meine Fäuste zur Decke.

Das war ein Fehler.

„Scheiße! Vorsicht!“

Ich hörte die Worte durch einen rötlichen Migräneschleier. Alle rannten. Auf mich zu, von mir fort, zerstreuten sich wie Kakerlaken. Ich sah auf und die Welt drehte sich langsamer.

Die auf mich zufliegende Stange sah zunächst aus wie eine kleine silberne Scheibe. Als ich merkte, was es war, durchbohrte der Stahl bereits meine Haut.

Mein ganzer Körper zuckte unter dem Aufprall zusammen, als hätte mich ein Auto angefahren. Schock lähmte mich und ich hörte, wie Metall hinter mir auf dem Boden klirrte.

Das ... das bedeutet, dass es mich nicht getroffen hat. Richtig?

Benommen sah ich auf meinen gebeugten Körper hinab. Die Stange ragte aus meinem Bauch heraus und drückte mich in einer unangenehmen Rückbeuge auf den Boden. Aber ich konnte sie nicht fühlen.

Warum kann ich sie nicht fühlen?

Schock.

Ich stehe unter Schock.

Mein Körper begann von den Knochen an zu zittern, als mich ein eiskaltes Gefühl in Wellen erfasste. Ich zitterte so stark, dass ich das Ding vom Boden löste und seitlich umkippte. Von Panik und reinem Instinkt getrieben, packte ich die Stange mit beiden Händen und zog daran. Sie glitt aus mir heraus und obwohl ich sie raushaben wollte, wurde mir sofort klar, was für einen schwerwiegenden Fehler ich begangen hatte.

Ich hätte schwören können, dass das Metall meine Eingeweide mitriss, denn der Schmerz traf mich wie ein Güterzug. Mein ganzer Körper schrie vor Qual, aber der einzige Laut, den ich von mir geben konnte, war ein abscheuliches Krächzen.

Hör auf zu zittern, das macht es noch schlimmer!

Aber ich konnte nicht.

Der Raum begann dunkel zu werden.

Das war's. Ich bin tot. Ich sterbe.

Als sich der schwarze Ring um mein Blickfeld vergrößerte, umrahmte er vier Gesichter.

Meine vier Typen.

„Piper!"

„Oh verdammt, verdammt, was machen wir?"

„Dreh sie auf die Seite!"

„Sollen wir Druck auf die Wunde ausüben?"

„Ja, du Idiot! Sie wird sonst verbluten."

„Piper, kannst du mich hören? Piper!"

Jayce. Ich zwang mich, die Augen zu öffnen und ihn anzusehen. Er war nur wenige Zentimeter von meinem Gesicht entfernt und hielt meinen Kopf in seinen Händen. *Mein süßer Jayce.* Irgendein Instinkt packte mich, noch älter und stärker als der Instinkt, der mich dazu gebracht hatte, die Metallstange aus meinem Bauch zu ziehen, um mich zu retten. Ich hob meinen Arm, wurde vom Schmerz der Bewegung fast ohnmächtig und zog seinen Mund an meinen.

Süßer, süßer Jayce.

Er atmete tief ein.

Ich öffnete die Augen und stellte fest, dass die Dunkelheit schwand. *Xero.* Ich konnte ihn nicht sehen, aber ich konnte seine Nähe spüren. Ich tastete nach ihm und er beugte sich über mich. Ich küsste ihn heftig und trank ihn wie brennendes Wasser. Er zitterte, als sich unsere Lippen zusammenpressten, unsere Atemzüge vermischten und unsere Zungen kosteten.

Als ich endlich die Verbindung zu Xero löste, griff ich schon nach dem nächsten Mann. *Kingston.* Zögernd aber willig küsste er mich.

Alle denken, ich sterbe. Ich sterbe ja auch tatsächlich.

Warum fühle ich mich dann besser?

Ich presste meine Zunge an die seine und er wehrte sich nicht. Etwas vibrierte zwischen uns, kraftvoll und intensiv. Es war, als hätte sich seine Lebenskraft um die meine gewunden und mir Kraft gegeben.

„Kai…", flüsterte ich heiser.

„Piper?" Sein sonst so reservierter, hochmütiger Gesichtsausdruck war verschwunden und Besorgnis blitzte in seinen Augen auf. Er sah zerrissen aus, als würde ihn ein Dutzend verschiedener Emotionen von innen auffressen.

Oh, Kai. Wer hätte gedacht, dass du zu Gefühlen fähig bist?

Ich wertete meinen gemurmelten Namen als Zustimmung, packte ihn am Kragen und zog ihn zu mir herunter. Seine Lippen brannten und sein Kuss war steif, aber er gab mir, was ich brauchte. Die vier Männer drängten sich jetzt um mich und überhäuften mich mit Küssen. Jayces Mund war an meinem Hals und seine Hände strichen über meine Brüste. Xero knabberte an meinem Ohrläppchen und umklammerte meine Hüfte. Kingston küsste sich meinen Arm hinauf und verschlang mit seinen Lippen meine Haut. Kai eroberte meinen Mund.

Jeder Kuss, jede Berührung steckte voller Kraft. Ich trank sie. Mein Körper vibrierte damit und der Schmerz ebbte ab. Das hätte nicht möglich sein sollen. Ich war gerade aufgespießt worden und ich war mir ziemlich sicher, dass die Stange etwas Lebensnotwendiges durchbohrt hatte.

Aber es war egal. Solange sie nicht aufhörten, mich zu berühren, war alles egal.

Ingwer und Feuer, Geld und Meeresschaum verbanden sich in meinen Sinnen und berauschende Lust verdrängte die letzten Ranken von Schmerz, bis ich heiß und feucht war. Acht Hände streichelten mich. Vier Münder streiften über meinen Körper. Jemandes Hand war unter meinem T-Shirt und streichelte meine Brust, und als seine Fingerkuppen meine Brustwarzen fanden, stöhnte ich in Kai Mund. Zu meiner Überraschung stöhnte er daraufhin ebenfalls.

Jemand anderes Hand glitt zwischen meine Schenkel.

Gott, ja. Fickt mich. Bitte.

Blut rauschte in meinen Ohren, angetrieben vom Verlangen in meinen Adern. Mein ganzer Körper summte mit einer fast unverständlichen Energie, ein Hoch, wie ich es noch nie zuvor erlebt hatte.

Ein Murmeln erhob sich um uns herum, dann pfiff jemand in eine Trillerpfeife.

Moment mal. Trillerpfeife…

Meine Augen schossen auf und ich ließ von Kai ab. Er zog mit einem leisen Knurren zurück, aber ich sah an ihm vorbei.

Der ganze Kurs hatte sich um uns herum versammelt und starrte uns an.

KAPITEL ACHT

Es war völlig ruhig in der Halle. Hannah stand ein paar Meter entfernt und starrte mich mit offenem Mund entsetzt und verwirrt an.

Ach herrje.

Mein Gesicht brannte. Wie konnte ich das hier erklären? Ich verstand es ja nicht einmal selbst. Alles, was ich wusste, war, dass das Rummachen mit diesen Jungs meine tödliche Wunde in einen harmlosen Kratzer verwandelt hatte.

Die Pfeife ertönte wieder. „In Ordnung, gehen Sie alle weiter. Es gibt hier nichts zu sehen."

Beedle, ein kleiner Mann, der seine Hörner gern zur Schau stellte, drängte sich durch die Studenten. „Gehen Sie schon. Machen Sie sich auf den Weg zur Ihrem nächsten Unterrichtsfach."

„Aber ... sie..." Hannah wies mit zitterndem Finger auf die Blutlache auf dem Boden. Ich warf ebenfalls einen Blick auf sie und erblasste.

Scheiße. Das ist so viel Blut. Ich sollte tot sein.

„Es wird ihr gut gehen. Jetzt gehen Sie, bevor Sie zu spät kommen. Alle raus hier. Und zwar zackig!"

Die Menge zerstreute sich, bis nur der Lehrer über mir aufragte. Meine Jungs lagen immer noch mit mir verschlungen auf dem Boden. Ich stand langsam auf und erwartete, vor Schmerzen ohnmächtig zu werden oder mich zu krümmen, aber nichts geschah. Jayce hielt mich an einer Hand, Xero an der anderen. Kai und Kingston sahen beide aus, als ob sie gerade aus einer Hypnose erwacht wären und nicht wüsste, in welchem Jahrhundert wir uns befanden.

Beedle schielte in unsere Richtung und seufzte, während er mit der Hand über seine kleinen Ziegenhörner strich. „Sie lassen sich lieber untersuchen."

Ich ging davon aus, dass er mit mir sprach. „Okay." Ich löste mich von den Jungs und wollte mich schon auf den Weg machen, als mich Beedle zurückhielt.

„Nein, nein. Gehen Sie alle fünf zur Krankenstation. Himmel noch mal." Der kleine Mann rieb sich matt die Augen. „Warum passiert das immer ausgerechnet in meinem Unterricht? In Ordnung, raus hier."

„Was, wir alle?", fragte Kai, der plötzlich aus seiner Benommenheit auftauchte.

„Ja."

„Warum?"

„Die Heilerin wird es Ihnen erklären. Jetzt gehen Sie schon, bevor ich Ihnen Beine mache."

Er schimpfte leise weiter, während wir gingen. An der Tür angekommen warf ich einen Blick über meine Schulter und sah, wie sich Beedle einen Mopp und einen Eimer schnappte. Ich zuckte zusammen und blickte nochmals auf die mehrere Meter breite Blutlache, die er wegwischen musste. Aus irgendeinem verrückten Grund wollte ich mich für das Durcheinander entschuldigen.

„Hey, das war ziemlich cool", sagte Jayce. Er hielt noch immer meine Hand. Es fühlte sich gut an. Sicher, irgendwie, wie mit dem besten Freund zu flirten.

„War es das? Ich bin nicht einmal sicher, was passiert ist."

Er zuckte mit den Schultern. „Scheint mir ziemlich klar zu sein. Du bist eine Art superheilender Dämon. Und dazu eine verdammt gute Küsserin."

Ich grinste, aber ich wusste, dass ich rot wurde. „Vielleicht bin ich für einen Moment etwas durchgedreht."

„Ach wirklich?", murmelte Kai.

„Du hast total den Verstand verloren", murmelte Kingston.

Ich schluckte schwer, als mich Schuldgefühle überkamen. Hatte ich sie irgendwie überrumpelt oder hypnotisiert? War es so gewesen wie als ich Sonja mit meinen Überredungskünsten betört hatte? Es hatte sich nicht gleich angefühlt, aber andererseits hatte ich damals auch keine Ahnung von irgendetwas gehabt. Als ich Jayce gepackt und geküsst hatte, hatte ich mich von meinen Schmerzen und meinem Instinkt leiten lassen.

Als ob er meine Gedanken las, drückte Jayce beruhigend meine Hand. „Mach dir ihretwegen keine Sorgen", sagte er leise. „Sie werden schon darüber hinwegkommen."

Da war ich mir allerdings nicht so sicher und ich konnte mir wirklich nicht noch mehr Feinde an dieser Uni leisten. Sonja und ihre Entourage versuchten bereits, mir das Leben zur Hölle zu machen. Der Gedanke, dass Kai und Kingston mich auch noch hassen könnten, war fast nicht zu ertragen, auch wenn ich das nicht ganz verstand.

Ich hatte das Rätsel noch nicht gelöst, als wir die Krankenstation erreichten.

„Ah, ich habe Sie fünf schon erwartet. Kommen Sie herein. Beedle hat angerufen und gesagt, Sie seien ziemlich schwer verletzt worden." Die Heilerin war eine dürre Frau mit riesigen, ozeanfarbenen Augen und Haaren, die sich wie lange Algen leicht wellten. Sie führte uns in die Krankenstation und klopfte auf die mit Papier bedeckte Pritsche. „Ich bin Cassandra Webber, eine der Heilerinnen der Universität der Gefallenen. Piper, nehmen Sie bitte Platz."

„Entschuldigen Sie, aber warum sind *wir* hier?", fragte Kai barsch, als ich auf die Pritsche kletterte.

„Sie sind die vier Männer, die ihr das Leben gerettet haben, nicht wahr?" Ihre Stimme war wie Musik. Sie machte mich schläfrig, aber meine Jungs schien sie eher aufzuwühlen.

„Nein, sie hat sich selbst gerettet. Wir haben sie nur geküsst." Jayce zwinkerte mir zu.

„Sie hat uns geküsst", betonte Kingston.

„Das ist doch gehüpft wie gesprungen." Jayce zuckte mit den Schultern. „Aber sie ist einfach so geheilt."

„Weil Sie sie geküsst haben", sagte die Heilerin fest.

„Wie bitte?", knurrte Kai beinahe.

„Lassen Sie mich Ihre Wunde sehen." Cassandra deutete auf meinen Bauch.

Ich hob meine Tunika an. Sie hatte ein Loch in der Vorderseite – und wahrscheinlich auch in der Rückseite – und der Stoff war mit Blut getränkt. Sie wischte mit einem in Alkohol getränkten Lappen über das Blut auf meinem Bauch.

„Ah! Ja. Sehen Sie? Es ist alles verheilt. Es ist nichts anderes mehr übrig als vier kleine Narben."

Ich konnte es nicht glauben. Ich sah an mir herunter und erkannte, dass sie absolut recht hatte. Das Blut auf meiner Haut und Kleidung sah zwar immer noch ziemlich grausig aus, aber die Wunde hatte sich vollständig geschlossen. Die vier Narben sahen eher wie Sommersprossen aus, obwohl ich wusste, dass sie vorher nicht dagewesen waren.

„Vier. Das ist wichtig", sagte sie. „Das ist Ihre Bindung."

„Was?" Ihre Worte ergaben keinen Sinn.

Cassandra drehte sich um und zählte die Männer im Raum. „Eins, zwei, drei, vier. Sie sind offensichtlich ein Sukkubus. Das ist der einzige Grund, warum Sie noch am Leben sind. Sukkuben sammeln Kraft, einschließlich heilender Energie, aus sexuellem Kontakt. Die Person, die an den Sukkubus gebunden ist, gibt ihr die stärkste Kraft. Ein Sukkubus kann aus jedem sexuellen Kontakt Energie tanken, allerdings ist keine Energie so mächtig wie die der Person, an die Sie gebunden sind."

„Sie sprechen von der Person, an die ich gebunden bin", sagte ich langsam. „Wer von den vieren ist es?"

Sie sah mich mit Überraschung in ihren großen Augen an. „Was, es sind natürlich alle vier! Sie müssen ein sehr starker Sukkubus sein, wenn Sie mit einem Mal vier Männer an sich gebunden haben."

„Ich würde nicht sagen, dass wir an sie gebunden sind", sagte Kingston kühl. „Sie wurde von einer zwei Meter langen Metallstange aufgespießt. Es war ein brutaler Anblick. Wir gerieten alle in Panik."

„Mm? Oh, nein, mein Lieber, Sie sind an sie gebunden. Kommen Sie, sehen Sie sich das an." Ihr Blick wanderte schnell über meine Haut, als ob sie nach etwas suchte. Dann trat sie hinter mich und legte meine langen Haare über eine Schulter. „Ah! Da ist es ja! Sehen Sie diese vier Male? Das nächste Mal, wenn Sie sich verwandeln, überprüfen Sie Ihre eigene Haut. Jeder von Ihnen wird ein Mal haben, das einem der Male auf Pipers Nacken entspricht."

„Und was genau bedeutet es, an einen Sukkubus gebunden zu sein?", fragte Kingston und warf mir einen argwöhnischen Blick zu.

Oh, na klar. So als ob ich das verdammt noch mal geplant hätte.

„Nun, es bedeutet im Wesentlichen, dass Sie ihre Kraftquelle sind. Wenn sie für eine sexuelle Heilung zu Ihnen kommt, dann sind Sie vier am besten ausgestattet, ihr zu helfen."

In Kais Augen brannte eine unausgesprochene Frage, aber ich konnte sie fast so klar hören, als ob er sie laut gestellt hätte. *Und was ist, wenn wir ihr nicht helfen?*

„Du bist also ein Sukkubus", murmelte Jayce leise. Seine Augen funkelten, wie sie es manchmal in Geschichte taten, wenn wir etwas lernten, was er faszinierend fand. „Cool."

Er lächelte, was ziemlich tröstlich war, zumal der Rest der Jungs in unterschiedlichen Stadien der Verwirrung oder Ablehnung zu sein schien.

Xero starrte mit großen Augen ins Leere und fuhr sich

mit der Hand über seine kurzgeschorenen Haare. Ich konnte nicht sagen, ob er die Heilerin überhaupt gehört hatte. Kais Kiefer mahlte und seine schwarzen Augen schienen ein Loch in die Wand hinter mir zu bohren. Kingstons Stirn war gerunzelt und seine Augen huschten wild umher, so als ob er kompliziertes Kopfrechnen übte.

„Nun, es gibt keinen Grund, Sie hierzubehalten." Cassandra lächelte mich so gelassen an, als hätte sie nicht gerade eine Bombe platzen lassen. So als ob ich völlig sorglos aus der Krankenstation spazieren könnte. „Ich werde Sie nur kurz überprüfen, um sicher zu sein, aber so lange, wie Sie Ihre Männer um sich haben, sollten Sie praktisch unzerstörbar sein."

„*Ihre* Männer?" Kai spie die Worte praktisch, bevor er schnaubte: „Das werden wir ja noch sehen."

Er stolzierte aus dem Raum und verschwand den Gang hinunter. Seine plötzliche Abwesenheit fühlte sich an, als würde mir der Boden unter den Füßen weggezogen. Ich ergriff Jayces Hand fest und versuchte, die plötzlichen Schmerzen in der Brust zu überstehen.

„Ähm ... gute Besserung, Piper." Auch Xero machte sich aus dem Staub. Er rieb sich immer noch die Haare und sah mit wilden Augen ins Nichts.

„Gibt es Bücher über Sukkuben in der Bibliothek?", fragte Kingston die Heilerin.

„Oh ja. Mehrere. Fragen Sie einfach einen der Dozenten, sie können Ihnen die richtige Lektüre empfehlen."

„Vielen Dank." Er nickte kurz, bevor er so langsam zu mir sah, als geschähe es fast gegen seinen Willen. „Hey, Piper ... sehen wir uns beim Abendessen?"

„Wir sehen uns beim Abendessen."

Kingston nickte und folgte Xero aus dem Zimmer. Damit blieben nur die Heilerin, Jayce und ich in der Krankenstation.

Cassandra deutete mir, meine blutige Tunika auszuziehen, und während sie den Rest des Blutes von meinem Körper reinigte, betrachtete sie murmelnd die kleinen rosafarbenen Narben auf meinem Bauch und meinem Rücken, wo mich die Metallstange durchbohrt hatte. Sie sagte Jayce nicht einmal, dass er sich umdrehen sollte. Sie dachte wohl, da ich ein Sukkubus und er ohnehin an mich gebunden war, gäbe es keinen Grund für falsche Scham.

Er beobachtete mit einer Mischung aus Wärme, Neugier und Sorge in seinem Blick, wie sie ihre Untersuchung beendete, bevor sie eine etwas zu große Tunika hervorzog und sie mir reichte.

„So, das wäre alles. Wie ich vermutet habe, erfreuen Sie sich bester Gesundheit. Denken Sie daran, dass Ihr Körper es spüren wird, wenn Sie zu lange keine Energie nachfüllen. Es wird Sie schwächen und krank machen und Ihre Heilung verlangsamen. Passen Sie gut auf sich auf."

„Ja, okay", murmelte ich, obwohl ich mir dachte, dass sie damit eigentlich sagen wollte: Sorgen Sie dafür, dass einer Ihrer Männer auf sie aufpasst. Und mit aufpassen meinte sie, dass ich mich von einem von ihnen flachlegen lassen sollte.

Oh Gott. Gerade als ich dachte, dass mein Leben gar nicht eigenartiger werden könnte.

Ein neuer Gedanke kam mir und ich zog Cassandra auf

die andere Seite des Raumes, während ich in die neue Tunika schlüpfte.

„Also", flüsterte ich und warf einen verstohlenen Blick über die Schulter zu Jayce, „ich soll also mit diesen Jungs Sex haben um ... Energie zu tanken?"

„So funktioniert das Prinzip, ja." Sie lächelte mich ruhig an und ich war mir sicher, dass sie daran gewöhnt war, frische verwandelte Gefallene über ihre verrückten neuen Fähigkeiten und Eigenschaften aufzuklären.

„Was ist mit Verhütung? Meine Pillenschachtel ist noch in Seattle und ich kann es mir wohl nicht gerade leisten, die Uni abzubrechen, um ein Baby zu bekommen. Nicht, wenn ich dafür auf alle Ewigkeit in die Unterwelt verbannt werde."

Ihr Lächeln wurde breiter und sie drückte sanft meinen Arm. „Piper, Sie vergessen, dass Sie kein Mensch mehr sind. Ihre Biologie, Ihre grundlegende DNA, hat sich geändert. Sie müssen sich über eine Schwangerschaft keine Sorgen machen."

Meine Augenbrauen schossen nach oben. *Oh. Okay.*

Nun, da ich wusste, wie ich mich verwandeln konnte und die meiste Zeit im Grunde in meiner alten menschlichen Gestalt verbrachte, war es leicht zu vergessen, wie sehr ich mich mit der Verwandlung verändert hatte. In meiner wahren Gestalt hatte ich einen verdammten Schwanz, um Himmels willen. Da sollte es mich überhaupt nicht überraschen, dass ich nicht mehr zu verhüten brauchte.

Cassandra las den Blick in meinen Augen und drückte meinen Arm noch einmal, bevor sie ihre Hand fallen ließ. „Es wird Ihnen gut gehen, Piper. Mehr als gut. Sukkuben sind selten und solche mit Ihrer Macht sind noch seltener. Wenn Sie Ihre volle Stärke erreichen, sollte man Sie nicht unterschätzen."

„Vielen Dank." Ich nickte schwach, nicht ganz sicher, was ich davon halten sollte.

Mein Blick wanderte wieder durch den Raum und Jayce grinste mich an. Ehrlich gesagt war ich dankbar, dass der immer gut gelaunte blonde Mann auf mich gewartet hatte. Der Verlust der Nähe der anderen drei Männer hatte sich angefühlt, als hätte ich mehrere Gliedmaßen verloren, aber Jayces Gegenwart war wie eine Batterie, die mich am Laufen hielt.

Ich drehte Cassandra den Rücken zu und zupfte am Saum der zu großen Tunika, als er mich angrinste.

„Alles gut? Komm, ich begleite dich."

KAPITEL NEUN

Der leere Flur schien größer denn je. Hinter jeder Tür fand Unterricht statt, aber die Wände waren so dick, dass es sich anfühlte, als wären Jayce und ich die einzigen Menschen auf der Welt.

„Ein Sukkubus", grübelte er leise, während wir gingen. „Wie fühlst du dich damit?"

„Total überrollt." Es war die ehrlichste Antwort, die ich ihm geben konnte.

Er sah mich mit seinen intensiven blauen Augen an und drückte meine Hand. „Ja, das verstehe ich."

Empathie ging von ihm aus und riss meine Abwehr nieder. Die Worte begannen völlig unkontrolliert aus meinem Mund zu fließen.

„Der Sex ist nicht das Problem. Sex ist eine verdammt geile Sache. Ich liebe Sex. Es ist die Tatsache ... dass ich euch alle brauche. Ich war noch nie auf jemanden angewiesen. Jedenfalls nicht, seit ich klein war. Meine Mutter war die meiste Zeit meines Lebens krank. Sie war an den meisten Tagen geradeso funktionsfähig und an manchen Tagen war sie es überhaupt nicht. Ab der ersten Klasse habe ich mir mein Mittagessen selbst gemacht. Ab der zweiten habe ich für sie den Haushalt geführt."

„Verdammt, das ist hart. Wo war dein Vater die ganze Zeit?"

„Weg. Irgendwo besoffen oder im Gefängnis. Er tauchte für eine Weile ab und an in unserem Leben auf und aus irgendeinem Grund ließ meine Mutter ihn immer zurückkommen. Aber als es mit ihr so richtig bergab ging, verschwand er vollständig."

„Das tut mir leid. Ich kann ich mir nicht vorstellen, wie das für dich war."

Ich versuchte ein Schulterzucken und schluckte schwer. „Ich erzähle dieses Zeug niemandem", sagte ich und erstickte ein Lachen. „Der Punkt ist, ich bin jetzt auf euch angewiesen und ich hänge nicht gern von anderen ab."

„Vielleicht ist es an der Zeit, dass du es lernst", sagte er leise. „Es gibt Schlimmeres. Was ist denn passiert, nachdem dein Vater verschwunden ist?"

„Oh, ähm ... Meine Mutter ist gestorben, als ich siebzehn war. Meine Tante hat sich um die Beerdigung gekümmert, aber sie hatte kein Interesse an mir. Ich war so kurz davor, volljährig zu werden, dass niemand wirklich daran dachte, sich um mich zu kümmern."

„Mit siebzehn?" Er pfiff leise. „Wow, ich konnte mit siebzehn nicht einmal meine eigene Wäsche waschen." Als ich ihm einen ungläubigen Blick zuwarf, grinste er. „Okay, vielleicht hätte ich es gekonnt, aber ich wollte nicht. Meine Mutter hat mich ein bisschen verwöhnt."

„Lebt deine Mutter noch?"

Eine Wolke zog schnell über sein Gesicht. „Ja,

zumindest lebten sie und mein Vater, als ich sie verließ. Als ich verwandelt wurde. Sie besitzen eine kleine autarke Ranch, eine halbe Stunde vom Strand entfernt. Sie wollen einen Beitrag für die Umwelt leisten und so. Totale Hippies."

„Das erklärt einiges." Ich lachte. „Du hast so eine Müsli-Ausstrahlung."

Er grinste. „Ich mochte ihre Denkweise. Du weißt schon, die Welt retten, die Menschheit retten. Sie waren vielleicht nicht in allem erfolgreich, aber ich wollte das ändern."

„Ach ja? Und wie?"

„Ich wollte Schauspieler werden."

Ich legte meinen Kopf schief. „Schauspieler? Okay, ich wollte dich das schon fragen, seit ich dich das erste Mal gesehen habe, aber ich wollte nicht wie eine Idiotin klingen. Habe ich dich schon mal irgendwo gesehen?"

Jayce lächelte und zuckte leicht mit den Schultern. „Kann schon sein. Woher kommst du?"

„Aus Seattle."

Er dachte eine Sekunde nach. „Hm. Ich bin mir ziemlich sicher, dass er in Seattle ausgestrahlt wurde, aber selbst wenn nicht, war er im Internet zu sehen. Der andere wurde definitiv in Seattle gezeigt."

„Der andere was?"

„Der andere Werbespot", antwortete er mit seinem typisch genüsslichen Grinsen. „Einer war für ein Bräunungsspray mit Lichtschutzfaktor und der andere für Essen."

Ich zog eine Braue hoch. „Für Essen?"

Seine Augen funkelten. „Hey, jeder muss irgendwo

anfangen. Ich hatte nicht vor, für immer Werbung zu machen. Der zweite Spot erregte die Aufmerksamkeit eines TV-Senders, und ich war auf dem Weg zu einem Vorsprechen, als das hier geschah."

„Oh Scheiße." Ich runzelte die Stirn. „Das ist ätzend, aber es erklärt noch nicht, wie du die Welt retten wolltest."

„Doch." Sein Grinsen wurde breiter. „Ich dachte mir, wenn meine Eltern sich mit ihren Ersparnissen von zwanzigtausend Dollar vom Stromnetz abkoppeln und autark werden konnten, dann könnten zwanzig *Millionen* Dollar eine ganze Menge Leute autark machen. Ich wollte jeden Cent dafür ausgeben, anderen Menschen zu helfen, energieneutral zu werden."

„Beeindruckend. Du bist echt unglaublich."

Er zuckte mit den Schultern. „Nicht wirklich. Ich denke, viele Leute würden tun, was ich tun wollte, wenn sie die Chance dazu hätten."

Ich wollte seine Blase nicht platzen lassen, aber ich war absolut anderer Meinung. Die Leute waren im Allgemeinen schrecklich und kaltherzig, zumindest nach meiner Erfahrung.

„Welche Pläne hattest du, bevor das alles passiert ist?", fragte er.

„Ich habe Sozialarbeit studiert."

„Siehst du?" Seine Augen leuchteten auf, als hätte ich ihm gerade bewiesen, dass der Weihnachtsmann existierte. „Jeder will irgendwie die Welt retten."

Ich kicherte. „Naja, vielleicht nicht gleich die ganze Welt. Ich wollte nur sicherstellen, dass andere Kinder nicht durchmachen müssen, was ich durchgemacht habe. Ich schätze, dazu habe ich jetzt keine Gelegenheit mehr." Mir war vorher nicht bewusst, wie sehr mich dieser Gedanke beunruhigte.

„Wir alle haben unsere Rolle zu spielen", sagte er einfühlsam. „Ich denke, unsere Rollen haben sich jetzt geändert, aber ist das hier nicht viel cooler?"

„Was meinst du?"

„Sieh es doch mal so: Wir beide haben gegen jede Wahrscheinlichkeit dafür gekämpft, irgendwann irgendwo etwas Gutes tun zu können. Jetzt haben wir die echte Chance, richtige Superhelden zu werden. Wir retten schon ein bisschen die Welt, indem wir hier sind, und kannst du dir vorstellen, wie viel Gutes wir tun werden, wenn wir unsere Ausbildung erst einmal abgeschlossen haben?"

„So habe ich das bisher noch nicht gesehen." Ich musterte ihn mit zusammengekniffenen Augen und legte den Kopf schief. „Dir scheint es mit all dem hier sehr gut zu gehen. Vermisst du denn dein altes Leben gar nicht? Deine Eltern, deinen Karrierewunsch und all das?"

„Doch, klar." Sein strahlendes Grinsen verschwand für eine Sekunde und seine himmelblauen Augen trübten sich. „Ich vermisse meine Mutter jeden Tag. Aber es lohnt sich, verstehst du? Das hoffe ich zumindest. Es gibt so viele Möglichkeiten. Die Welt, die ich kannte, ist geplatzt und hat mir enthüllt, dass sie die ganze Zeit anders war als ich dachte. Ich weiß nicht, was mich erwartet, aber ich freue mich darauf, es herauszufinden."

Er log nicht, da war ich mir sicher. Doch die Aufregung konnte die Traurigkeit nicht ganz aus seinen Augen vertreiben. Ich spürte einen Stich im Herzen und verzog das Gesicht.

„Es scheint mir trotzdem nicht fair zu sein", murmelte

ich. „Jeder, den ich hier kennengelernt habe, hatte mehr zu verlieren als ich. Als ich angegriffen wurde, war ich gerade damit fertig, meinen Freund mit einem Pantoffel zu verprügeln, nachdem er mich betrogen hatte. Er war die einzige Person, die mir auch nur im Entferntesten wichtig war.“

„Wirklich? Hattest du keine Freunde?“

Ich zuckte mit den Schultern. „Früh auf eigenen Beinen zu stehen hat seinen Preis. Ich habe nie wirklich gelernt, Freundschaften zu schließen.“

„Das ist merkwürdig. Ich dachte, du wärst großartig darin. Ich meine, diese Heilerin sagte, du müsstest ziemlich stark sein, um dich mit vier Typen gleichzeitig zu verbinden. Außerdem hast du Hannah und diesen dummen Kerl, der dir überallhin folgt.“

Ich kicherte. „Owen. Ja, das ist alles neu für mich. Ich war immer gut darin, mich oberflächlich zu integrieren und Kontakte zu knüpfen. Ich denke, diese Fähigkeiten haben in einer solchen Situation mehr Gewicht.“ Ich wollte nicht gerade auf die Liste meiner persönlichen Fehler eingehen, also suchte ich nach einem neuen Thema und wählte das denkbar schlechteste. „Also, ähm ... was hat dich angegriffen? In was hast du dich verwandelt?“

Er verzog das Gesicht. „In einen Höllenhund. Ehrlich gesagt wäre das nicht meine erste Wahl gewesen.“

„Autsch. Ja, verstehe ich. Was hättest du dir denn ausgesucht?“

„Einen Wasserdämon vielleicht“, sagte er verträumt. „Oder etwas, das fliegen kann. Ich habe zu Hause jeden Tag gesurft. Die perfekte Kombination zweier Welten, einfach über die Wellen fliegen. Hast du schon mal gesurft?"

Ich schüttelte den Kopf. „Noch nie. Ich wollte es lernen, aber es ist immer etwas dazwischengekommen."

„Wenn sie uns jemals aus diesem Knast rauslassen, werde ich es dir beibringen."

„Wirklich?"

„Ja."

Etwas an diesem einen Wort legte einen Schalter in mir um. Es war eine Kleinigkeit, aber es war wie das i-Tüpfelchen. Er war einfach so verdammt gut. Ich konnte es nicht mehr aushalten. Wir kamen gerade an einer kleinen Nische im Gang vorbei und ich zog ihn hinein und drückte ihn an die Wand.

„Woah!" Er sah auf mich herab. „Alles okay?"

„Küss mich."

Seine Augenbrauen schossen hoch, aber die Überraschung auf seinem Gesicht dauerte nur eine Sekunde, bevor er seine Zunge über seine Unterlippe gleiten ließ und grinste. Er zog mich an sich und ich keuchte, als unsere Körper sich zusammenpressten und sein Mund den meinen fand. Sein Kuss war heiß und beruhigend zugleich, wie ein Balsam der Lust. Gott, ich wollte mehr.

Ich schlang meine Arme um seinen Hals, drückte meine plötzlich schweren Brüste an seine harte Brust und stellte mich auf die Zehenspitzen, um mein Becken an seinem zu reiben. Seine Hände wanderten über meinen Körper und er küsste mich wild. Jeder Zentimeter meiner Haut sehnte sich danach, ihm näher zu sein.

Fast hätte ich dem Gefühl einfach nachgegeben. Ich

war so durcheinander von Jayces Nähe und davon, wie mich seine Lippen verschlangen, dass ich fast vergaß, wo wir waren. Ich war nur einen Herzschlag davon entfernt, mir die Kleider vom Leib zu reißen und direkt in einer winzigen Nische im Flur zur Sache zu kommen, aber eine Unterrichtsstunde endete, bevor ich dazu kam, und ich zwang mich, ein paar Zentimeter Abstand zwischen uns zu bringen. Ich sah ihn atemlos an und er grinste wieder. Sein Anblick war wie Benzin auf einem Feuer, das ohnehin schon in mir loderte.

Oh verdammt, das hier passiert wirklich.

„Komm mit."

Ich nahm seine Hand und führte ihn in den Strom der Studenten. Ich wusste genau, wohin ich ihn bringen wollte. Unter einer Treppe befand sich eine kleine Holztür, schmaler und unauffälliger als jede andere Tür in der ganzen Burg. Ich hatte sie ein paar Mal offen stehen sehen und wusste, dass sie einen Schrank verbarg, der gerade groß genug für meine Bedürfnisse war.

„Du bist ein bisschen verrückt", sagte er grinsend, als ich ihn in den Schrank zerrte. „Das gefällt mir."

Anstatt zu antworten stieß ich die Tür einfach mit dem Fuß zu, presste Jayce gegen die Tür, warf mich auf ihn und leckte seine Lippen so verzweifelt, als hätte ich ihn nicht erst vor zehn Sekunden geküsst.

Das Verlangen, das in meinem Körper wütete, war so stark, dass ich zu neunundneunzig Prozent davon überzeugt war, dass ich sterben würde, wenn ich aufhörte, den schönen, breitschultrigen blonden Mann vor mir zu küssen.

Nicht, dass er etwas dagegen zu haben schien. Als mein Körper mit seinem kollidierte, schlang er seine Arme um mich und küsste mich, als ob er das gleiche verzweifelte, unstillbare Bedürfnis verspürte wie ich. Unsere Hände waren überall, während unsere Münder verschmolzen. Wir keuchten, als wir die Köpfe anders neigten und unsere Zungen miteinander tanzen ließen.

Es fühlte sich an, als würde ich in einen Hurrikan der Lust hineingezogen, der mich schwindelig, desorientiert und verdammt feucht machte.

Er packte meine Hüften und presste mich mit dem Rücken gegen die schwere Holztür. Ich nutzte die Gelegenheit, um seinen Körper noch fester an meinen zu ziehen. Ich konnte seinen Schwanz an meinem Bauch spüren, hart und dick und heiß wie ein glühendes Eisen, und mein Slip wurde noch feuchter.

„Ich habe das noch nie zuvor getan", keuchte er zwischen sengenden Küssen auf meinen Nacken, meine Schulter und meinen Hals. „Im Schrank gefickt, meine ich."

Ich auch nicht. Mein Sexleben mit Colin hatte ziemlich durchschnittlich angefangen und war nach und nach zu absoluter Langeweile verkommen. Aber so wie ich mich gerade fühlte, hätte jemand die Tür hinter uns aufreißen können, damit uns die ganze Uni sah und ich hätte dennoch nicht aufgehört. Ich würde Jayce lieber vor den Augen der ganzen verdammten Studentenschaft ficken, als es überhaupt nicht zu tun.

Angespornt von einer wachsenden Verzweiflung griff ich nach seiner Tunika und zerrte am Stoff und er gehorchte, indem er seine Arme hob, damit ich sie ihm ausziehen konnte.

Verdammt.

Es war wirklich ein großer Verlust für die Welt, dass

Jayce von einem Höllenhund verwandelt worden war, bevor er seine Schauspielkarriere begonnen hatte, denn er hätte es echt verdient, ein Filmstar zu werden. Diese perfekt gebräunten, muskulösen Schultern und die straffen Bauchmuskeln hatten es verdient, überlebensgroß auf die Leinwand zu kommen. Frauen hätten Schlange gestanden, um den lässigen, ungezwungen sexy aussehenden Jayce anzuschmachten ... Wie auch immer sein-Nachname-war.

Scheiße.

Das sollte ich doch wenigstens wissen.

Doch der Gedanke wurde aus meinem Kopf verdrängt, als er wieder näher kam und meine Hände über seine glatte, muskulöse Brust glitten. Mir lief das Wasser im Mund zusammen, als meine Hände mit besitzergreifender Lust über seine warme Haut strichen. Sie war wie eine Droge. Ihn zu berühren war meine neue Sucht, meine neue Besessenheit, meine neue schmutzige Religion.

Mein Mund wanderte zusammen mit meinen Händen, leckte und saugte und biss sich seinen Weg über seine Brust und seine Schultern, und er stöhnte, was die Haut unter meinen Lippen vibrieren ließ.

Das Geräusch ritt auf einer Welle durch meinen Körper und schoss direkt in meinen Kitzler. Der harte Punkt pochte, als hätte er ihn berührt.

Seine tastenden Hände hoben meine Tunika über meine Brüste und er drückte mich fester gegen die Tür, bevor er seinen Kopf senkte, um mit seiner Zunge über meine Brustwarzen zu streichen. Ich stöhnte laut, packte seinen Kopf mit beiden Händen und fuhr durch seine goldblonden Haare.

Er glitt mit einer Hand über meine Leggings und

steuerte zielsicher auf die Stelle zu, an der ich ihn am meisten brauchte. Und sobald zwei kräftige Finger meinen Kitzler fanden, explodierte ich. Ich kam heftiger als je zuvor in meinem Leben, mein Rücken wölbte sich von der Tür weg, während meine Knie zitterten und ich meine Augen vor Schock und Ekstase aufriss.

Jayce starrte mit glühender Lust in seinen blauen Augen auf mich herab, seine nackte Brust hob und senkte sich mit seinen tiefen Atemzügen, als sich die Bewegungen seiner Finger um meinen Kitzler verlangsamten.

„Verdammt, Piper. Du bist wunderschön, wenn du kommst. Zeig es mir noch mal."

Seine Finger nahmen ihren Rhythmus wieder auf und für eine Sekunde war das Vergnügen so intensiv, dass es fast schmerzhaft war. Dann war wieder alles Lust, tief und verzehrend, die mich zu einem weiteren Orgasmus trieb.

Der zweite war nicht weniger intensiv als der erste und diesmal gab Jayce mir nicht einmal die Chance, von meinem Hoch herunterzukommen, bevor er mich schon zu einem weiteren trieb. Seine Finger rutschten auf meinem Kitzler hin und hier und meine Muskeln konnten sich nicht entscheiden, ob sie schmelzen oder sich verkrampfen sollten, als ich zum dritten Mal kam.

Oh Gott.

Ich tastete blind nach seinem Hosenbund und als meine Finger endlich fanden, wonach ich suchte, schob ich den Stoff gerade so weit nach unten, um seinen Schwanz zu befreien, und schlang meine Hand um den samtenen Stahlstab. Die ersten Lusttropfen sickerten bereits aus seiner Spitze und ich verteilte sie um seine Länge, wobei ich mit meiner Hand seinen Schaft auf- und abglitt.

Er stöhnte wieder, hörte aber nicht damit auf, was er tat. Dass ich seinem Schwanz Aufmerksamkeit schenkte, ließ ihn mich nur noch wilder reiben. Die beiden Finger, die meinen Kitzler umkreist hatten, glitten in mich hinein, und er benutzte seinen Handballen, um mein empfindliches Nervenbündel weiter zu rubbeln, während seine Finger heftig in mich hinein- und wieder hinausglitten.

Und ich kam.

Nochmal.

„Verdammt, ja, Baby", flüsterte Jayce und seine Stimme klang beinahe gequält.

Wir küssten uns inzwischen nicht mehr, sondern starrten uns nur aus wenigen Zentimetern Abstand an, völlig in die Lust des anderen versunken.

Ich musste ihm ziemlich schlecht einen runterholen, weil ich meinen Körper kaum dazu bringen konnte, durch einen weiteren Orgasmus, der sich wie ein Lavaausbruch in mir anstaute, zu funktionieren, aber Jayce schien keine Beschwerden zu haben. Sein Becken rammte gegen die Bewegungen meiner Hand und seine Nasenflügel flatterten, als sich seine Muskeln anspannten.

Als ich wieder kam, schnappte ich nach Luft und er zog schließlich seine Finger aus meinem durchnässten Schlitz. Er steckte sie in seinen Mund und seine blauen Augen blitzten, als er sie sauber leckte, und während ich ihn dabei beobachtete, überkam mich ein weiterer Orgasmus und verwandelte sich in eine kontinuierliche Welle der Lust.

Er zog meine Leggings nach unten und ich mühte mich ab, sie zusammen mit meinen Schuhen auszuziehen. Sobald sie auf dem Boden lag, hob Jayce mich in seine Arme und packte meinen Arsch und meine Oberschenkel mit seinen großen Händen. Er drückte meinen Rücken gegen die Tür und schüttelte in wahnsinnigem Staunen den Kopf, während er mich ansah.

„Ich habe noch nie jemanden so sehr gewollt wie dich in diesem Moment, Piper. Verdammt, ich muss spüren, wie sich deine Pussy um meinen Schwanz zusammenzieht."

Seine Worte waren wie ein brennendes Streichholz, das in eine Scheune mit trockenem Heu geworfen wurde. Mein Körper verzehrte sich nach ihm und ich griff zwischen uns, packte seinen Schwanz und rieb mit seiner Spitze über meinen Kitzler. Ich hatte gerade öfter einen Orgasmus gehabt, als ich zählen konnte, aber meinem Sukkubus war das egal. Sie wollte mehr.

Ich ließ Jayces Schwanz ein wenig tiefer gleiten und sobald er meinen Eingang spürte, tauchte er in mich ein und rammte mich gegen die Tür.

Es war genau das, was ich brauchte. Was ich seit Wochen gebraucht hatte.

Meine Wände zogen sich fest um ihn zusammen und genossen das Gefühl vollkommener Fülle.

„Oh Gott. Du bist so verdammt eng."

Seine ozeanblaue Iris glitzerte, als er anfing, schnell und tief zuzustoßen. Er hielt meinen Arsch fest und drückte mich gegen die Tür. Ich konnte mich in dieser Position nicht regen, konnte meine Hüften überhaupt nicht bewegen, also ließ ich ihn einfach die Kontrolle übernehmen, öffnete ihm meinen Körper und ließ mich von ihm ins Vergessen treiben.

Er streckte eine Hand aus, um meine Tunika wieder aus dem Weg zu schieben, bevor er meine schwere, geschwollene Brust berührte und meine Brustwarze zwickte und rollte. Ich warf meinen Kopf so fest in den Nacken, dass er mit einem lauten Schlag gegen die Tür knallte. Jayces Augen weiteten sich und er hielt inne.

„Nein! Hör nicht auf!"

Ich krallte mich an seinen Schultern fest. Es hatte zwar wehgetan, aber angetrieben von unserer Verbindung brüllte meine Dämonenmagie in mir und der Schmerz war längst verblasst. Ich würde nicht mal einen blauen Fleck bekommen.

Jayce warf mir ein wildes Grinsen zu und beschleunigte das Tempo. Er fuhr so hart in mich ein, dass es sich wahrscheinlich anhörte, als würde jemand im Schrank Bauarbeiten durchführen.

Ich schlang meine Beine um ihn, verhakte meine Knöchel und als ich ein letztes Mal kam, übertraf es alle meine vorherigen Orgasmen. Denn dieses Mal hatte meine Pussy etwas, um das herum sie sich verkrampfen konnte. Einen dicken, harten Schwanz, der immer noch ruckartig in mich hinein und wieder heraus stieß.

Jayce stieß ein tiefes, wildes Grunzen aus und knallte dann so fest in mich, dass ich mir für eine Sekunde Sorgen machte, dass wir die Tür brechen würden. Sein Schwanz pulsierte, als mich sein Sperma überflutete und ein Ausbruch von Kraft und Lust durch mich strömte, als würde mein Körper buchstäblich von seiner Essenz aufgeladen.

Er drückte sein Becken gegen meins, spritzte auch den letzten Rest in sich mit ein paar weiteren Stößen in mich und dann kam die hektische Bewegung unserer Körper zur Ruhe.

Aabgesehen von unserem schweren Atmen war es still im Schrank und ich fragte mich etwas zu spät, wie laut wir wohl gerade noch gewesen waren. Ich konnte mich ehrlich gesagt nicht daran erinnern, ob ich es geschafft hatte, leise zu sein oder nicht, aber die Antwort lautete vermutlich ... Nein.

Zum Glück war der Unterricht noch in vollem Gange und alle Burgmauern waren aus superdickem Stein.

Ich trug immer noch die übergroße Tunika, die Cassandra mir gegeben hatte, obwohl sie mir über meine Brüste geschoben worden war. Meine untere Hälfte war nackt, ebenso wie Jayces Oberkörper, aber er trug noch seine Hose und seine Schuhe. Und wir waren beide ein bisschen ins Schwitzen gekommen.

Aber ich hatte mich noch nie in meinem Leben besser gefühlt.

Zufriedenheit, Stärke und ein schwindelerregendes Gefühl von Macht durchfluteten mich und ich klammerte mich noch eine Sekunde länger an Jayce. Ich hatte es noch lange nicht satt, ihn zu berühren.

Nach einiger Zeit beruhigte sich unsere Atmung etwas. Jayce, dessen Schwanz immer noch tief in mir steckte, zog seinen Kopf ein paar Zentimeter zurück, um mich anzusehen. Seine blauen Augen glühten immer noch verschwommen. Er schüttelte den Kopf und stieß einen leisen Pfiff aus.

„Verdammt, Piper ... diese Uni ist gerade noch viel interessanter geworden."

KAPITEL ZEHN

Der Rest des Schultages verging wie im Flug. Jayce und ich trennten uns nach ein paar hastigen Küssen im Schrank und ich ging in mein Zimmer, um mich zu reinigen, bevor ich zu meinem Nachmittagsunterricht ging. Keiner meiner Jungs war in den Klassen und nichts anderes schien mich besonders zu interessieren, aber ich schrieb dennoch gewissenhaft mit. Immerhin wollte nicht zu einem Leben in der Unterwelt verurteilt werden, nur weil ich nicht aufgepasst hatte. Ich musste mit jemandem sprechen, der selbst keine aktive Rolle in meiner neuen Realität spielte, um meine Gefühle zu sortieren.

Nachdem die letzte Stunde vorbei war, machte ich mich auf die Suche nach Hannah und fand sie auf dem Flur vor unserem Zimmer.

„Hey! Oh mein Gott, wie fühlst du dich? Geht es dir gut? Ich war auf der Krankenstation, um dich zu suchen, aber sie sagten, du seist bereits entlassen. Hat die Heilerin irgendeine Art von Magie bei dir bewirkt?" Sie warf einen besorgten Blick auf meinen Bauch und betrachtete die

Tunika, die offensichtlich nicht meine war, denn sie war tiefblau, anders als alle meine anderen Kleidungsstücke.

„Ähm ... Wie es aussieht, habe ich selbst irgendwie Magie an mir gewirkt. Mit ein wenig Hilfe von anderen. Mir geht es gut, aber ich bin etwas zappelig. Willst du Zaubersprüche üben?"

Hannah kniff ungläubig die Augen zusammen. „Klar", sagte sie langsam. „Nicht in der Bibliothek, schätze ich."

„Nein. Irgendwo, wo wir ungestörter sind."

Ihre goldenen Augen leuchteten. „Cool! Dann kann ich dir zeigen, was ich gefunden habe."

Sie nahm meine Hand und führte mich um die Ecke zu einer Tür, die ich noch nie zuvor gesehen hatte. Sie sah so aus, als sollte sie verschlossen sein, aber sie öffnete sich leicht und gab den Weg zu einer spiralförmigen Steintreppe frei.

„Unser Zimmer ist im Turm, richtig?", sagte sie, als sie die Treppe hinaufging. „Und als ich mich hier umgeschaut habe, dachte ich mir, wenn wir im Turm sind, was ist dann unter dem Turm? Es muss ja irgendwie einen Aufstieg geben und ... tah-dah! Soweit ich weiß, kommt hier niemand hoch."

Es sah auf jeden Fall so aus. Kleine Fenster blickten in alle Richtungen aus dem runden Aufgang, in dem nur ein paar Kisten und ein paar verstaubte Möbel standen. Es war kälter als in unserem Zimmer, aber mir war seit dem Vorfall im Kampfunterricht heiß, also war das eine willkommene Erfrischung. Ich warf meine Tasche auf eine Kiste und setzte mich auf das abgenutzte Sofa.

„Ich weiß nicht, ob wir hier oben sein dürfen", sagte

Hannah und warf mir einen schuldbewussten Blick zu. „Aber es ist wohl der beste Ort, um ungestört zu sein."

Ich sah ihr an, dass sie vor Neugier fast platzte und ich liebte sie dafür, dass sie mich nicht gleich mit Fragen überhäufte. Ich zog das Zauberhandbuch und ein paar Utensilien aus meiner Tasche und sie tat dasselbe. Laut unserem Dozenten konnten nicht alle gefallenen Kreaturen zaubern. Die meisten Dämonen konnten es, aber andere Kreaturen wie Höllenhunde, Gargoyle und Werwölfe konnten es nicht. Ihre Magie war auf die Verwandlung beschränkt und konnte nicht zum Zaubern verwendet werden.

Wir setzten uns mit gekreuzten Beinen auf dem Boden gegenüber und legten das Zauberzubehör zwischen uns, Kerzen und Federn und ähnlichen Klimbim.

„Hat die Dozentin gesagt, ob wir die Federn und den anderen Kram auch im Feld einsetzen würden?", fragte ich zweifelnd.

„Nein, du Dummkopf! Das hier ist nur zum Üben. Wenn wir die Federn zum Schweben bringen, können wir die bösen Typen später genauso herumschleudern. Zumindest glaube ich, dass sie das gesagt hat."

Ich zuckte mit den Schultern und blätterte zur entsprechenden Seite.

„Na gut, also ... es gibt keine Zauberformel oder so was?"

„Nein, es ist eine reine Visualisierungssache. Sie sagte, wir können Wörter verwenden, wenn es uns beim Visualisieren hilft."

„So etwas wie ‚Feder, schweb!'?" Ich warf einen Blick

auf den weißen Flaum, als wäre er eine Schlange, die kurz vor dem Zubeißen war.

„Vielleicht, aber du wirst es nicht schaffen, wenn du skeptisch bist. Du musst davon überzeugt sein, dass es passiert, dann wird es auch geschehen."

Ich blinzelte sie an. Sie lächelte beruhigend, dann atmete sie tief ein und schloss die Augen. Sobald sie sie wieder öffnete, fing die Feder vor ihr an zu schweben.

„Wie hast du das gemacht?"

Sie zuckte mit den Schultern. „Ich habe entschieden, dass sie schwebt. Versuch du es."

Ich folgte ihrem Rat, schloss die Augen, holte Luft und stellte mir vor, dass die Feder bereits flog. Als ich meine Augen wieder öffnete, lag sie immer noch auf dem Boden.

„Okay." Ich atmete frustriert aus. „Was habe ich falsch gemacht?"

„Hast du einen klaren Kopf?"

Ich hätte fast gelacht. Einen klaren Kopf? War das überhaupt möglich? Ich versuchte es noch einmal.

Die Feder fliegt. Die Feder fliegt. Die Feder ... Jayce wäre ein großartiges geflügeltes Monster geworden. Schade, dass ihn ein Höllenhund erwischt hat. Dann blitzte Xero in meinem Kopf auf. Wie wäre er im Schrank gewesen? Diese dunklen Augen mit all ihren verborgenen Farben, die sich drehen und glühen und...

„Piper!"

Meine Augen flogen auf und ich schlug mir die Hand vor den Mund. Die Feder war in der Luft und wirbelte wie verrückt umher, während eine Flamme sie verzehrte und die kleinen weißen Stückchen zu schwarzem Staub verwandelte. Innerhalb von Sekunden war die ganze Feder nur noch Asche, die schwindelerregend in der Luft schwebte.

„Wow“, sagte sie. „Wie hast du das gemacht?“

Ich schüttelte wortlos den Kopf. *Keine Ahnung*.

Sie warf mir einen Seitenblick zu. „Okay. Du bist offensichtlich nicht in der richtigen Stimmung hierfür, aber das könnte sich als nützlich erweisen. Was ist heute passiert? Du siehst besser aus als in den letzten Wochen, aber du bist total…“ Sie sah an mir auf und ab, fand aber kein passendes Wort und ließ hilflos die Hände sinken.

„Ich habe heute herausgefunden, was für ein Dämon ich bin“, sagte ich und fuhr mir mit der Hand durch die Haare. „Ich bin ein Sukkubus.“

Ihre Augen weiteten sich. „Oh. Oh! Oh wow. Das erklärt die ganze Sache im Kampftraining heute Nachmittag. Ich meine, gewissermaßen. Es war wirklich ein seltsamer Moment, um deine Kraft zu aktivieren und diese Jungs zu verführen.“

„Nicht wirklich. Anscheinend bekomme ich durch sexuellen Kontakt Energie. Einschließlich heilender Kräfte.“

„Als du verletzt wurdest, haben deine Kräfte einfach die Oberhand gewonnen und du hast mit den vier Typen rumgemacht, die dir am nächsten standen?“

„Sieht ganz so aus, aber ich schätze, ich habe sie schon vorher irgendwie an mich gebunden.“

Sie legte den Kopf schief. „Sind sie jetzt so was wie deine Küken?“

„Eher eine Art Sexsklaven.“ Ich lachte trocken. „Ich schätze, wir sind ein Leben lang miteinander verbunden oder so. Cassandra, die Heilerin in der Krankenstation, sagte, ich könnte durch jeden sexuellen Kontakt Energie bekommen, aber dass diese vier so etwas wie meine Superakkus sind."

„Oh. Das ist irgendwie cool. Und sie sind zugegebenermaßen alle super heiß."

„Ja." Ich kaute auf meiner Lippe und dachte an sie. Sie waren alle auf ihre Weise wahnsinnig attraktiv. „Ich weiß nicht, es ist seltsam. Ich fühle mich von ihnen allen angezogen. Ich bin mir nur nicht sicher."

„Worüber?" Sie runzelte leicht die Stirn. „Ganz ehrlich, ich bin neidisch. Du hast vier sexy Typen zu deiner Verfügung und du musst Sex mit ihnen haben, um zu überleben. Ehrlich gesagt sehe ich hier keinen Nachteil."

„Mag sein", sagte ich leise. „Versteh mich nicht falsch, mein Körper stimmt dir hundertprozentig zu. Natürlich möchte ich die ganze Zeit damit verbringen, mich nackt mit ihnen herumzuwälzen."

„Ohh ... mit allen auf einmal? Wie ein Harem? Oh mein Gott, Piper. Du könntest deinen eigenen Harem haben!" Ihre Augen wurden verträumt.

Ich schnippte mit den Fingern. „Erde an Hannah. Du übersiehst da etwas. Ich bin vielleicht auf ihre sexuelle Energie angewiesen, um Kraft zu bekommen, aber sie sind nicht auf mich angewiesen. Ich weiß, dass Jayce an mir interessiert ist, aber der Rest von ihnen ... nicht so sehr. Und hier ist das Problem: Der Sex mit Jayce war großartig, aber..."

„Moment mal, das hast du mir nicht erzählt! Wo? Wann? Wie war er?"

„Vierte Stunde, im Schrank unter der Treppe, er war fantastisch. Aber der Punkt ist, obwohl der Sex großartig war und mir einen wahnsinnigen Energieschub geliefert hat, fühle ich mich immer noch unvollständig. Die anderen drei sind irgendwie Teile von mir und wenn ich nur einen habe und die anderen nicht, dann fühle ich mich unvollständig."

„Oh." Sie dachte eine Sekunde darüber nach und kaute auf ihrer Unterlippe. „Ich verstehe. Aber du bist doch ein Sukkubus. Sie werden dir nicht widerstehen können."

Ich zuckte mit den Schultern. „Vielleicht schon, vielleicht auch nicht, aber das wäre auch nicht besser. Es ist nur, dass sie diese wahnsinnige Macht über mein Leben und mein Wohlbefinden haben und das ist verdammt erschreckend."

Hannah lächelte mich an und tätschelte meine Hand. „Sieh mich an, Piper. Alles wird gut, versprochen. Weißt du, was du brauchst?"

„Einen ordentlichen Drink und eine Zeitmaschine."

Sie lachte. „Mit der Zeitmaschine kann ich dir nicht dienen, aber vielleicht mit dem Drink."

Ich verzog das Gesicht. „Hier gibt es Alkohol? Das scheint mir eine schlechte Idee zu sein."

„Ja, es ist eine schlechte Idee und nein, es gibt hier keinen Alkohol. Die Leute, mit denen ich mich in den letzten Tagen unterhalten habe, schleichen sich heute Abend raus, um etwas trinken zu gehen. Es ist zwar verboten, aber Janice sagt, dass sie es die ganze Zeit tun. Willst du mitkommen?"

Mein Magen verkrampfte sich. „Du meinst Teleportieren? Ich weiß nicht, ob wir das ohne einen Führer machen sollten. Sonst landen wir am Ende noch in einer Felswand oder so."

„Nicht, wenn wir sehen können, wohin wir uns teleportieren“, sagte sie listig. „Schau mal.“

Sie führte mich zum Fenster und zeigte auf ein kleines Tal am gegenüberliegenden Berggipfel, in dem gerade goldene Lichter zu leuchten begannen. „Das ist eine kleine Menschensiedlung. Sie ist super abgelegen, aber es gibt eine alte Kneipe im Dorf. Alles, was wir tun müssen, ist näher rankommen, sicherstellen, dass wir alle menschlich aussehen und den Rest des Weges zu Fuß gehen.“

„Werden sie nicht fragen, wo unsere Yaks sind? Ich kann mir nicht vorstellen, dass viele Menschen einfach dorthin wandern.“

Sie kicherte. „Wohl eher nicht. Aber nein, sie werden nicht fragen. Das tun sie anscheinend nie. Sie werden uns komisch ansehen, aber solange wir bezahlen und keinen Ärger machen, ist es ihnen egal.“

„Wir haben kein Geld.“

„Aber Janice hat jede Menge und hat angeboten, uns einzuladen. Komm schon, du hast keine Ausreden mehr! Du musst mitkommen.“ Sie sah mich flehend an.

„Na gut.“ Ich grinste. „Es ist ewig her, dass ich einen guten Rausch hatte.“

„Das ist die richtige Einstellung! Komm, wir sollten uns umziehen.“

Ich packte meine Sachen zusammen und folgte ihr kopfschüttelnd die Treppe hinunter. Ich hätte nie gedacht, dass sie von uns beiden die Schlimme wäre, aber ich war bereit, ihr diese Ehre dieses Mal zu überlassen.

Owen ging durch den Gang vor unserem Zimmer und lächelte schüchtern, als er uns sah. Dann ging er neben mir her.

„Hey, Piper. Wie geht es dir?“

„Schon viel besser, danke.“

„Gut. Ähm...“ Er wurde rot und sah auf den Boden. „Ich habe gehört, was passiert ist. Dass dich deine Kräfte gerettet haben. Ich wollte nur sagen ... falls du jemals Hilfe beim Heilen brauchst ... also, du kannst auf mich zählen.“ Seine Grübchen wurden tiefer und wenn er noch röter geworden wäre, hätte er wie ich in Dämonengestalt ausgesehen.

„Danke, Owen“, sagte ich mit einem Lächeln. „Das werde ich mir merken.“

Er strahlte mich an und winkte zum Abschied, als Hannah und ich in unser Zimmer gingen. Meine Freundin versteckte ein Lächeln hinter ihrer Hand und schüttelte den Kopf.

Ich kann nicht glauben, wie verrückt mein Leben geworden ist.

KAPITEL ELF

Das Teleportieren war nicht annähernd so heftig wie beim ersten Mal, wahrscheinlich, weil wir nur über eine Schlucht sprangen, statt um die halbe Welt zu fliegen, aber es fühlte sich immer noch ziemlich ätzend an. Wir machten es in Fünfergruppen und Hannah und ich waren zuerst dran, zusammen mit drei Mädchen, die ich nicht kannte.

Eines von ihnen war im dritten Jahr und hatte gelernt, den gleichen Teleportationstrick zu machen, mit dem Dru uns nach Mönkh Saridag gebracht hatte. Wir landeten kurz vor der Ortsgrenze auf einem verschneiten Weg und sprangen beiseite, bevor die zweite Gruppe auf uns landen konnte.

„Also Piper", sagte Hannah außer Atem. „Das sind Janice, Gilda und Moira."

„H-hi", sagte ich mit klappernden Zähnen.

„Hier entlang", sagte Janice, nachdem sie zur Begrüßung genickt hatte. Sie war groß mit einem mondrunden Gesicht und langen dunklen Haaren, die sich weigerten, in ihrer Kapuze zu bleiben. Sie brachte uns zur Kneipe, einem runden Gebäude mit Spitzdach. Es strahlte Wärme aus und ich eilte hinein. Mehrere Tische waren von Einheimischen besetzt, aber ich erstarrte misstrauisch auf der Schwelle, als alle Gespräche verstummten und alle Blicke zu uns schossen.

„Gebt ihnen eine Sekunde", sagte Janice leise. „Starrt sie nicht an und folgt mir."

Sie hob den Kopf und schritt zur Theke, als gehörte ihr der Laden. Die Leute setzten ihre Gespräche schnell wieder fort.

„Siehst du?", flüsterte Hannah mir zu. „Es ist ihnen egal. Sie sind hier draußen so abgelegen, dass sie einfach keinen Ärger wollen."

„Genau so ist es", sagte Janice mit einem kleinen Lächeln. „Sie wissen, dass wir irgendwie seltsam sind, aber sie machen sich nichts daraus. Wir sind für sie nur etwas verschroben." Sie zwinkerte mir zu, wandte sich dann an den Barkeeper und bestellte eine ganze Ladung Alkohol.

Ein paar andere kleine Gruppen kamen hinter uns herein und sie führte alle zu ein paar leeren Tischen in einer Ecke des Raumes. Ich setzte mich zu Hannah, die sich viel wohler zu fühlen schien als ich. Es war nett, auszugehen, nachdem wir einen Monat in der Burg der UG eingesperrt gewesen waren, aber trotzdem fehlte mir etwas … oder jemand.

Die Tür öffnete sich noch einmal und die Erkenntnis traf mich wie ein Lastwagen, als mein ganzer Körper sich zu entspannen schien.

Die Jungs. Das war es, was mir gefehlt hatte.

Ich konnte sie nicht sehen, aber ihre Düfte strömten

wie Ranken durch die Menge, fast so, als suchten sie mich. Aber einer fehlte und ich wusste, wer es war, ohne mich umdrehen zu müssen. Kai hatte die Gelegenheit offenbar ausgeschlagen.

„Oh, hey, Piper! Sieh mal, wer gekommen ist!" Hannah warf einen Blick zur Tür und winkte den Jungs zu.

„Xero, Jayce und Kingston", sagte ich, ohne mich umzudrehen.

„Woher weißt du das?" Sie sah wieder zum Eingang zurück und ihre Freude verschwand. „Oh, was machen sie denn?"

„Sie ergreifen so schnell wie möglich die Flucht." Ich seufzte. „Hör zu, Hannah, es ist, wie ich gesagt habe. Sie sind nicht an mir interessiert."

„Hm ... warte hier. Oh, da sind ja die Drinks. Schnapp dir fünf, ja?"

„Okay...?" Ich tat, was sie verlangte und sah dann zu, wie sie jeden der Typen in die Enge trieb und praktisch einen nach dem anderen zu unserem Tisch zerrte.

Jayce setzte sich neben mich und grinste. „Hey, Piper. Du bist gekommen."

„Mit Müh und Not." Ich verzog das Gesicht. „Ich hasse das Teleportieren."

„Man gewöhnt sich daran", sagte Xero, als Hannah ihn neben Jayce auf den Sitz schob. Sie eilte wieder davon und kam einen Moment später mit Kingston im Schlepptau zurück.

„Hör zu, wie war dein Name? Ana?", grummelte er. „Du scheinst ein nettes Mädchen zu sein, aber du wirst mich auf keinen Fall dazu überreden..."

„Setz dich hin."

Und erschreckenderweise setzte sich Kingston. Einen Moment lang sah er aus, als würde er eine bockige Schnute ziehen, aber dann zwang er sich zu einer halbwegs neutralen Miene. Ich schob ihm einen Drink entgegen.

Hannah setzte sich mir gegenüber und warf einen Blick in die versammelte Männerrunde. „Hallo! Ich bin Hannah. Jayce, wir zwei haben uns schon kennengelernt." Ihr Blick wanderte zu den anderen beiden. „Und euch beide habe ich im Kampftraining gesehen. Du musst Xero sein und du bist Kingston. Richtig? Gut! Piper hat mir von eurer Situation erzählt. Es ist irgendwie total krass, deshalb sitzt ihr alle hier, um euch besser kennenzulernen und das Beste aus der Sache zu machen." Sie faltete die Hände auf dem Tisch und nickte entschieden.

Die Jungs sahen mich an und ich zuckte mit den Schultern. „Ihr habt ja gehört, was Hannah sagt."

„Du lässt dich von ihr herumkommandieren?", fragte Kingston hochmütig.

Ich blinzelte ihn langsam an. „Sie ist meine beste Freundin, du Dummkopf. Sie ist die einzige Person, von der ich mir etwas sagen lasse."

Hannahs Augen funkelten vor Glück. Es war lächerlich, wie einfach es war, dieses Mädchen in gute Laune zu versetzen.

„Was ist mit dir, Xero?", fragte ich und wandte meine Aufmerksamkeit bewusst von Kingston ab. „Wie bist du an der UG gelandet?"

Xero zuckte mit den Schultern. „Ich bin am Tor aufgetaucht und habe gefragt, ob sie mich aufnehmen. Das haben sie gemacht und jetzt bin ich hier."

Ich blinzelte ihn an. „Äh. Sag mir, wenn ich mich irre,

aber ich habe das Gefühl, dass du eine Menge überspringst."

Er hätte fast gelächelt. „Du willst danach fragen, wie ich verwandelt wurde?"

„Ja, zum Beispiel."

Er zuckte mit den Schultern. „Ich war 1996 mit einem Freund irgendwohin unterwegs ... ich erinnere mich nicht an die Einzelheiten. Er bog in eine dunkle Gasse ein und parkte das Auto. Er sagte, es täte ihm leid und dann drehte er durch. Ehe ich mich versah, wachte ich in einem roten Zimmer auf und hörte nur noch Schreie."

„Warte mal, du wurdest in den Neunzigern verwandelt?" Hannah sah ihn mit zusammengekniffenen Augen an. „Du siehst gar nicht so alt aus."

„Ich fühle mich viel älter", sagte er. „Ich habe ein paar Jahrzehnte in der Unterwelt verbracht. Die Zeit vergeht da unten anders als hier. Ich habe Gerüchte über diesen Ort hier gehört und etwa zur gleichen Zeit habe ich erkannt, was Gavriels Schergen von mir wollten, nämlich mich auf die Erde zurückschicken, wo ich meine Existenz damit verbringen sollte, Menschen zu verwandeln und für die Unterwelt zu rekrutieren." Er schüttelte den Kopf. „Ich konnte das nicht. Auf keinen Fall. Aber ich habe sie glauben lassen, dass ich es könnte."

Kingstons Mund verzog sich angewidert, als er zuhörte, wie Xero seine Geschichte erzählte. Ich funkelte ihn an. *Was für ein Arsch. Ich frage mich, ob ich ihn gegen ein besseres Modell eintauschen könnte.*

„Wie auch immer, sie haben mich zur Jagd nach oben geschickt und ich bin abgehauen und hier gelandet. Ich bin so stark von diesem verdammten Kraftfeld der UG abgeprallt, dass es mir fast das Gehirn durcheinandergebracht hat."

„Und sie haben dich aufgenommen?", fragte Kingston und klang entsetzt. „Nachdem du in der Unterwelt warst?"

Xero blinzelte ihn langsam an. „Ja, das haben sie."

„Sind sie denn bescheuert?"

„Sei still", schnappte ich. „Wenn du etwas sagen willst, dann erzähl uns, wie du hergekommen bist, aber lass Xero in Ruhe."

Xero lächelte mich schwach an und wandte sich dann wieder Kingston zu. „Sie haben mich getestet. Mit magischen Lügendetektoren und solchem Zeug. Außerdem muss ich wie alle anderen hier trainieren. Ich muss mich wie ihr alle beweisen. Entspann dich."

Kingston öffnete den Mund, um zu widersprechen, schloss ihn aber wieder und starrte in sein Bier. Wir tranken einige Minuten schweigend, bevor Jayce uns rettete.

„Ich war bei Sonnenuntergang in der Nähe der Hollywood-Studios unterwegs", sagte er strahlend. „Ich war auf dem Weg zu einem Vorsprechen, als dieses Ding hinter einem dieser riesigen Filmateliers auftauchte. Ich schwöre bei Gott, ich dachte, es wäre eine animatronische Requisite oder so etwas. Es war das coolste Hundemonster, das ich je gesehen hatte. Ich ging zu ihm, um seinen Besitzer zu finden und zu fragen, ob ich damit spielen könnte."

Xero blinzelte ihn an. „Was? Du wolltest ... einen Höllenhund streicheln?"

„Ja!" Jayce kicherte und schien aufrichtig amüsiert. „Das war der dümmste Moment meines Lebens. Ich würde es wahrscheinlich wieder tun."

Ich lachte. „Was? Im Ernst?"

„Oh ja. Du hättest dieses Ding sehen sollen, Piper! Es war wie ein großer schwarzer Husky mit flüssigem Feuer, das von seinen Reißzähnen tropftee und einem großen, flauschigen Schwanz und Rauch, der davon aufstieg. Es sah so weich und cool aus ... Ich schwöre bei Gott, ich dachte, es wäre nur ein Filmhund, der vom Set entwischt ist." Er lachte und leerte sein Bier. Hannah besorgte uns noch eine Runde.

„Was ist mit dir, Kingston?", fragte sie, als sie zurückkam.

Er warf ihr einen gereizten Blick zu. „Ach weißt du, ich war nichts Besonderes", sagte er sarkastisch. „Kein Verlierer der 90er oder ein aufstrebender Schauspieler oder so. Ich war nur der angehende Erbe eines Fortune-500-Unternehmens, mehr nicht."

„Und du bist offensichtlich kein bisschen verbittert darüber, was dir passiert ist", bemerkte ich ironisch.

„Wärst du das etwa nicht?" Er funkelte mich an, als ob ich ihn verwandelt hätte. „Ich habe nicht darum gebeten. Ich habe mich nicht in dunklen Gassen herumgetrieben oder Dämonenhunde gestreichelt, ich habe alles genau so gemacht, wie ich es sollte."

„Willkommen im echten Leben, wo man alles richtig machen kann und trotzdem einen Arschtritt bekommt." Ich nahm einen Schluck von meinem Bier. „Also? Wie ist es passiert?"

Er sah mich mit zusammengekniffenen Augen an. „Ich war auf einer Party. Nicht so eine mit Plastikbechern und Saufspielen, sondern eine richtige Party."

„Das musst du mir genauer erklären", sagte ich. „Wo ich

herkomme, sind Plastikbecher und Saufspiele die Definition einer richtigen Party."

Er hob eine Braue. „Kristallene Champagnergläser. Kokain auf dem Silbertablett. Networking mit Milliardären. Diese Art von Party."

„Also lass mich raten, du hast zu viel gekokst und bist als Gefallener aufgewacht?"

„Nein. Ich habe das Zeug nie angerührt", sagte er hochmütig. „Ich hatte einen kleinen Streit mit einem Freund meines Vaters. Er wollte, dass mein Vater die Firma an die Börse bringt, und versuchte, ihn über mich zu erreichen. Ich wollte nichts davon hören. Er war betrunken und aufdringlich, also bin ich nach draußen gegangen, um ein bisschen frische Luft zu schnappen."

„Oh, ich weiß! Du bist durch eines dieser Heckenlabyrinthe spaziert und hast dich verlaufen, richtig? Ich habe diesen Film gesehen." Hannah lachte und nippte an ihrem Drink.

Er stieß einen ungeduldigen Atemzug durch die Nase aus. „Nein. Ich ging im Garten auf und ab, als ich eine Frau schreien hörte. Ich ... bin losgegangen, um nachzusehen, ob alles in Ordnung ist."

Sein Zögern ließ mich fragen, ob er nicht in Wirklichkeit in die andere Richtung davongerannt war.

„Und dann?", fragte ich.

„Dann bin ich mit Hörnern, Flügeln und smaragdfarbenen Schuppen aufgewacht", sagte er eisig. „Von der Schnauze bis zum Schwanz maß ich knapp zehn Meter. Ich fand heraus, wie ich aus der Drachenform in meine Menschengestalt zurückkehren kann, aber ich konnte es nicht immer kontrollieren. Und ich konnte mich in diesem Zustand von niemandem sehen lassen, den ich kannte. Also ging ich zu einem Schamanen in Afrika. Doch die Hüter fingen mich bei meiner Ankunft ab und erklärten mir meine Lage."

„Was, du bist mit deinen Flügeln bis nach Afrika geflogen?"

Er seufzte. „Nein, Piper. Ich bin in menschlicher Gestalt gereist. Ich habe einfach den Jet genommen."

„Oh. Er hat den Jet genommen", stöhnte ich und verdrehte die Augen zu Hannah. *Großartig*. Ich war mein Leben lang an einen verzogenen Spund mit einer ätzenden Einstellung gebunden.

„Was hättest du mit dem Unternehmen gemacht, wenn du es geerbt hättest?" Jayce beugte sich interessiert vor. Ich war mir nicht sicher, ob es an seinem schauspielerischen Hintergrund lag oder was, aber er interessierte sich einfach für alle und alles. Neugier strahlte von ihm aus wie Sonnenschein.

„Ich hätte es geführt", antwortete Kingston knapp.

„So, wie es immer geführt wurde?", fragte Jayce und sah erschrocken aus.

„Natürlich. Mit ein paar Verbesserungen vielleicht. Ich glaube nicht, dass das Unternehmen mit maximaler Effizienz arbeitet. Ich glaube, ein paar gute Optimierungen würden unseren Jahresgewinn um mindestens eine halbe Milliarde steigern."

„Eine halbe Milliarde ... jährlich ... und darauf hättest du dich einfach ausgeruht?" Jayce sah aus wie jemand, dessen gesamtes Weltbild gerade infrage gestellt worden war. Der arme Kerl tat mir leid.

„Natürlich nicht“, schnaubte Kingston. „Ich hätte investiert.“

„In was?“

„Oh, Diamanten, Öl, Politik, solche Sachen.“

Der blondhaarige Surfer wurde langsam rot. Ich berührte seine Hand und er holte tief Luft und ließ etwas von seiner Wut abfließen. „Nun, gut, dass du jetzt hier bist“, sagte er widerwillig. „Auf der richtigen Seite.“

„Du nennst das hier die richtige Seite?“, fragte Kingston entgeistert. „Mitten im Nirgendwo, abgeschnitten von der ganzen Welt und all meinen Kontakten, umgeben von Monstern? Das ist … ist … Scheiße, das ist es. Ich habe das hier nicht gewollt.“

„Du wirst nicht für immer von der Welt abgeschnitten sein.“ Jayce fuhr sich verärgert durchs Haar. „Wenn wir hier fertig sind, werden wir helfen, die Welt zu retten! Bedeutet dir das nichts?"

„Und wer bekommt die Anerkennung dafür? Es klingt nach viel harter Arbeit ohne Belohnung, wenn du mich fragst. Niemand hat mich gefragt, ob ich das will. Die Welt hätte mir zu Füßen liegen können. Ein Imperium nur für mich. Und jetzt wird von mir erwartet, dass ich einfach weiterlebe und nie zurückschaue, nur weil ein verdammter Drache beschlossen hat, dass er einen Mitternachtssnack will, und mich nicht gleich umgebracht hat? Das ist doch nicht gerecht!“

„Es geht nicht um die Anerkennung!“ Jayce sprach jetzt durch die Zähne.

Ich hatte genug. Sie würden nie einer Meinung sein, egal wie sehr sich Jayce bemühte. Ich schüttelte den Kopf und erhob mich vom Tisch. Hannah streckte eine Hand aus, um mich aufzuhalten.

„Ich bin gleich wieder da“, sagte ich und warf ihr einen Blick zu, der sagte *Um Gottes willen, gib mir eine Minute.* Sie nickte und legte ihre Hand wieder hin. Ich hatte die Toilettentür beim Reinkommen gesehen und steuerte nun darauf zu, nicht ohne Kingston im Vorbeigehen noch einen abfälligen Blick zuzuwerfen.

Ich spürte, dass er mir folgte. Der Geruch dieser Jungs war wie ein blinkender Punkt auf meinem Radar und sagte mir immer genau, wann sie sich in unmittelbarer Nähe befanden. Ich schaffte es nur in den dunklen Flur, der zu den Toiletten führte, bevor er mich einholte.

„Hey.“ Ich drehte mich um, um ihn zur Rede zu stellen. Er war nur einen Schritt von mir entfernt. „Hast du schon mal was von Privatsphäre gehört?“

„Was sollte das?“, fragte er und ignorierte meine Worte.

„Was sollte was?“

„Dieser Blick, den du mir zugeworfen hast! Warum bist du so ein Biest?“

„Vielleicht, weil du ein kompletter Arsch bist.“ Ich verschränkte meine Arme und warf meine Haare zurück, als er einen Schritt auf mich zukam.

„Was zum Teufel erwartest du von mir?“ Er kniff die Augen zusammen. „Die Hüter werfen mich hier rein und du verzauberst mich einfach so. Verdammt, Piper, ich habe nichts getan, um das hier zu verdienen!“

„Du hast verdammt recht, du hast das hier nicht verdient! Wenn es nach mir ginge, hätte der Drache gleich kurzen Prozess mit dir machen können!“

Er knurrte und seine Haut schimmerte für einen

Moment goldgrün. Er war kurz davor, die Kontrolle zu verlieren, aber ich war es auch. Der Streit mit ihm in diesem engen Flur ließ mich in seiner Essenz ertrinken. Mein Körper sehnte sich danach, ihn zu berühren, während mein Verstand schrie, dass er zurechtgestutzt werden musste.

„Reiß dich zusammen, bevor du unsere Deckung auffliegen lässt", schnappte ich.

„Ich sollte keine Deckung brauchen! Ich will nicht den Rest meines Lebens als verdammter Drache verbringen! Was zum Teufel ist mit euch allen los? Wie könnt ihr nur akzeptieren, dass..."

Er konnte seinen Gedanken nicht zu Ende führen, aber es spielte keine Rolle. Ich hatte sowieso nicht zugehört. Mein Blick war auf seine Lippen gefallen, als er sprach, und etwas in mir verlor die Kontrolle. Seit die drei Jungs die Bar betreten hatten – nein, eigentlich schon lange vorher – glühte ich innerlich und ich brauchte ihn dringend.

Ich packte ihn am Kragen und presste meinen Mund auf seine Lippen. Ich trank all seine elendige Geldessenz, bis meine Knochen vor Kraft vibrierten.

Er reagierte mit wütender Leidenschaft und kämpfte mit meiner Zunge auf eine Weise, die heiße Energiestöße durch meinen Körper sandte. Ich presste meine Hüften gegen ihn, fuhr mit meinen Fingern durch sein verdammt weiches Haar und er stöhnte bei der Berührung. Schwer atmend packte er meine Taille, als wollte er mich mit seinen Armen zerquetschen, seine Finger packten mich mit unglaublicher Intensität, als er meinen Mund mit dem seinen in Besitz nahm.

Lange bevor ich fertig war, aber nachdem ich viel

Energie getankt hatte, löste er sich keuchend von mir und starrte mich mit großen, fassungslosen grünen Augen an.

Er trat einen Schritt zurück und zerrte seinen Körper beinahe von mir weg.

Dann machte er auf dem Absatz kehrt und stolzierte zurück ins Licht und Getümmel der Kneipe.

KAPITEL ZWÖLF

„Hat Kingston schon mit dir gesprochen?“

Nein. Den ganzen Monat über nicht.

Nicht seit der Nacht, in der ich ihn in der Kneipe geküsst hatte.

Hannah und ich bereiteten uns auf den Unterricht vor. Ich freute mich auf meine Mittagspause mit Jayce und zog allein bei der Erwähnung von Kingstons Namen eine Grimasse.

„Er würdigt mich gelegentlich eines Blickes, wenn es seine wertvolle Zeit zulässt“, sagte ich und verdrehte die Augen. „Ich zerbreche mir deswegen nicht den Kopf. Wenn ich vorher gewusst hätte, was für ein Typ er ist, hätte ich mich nie mit ihm verbunden.“

„Du sagst das, als hättest du die Wahl gehabt“, sagte Hannah und zog ihre hellrosa Tunika über den Kopf.

Ich zuckte mit den Schultern. „Ja. Ich habe gern den Eindruck, hier irgendetwas unter Kontrolle zu haben.“

„Ja, das verstehe ich. Oh, und sie haben dich aus dem Zauberunterricht genommen?“

Ich nickte. „Sie haben mich stattdessen für Gedankenkontrolle eingeschrieben. Jetzt, wo ich weiß, was ich bin, macht es keinen Sinn, diese Art von Magie zu lernen. Ich würde einfach weiterhin Federn in Brand stecken und das Klassenmaskottchen versehentlich verführen."

Hanna lachte. „Wohl wahr. Ich finde dieses Fach den Knaller. Leider etwas zu wörtlich. Ich habe die ganze Woche mit Energiebällen geübt und gestern habe ich einen Schreibtisch zerschmettert. Aus Versehen natürlich", fügte sie schnell hinzu. „Aber, oh mein Gott, es hat solchen Spaß gemacht!"

„Damit solltest du das nächste Mal um dich werfen, wenn du mit einer von Sonjas Kumpaninnen trainieren musst."

Sie warf mir einen missbilligenden Blick zu, aber ihre Augen funkelten verschmitzt. „Ich würde sie nicht ernsthaft verletzen wollen."

„Vielleicht könntest du ihre Haare ansengen?", fragte ich hoffnungsvoll.

Sie lachte mich aus. „Komm, lass uns gehen, bevor alle Wurstbrötchen weg sind."

Ich folgte ihr zum Frühstück. Jayce hatte Plätze für uns freigehalten und ich war erfreut zu sehen, dass auch Xero bei ihm war. Kingston saß am anderen Ende des Tisches. Er hatte in letzter Zeit damit angefangen, in der Nähe zu sein, ohne direkten Kontakt zu haben. Es war irritierend, aber es gab Schlimmeres. Kai zum Beispiel hatte es sich zur Gewohnheit gemacht, jeden Raum zu verlassen, den ich betrat.

Ich sah ihn aus dem Augenwinkel auf der anderen Seite

des Speisesaals, als ich mich neben Jayce setzte. Ja. Wie auf ein Stichwort stand Kai auf und nahm sein Frühstück mit in den Flur. Ich knirschte mit den Zähnen, aber ich kam schnell darüber hinweg. Entweder er machte seinen Frieden mit unserer Situation oder nicht. Ich konnte nichts tun.

Jayce legte seinen Arm um mich und küsste mich und mein ganzer Körper verschmolz mit seiner Berührung. „Guten Morgen, Piper. Wie hast du geschlafen?"

„Wie eine Tote. Im Ernst, ich fühle mich, als wäre ich gerade aus meinem Sarg gekrochen."

Er schob mir eine dampfend heiße Tasse Kaffee zu. Ich nahm einen Schluck und seufzte glücklich. Er hatte ihn perfekt gemischt. Jayce, der sich wie ein richtiger Freund benahm, tröstete mich ein wenig über die Zurückweisung der anderen hinweg. Ganz zu schweigen von der Tatsache, dass er mich so ziemlich im Alleingang energietechnisch am Leben hielt.

Nun, das stimmte nicht ganz. Wie Cassandra gesagt hatte, konnte ich meine Kraft aus der sexuellen Energie auch mit jemandem auffüllen, der nicht zu meinen Vieren gehörte – die Energie wäre nur nicht so stark.

Das Problem war nur, dass ich niemand anderen wollte.

Diese Aura der sexuellen Anziehungskraft, dieses Gefühl, in Ekstase zu sein, begleitete mich fast die ganze Zeit, obwohl ich gelernt hatte, damit zu leben und es gut genug zu kontrollieren, um zu funktionieren. Ich bestand aus Sex, ich war buchstäblich eine Kreatur, die sich davon ernährte.

Aber es gab nur vier Männer, nach denen sich mein Körper wirklich sehnte.

Ich rutschte näher zu Jayce und mein Kitzler pochte angenehm, als er eine Hand auf mein Bein legte und lässig über meinen Oberschenkel strich.

„Heute ist Kampfprüfung", erinnerte uns Xero. Er lächelte schwach in meine Richtung und ich lächelte zurück. Xero war nicht annähernd so aktiv wie Jayce darin, sich an unserem – wie auch immer man unser Gespann bezeichnen sollte – teilzunehmen, aber immerhin war er in der Nähe und die beiden bei mir zu haben, gab mir psychisch und physisch ein besseres Gefühl. Aber es war nie genug. Egal was ich tat, es fühlte sich immer so an, als würden Teile meiner Seele fehlen.

Wir beendeten das Frühstück und ich ging zusammen mit Hannah und Jayce zum Unterricht. Xero und Kingston hatten am Morgen als erstes Dämonenlehre mit Kai und wenn Jayce nicht der Aufmerksamste der vier gewesen wäre, hätte ich vielleicht darum gebeten, meinen Stundenplan zu ändern. Ich fühlte mich dumm und schwach, aber ich brauchte meine Männer um mich herum.

„Willkommen, liebe Studenten. Wir haben heute viel Stoff vor uns, also passen Sie gut auf. Tagträumen verboten." Sven warf mir einen scharfen Blick zu, als er das sagte und ich grinste frech. Anscheinend hatte ich mir einen Namen gemacht. Zum Glück hatte ich alle meine Tests bestanden, aber nur, weil Jayce und Hannah mir unglaublich viel halfen. Ich war einfach kein Morgenmensch.

Zumindest wurde Geschichte langsam interessanter. Wir hatten die Aktivitäten der Gefallenen während der Agrarrevolution hinter uns gelassen und näherten uns dem finsteren Mittelalter. Sogar in der Menschheitsgeschichte sprach man während dieser Zeit in Geschichten von Schlachten mit Zauberern und Drachen und ich vermutete, dass die Gefallenen-Geschichte noch bunter war.

Aber dann wurde Svens Vortrag eintönig... und ich begann, abzudriften. Man könnte meinen, ein Mann, der wie ein Wikinger aussah, wäre ein schillernder Redner. Jayces Nähe und die Abwesenheit der anderen drei ließen meine Gedanken aus einem unbefriedigten Bedürfnis heraus ins Erotische schweifen. Mein Tagtraum mit meinen vier Männern führte mich in den leeren Raum oben im Turm.

Jayce kniff mir in den Oberschenkel und ich musste ein Stöhnen unterdrücken. „Pass auf", flüsterte er mit einem Augenzwinkern.

„Okay, okay."

„Deshalb haben die Menschen irgendwann vergessen, dass diese Kreaturen tatsächlich existieren", schloss Sven.

Oh verdammt. Ich hätte mich ohrfeigen können. Das klang wichtig. Ich sah Jayce hilflos an und er schob seine Mitschrift über seinen Schreibtisch in meine Richtung, ohne mich auch nur anzusehen. Ich grinste, als ich abschrieb. Wozu brauchte ich die anderen Jungs überhaupt? Jayce war großartig.

Aber ich brauchte sie. So verdammt, dass es mich wahnsinnig machte.

Ich küsste ihn nach dem Unterricht auf dem Flur zum Abschied und verlor mich fast wieder in seiner Umarmung. Wir hatten vor weniger als vierundzwanzig Stunden Sex gehabt, aber mein neuer Sexualtrieb geriet völlig außer Kontrolle. Ich lechzte, als seine Zunge zwischen meine Lippen glitt und sich mit meiner verhedderte und ich hätte ihm die Klamotten vom Leib gerissen, wenn er sich nicht von mir gelöst hätte.

„Wir sehen uns beim Mittagessen", sagte er atemlos. „In deinem Zimmer?"

„Ja", murmelte ich und zog meine Lippe zwischen die Zähne. „Bis später."

Die nächsten Stunden waren eine Qual. Ich hatte nicht nur meine Jungs nicht bei mir, sondern war auch so unglaublich erregt, dass ich dachte, ich könnte sterben, wenn ich nicht bald rangenommen wurde. Als wir endlich in die Mittagspause entlassen wurden, rannte ich die Treppe hinauf zu meinem Zimmer. Wer brauchte schon Essen?

Jayce wartete bereits am Ende des langen Korridors auf mich, der zu der Nische führte, in der sich Hannahs und mein Zimmer befand. Er lehnte an der Wand, hatte einen Fuß gegen den dunklen Stein hinter sich gestützt und der Anblick seines lässigen, muskulösen Körpers ließ Lust in mir aufflammen.

Er sah aus wie ein verdammter Filmstar, der zwischen zwei Szenen etwas entspannt, während er einen neuen Sommer-Blockbuster dreht.

Und ich durfte ihn während meiner Mittagspause vögeln.

Zugegeben, es hatte seine Vorteile, eine Gefallene zu werden.

Er blickte auf, als ich näher kam und sein Gesichtsausdruck spiegelte alles wider, was ich fühlte – Erleichterung, Verzweiflung und loderndes Verlangen.

Er spornte etwas in mir an und ich beschleunigte mein Tempo, als er sich von der Wand abstieß und mit entschlossenen Schritten durch den Korridor auf mich zukam, als könnte er es verdammt noch mal kaum erwarten, dass ich ihn erreiche.

Wir kollidierten mitten im Flur und seine Lippen waren sofort auf meinen und machten dort weiter, wo wir vor ein paar Stunden unten aufgehört hatten. Nur mussten wir diesmal nicht aufhören und dieses Wissen heizte uns beiden ein.

Meine Hände fuhren besitzergreifend über jeden Zentimeter von ihm, während wir versuchten, den Flur hinunterzugehen, ohne uns voneinander zu lösen. Wir stolperten und prallten gegen die Wand und irgendwann gab Jayce es ganz auf, meine Tür anzusteuern, sondern drückte mich einfach gegen die harte Steinwand und rieb seinen Ständer an mir, während er in meinen Mund stöhnte.

Verdammt.

Wir waren so nah an meinem Zimmer.

Du kannst es schaffen, Piper. Du hast noch etwas Selbstbeherrschung, oder nicht?

Die Antwort darauf war ein klares „Nein“, aber als ich meine Beine um seine Taille schlang, bereit, ihn auf der Stelle zu ficken, zog er mich von der Wand weg und hob mich höher. Dann trug er mich die letzten Schritte zu meiner Tür und stieß sie auf.

Sobald wir drinnen waren, flogen unsere Klamotten wahllos zu Boden. Wir waren innerhalb von Sekunden nackt und oh, verdammt, warum verbrachten wir überhaupt eine Sekunde unseres Lebens mit etwas anderem? Wir hatten so oft Sex gehabt, dass ich es nicht mehr zählen konnte, aber ich bekam einfach nie genug vom

Anblick seiner straffen, perfekt gebräunten Haut. Er sah aus wie ein Surfer, den man sich vom Strand wegschnappen und das ganze Meersalz vom Körper lecken wollte.

Unsere Körper verschmolzen wieder miteinander, als wir zu meinem zu kleinen Bett stolperten und lachend und keuchend versuchten, alles auf einmal zu tun, uns überall gleichzeitig zu berühren. Er schlang seine Arme um mich und wirbelte mich herum, als ich das Bett erreichte, und ich ließ mich rückwärts auf die leicht durchgelegene Matratze fallen. Er folgte mir nach unten, sein Körper bedeckte meinen und sein dicker Schwanz drang in mich ein, fast sobald mein Rücken das Bett berührte.

Ich war bereit für ihn. Ich war immer bereit. Mein Kitzler pochte schon seit Stunden vor unbefriedigter Sehnsucht und schrie nach Aufmerksamkeit. Meine Pussy war feucht vor Verlangen und das Gefühl, wie er mich ausfüllte und mit einem harten Stoß in mich hineinfuhr, lockerte endlich etwas von der Anspannung, die sich seit unserer ersten Stunde in mir angesammelt hatte.

„Verdammt, Jayce! Oh Gott!"

Meine Innenwände zogen sich um ihn zusammen und ich kreiste mit den Hüften, als mich ein Orgasmus überkam. Ich rieb mich an ihm, um ihn voll auszukosten, als er sich auf seine Arme stützte, keuchte und auf mich herabsah.

„Verdammt, ich liebe es, wie du kommst, Piper."

Er zog sich heraus und stieß fest zurück, während meine Wände weiter um ihn herum zuckten, bis sich mein erster Orgasmus in einen zweiten, kleineren verwandelte.

Ich stöhnte und seine blauen Augen funkelten vor Zufriedenheit über meine Reaktion.

„Mehr Baby? Hast du Lust auf mehr?“

„Verdammt, ja. Schneller. Fester. Hör ja nicht auf.“

Er grinste breit und dann gab er mir genau das, was ich brauchte. Unter dem Tempo, das er vorlegte, wackelte das Bettgestell. Ich schlang meine Beine um ihn, grub meine Fersen in seine Pobacken und drängte ihn weiter in mich, während er seinen Kopf neigte und eine meiner Brüste in seinen Mund zog.

Das Gefühl, wie seine Zunge um meine harte Brustwarze kreiste, schoss einen Freudenblitz durch mich, und ich wölbte meinen Rücken und schrie laut auf.

„Ja, Piper. Gott, ja.“

Er befreite eine Brust von der süßen Folter, nur um die Seite zu wechseln, wiederholte die Qual an meiner anderen Brustwarze und ließ mich wimmern.

Verdammt. Mehr. Ich brauchte mehr davon.

Ich packte seine Schultern und drehte uns, bis ich auf ihm saß, ohne ihn aus den Tiefen meiner Pussy rauszulassen, während wir uns weiter bewegten. Wir wären fast vom Bett gefallen, aber ich war zu erregt, um mich darum zu kümmern. Mit einem Knie auf der Matratze und einem Fuß auf dem Boden nutzte ich die Gelegenheit, um mein Becken anzuheben und dann wieder auf seinen Schwanz zu sinken und ihn zu reiten, als hinge mein Leben davon ab. Dabei spielte ich mit meinen Brüsten, drückte und massierte das schmerzende Fleisch und zog an meinen Nippeln.

Jayce beobachtete mich und seine Fingerspitzen vergruben sich in meinen Hüften, während er mich auf und ab hob und bei jedem Schub seine Hüften vom Bett hob, um mir entgegenzukommen. Sein Schwanz drang so tief in mich ein, dass ich an der Grenze zwischen Lust und Schmerz balancierte und dann ins pure Vergnügen kippte, während sich in meinem Körper ein weiterer Orgasmus ankündigte.

Meine Augen wollten von der Intensität der Empfindungen in meinem Kopf zurückrollen, aber ich zwang mich, ihn weiter zu beobachten. Mein Blick heftete sich an sein lustvolles, sorgloses, ansteckendes Lächeln, als er mich so fickte, wie er als Mensch gesurft haben musste – mit grenzenloser Energie und Leidenschaft, mit kraftvollen Stößen und purem Genuss.

Dieses wunderschöne, verführerische Grinsen blieb auf seinem Gesicht, als er mit einer Hand zu meinem Kitzler wanderte und darüber strich. Ich war mir nicht sicher, ob es der Druck seines talentierten Daumens war oder nur sein Anblick unter mir, aber in jedem Fall verlor ich den Kampf gegen meinen bevorstehenden Orgasmus. Er durchfuhr meinen Körper wie ein Blitz und ich brach auf Jayce zusammen und rieb meine Brust an seiner, während ich die Nachbeben überstand.

„Mehr?"

Jayces Stimme war heiser und neckend.

Sein Becken kreiste immer noch mit meinem und obwohl ich meinen Kopf kaum noch heben konnte, nickte ich.

Ja, mehr. Immer mehr.

Er kicherte, ein weiterer Laut, der immer direkt in meinem Kitzler widerzuhallen schien, und schlang beide Arme um mich. Er presste mich an sich, während er uns wieder umdrehte. Sobald ich auf dem Rücken lag, kniete er sich hin, packte meine Beine und legte sie über seine Schulter. Mein Hintern schwebte über der Matratze und Jayces Stöße wurden noch härter und tiefer, während er das Tempo verlangsamte. Er war jetzt so tief, dass ich ihn bei jedem kräftigen Stoß überall spüren konnte und obwohl ich erschöpft sein sollte, erwachte ich wieder zum Leben.

„Du wirst noch mal kommen, nicht wahr?", keuchte er, halb lachend, halb stöhnend.

Er machte sich über mich lustig. *Dieser Mistkerl.*

Ich tastete über meinen Kopf nach dem Kissen, um ihn damit zu schlagen, aber bevor ich es erreichen konnte, holte mich der Orgasmus ein, den er hatte kommen sehen. Die Hand, die ich über meinen Kopf gehoben hatte, suchte auf dem Laken nach Halt, während mein Rücken sich krümmte und mir ein erstickter Schrei entfuhr.

„Verdammt noch mal, Piper. Ich könnte dir den ganzen Tag dabei zusehen, wie du kommst."

Jayces Stimme war rauer und er lächelte nicht mehr, als ein Ausdruck von Verlangen und Entschlossenheit die Oberhand gewann. Bevor ich mich versah, hatte er sich ganz aus mir herausgezogen und mich auf den Bauch gedreht. Mein Körper folgte ihm, entspannt und biegsam – völlig vertrauensvoll.

Als er mich auf allen Vieren hatte, fuhr er wieder in mich hinein und diesmal wusste ich, dass er kurz vor dem Kommen war. Das Geräusch unserer aneinander klatschenden Körper erfüllte das kleine Zimmer und es war eines der heißesten Geräusche, die ich je gehört hatte. Schließlich vergrub sich Jayce mit einem Grunzen tief in mir, packte meine Hüften und knallte mich gegen seinen

Schwanz, als er heftig kam. Sein Körper erbebte und ich fühlte, wie er in mir zuckte, als mich sein Sperma durchflutete, bis Kraft und Euphorie meine Adern füllten.

„Oh Gott", murmelte er schwer atmend und strich mit seiner warmen Hand über meinen Rücken und meinen Arsch. „Ja, ich glaube, du hättest es fast geschafft. Dieses Mal hat mich fast umgebracht."

Ich lachte und er kicherte, bevor er mir mit seiner Handfläche auf den Arsch klapste.

Dann zog er sich aus mir heraus und schlang seine Arme um mich, während wir beide klebrig und verschwitzt auf dem Bett zusammenbrachen. Ich fühlte, wie ein Rinnsal von Nässe aus meinem Innersten entwich und mein Bein hinunterlief, aber ich hatte keine Eile, mich zu rühren.

Diese Momente danach, in denen ich völlig zufrieden und entspannt in seinen Armen lag, waren fast so gut wie der Sex selbst, und ich war mir nicht sicher, ob das etwas mit meinen Sukkubuskräften zu tun hatte.

Ich hatte das Gefühl, es lag einfach nur an ... Jayce.

In den nächsten Wochen wurde Jayce mein ständiger Begleiter.

Gott sei Dank gab es lässige, heiße Surfer. Vor allem für solche mit großen Herzen und ... äh ... anderen großen Dingen.

Xero war fast genauso oft bei mir, obwohl wir uns seit der Nacht in der Bar nicht einmal geküsst hatten. Aber seine Energie allein reichte aus, um mich auf einem akzeptablen Grundpegel zu halten und ich hatte Angst davor, ihn zu vergraulen. Wenn er sich wie Kingston und Kai zurückzöge, würde ich das vielleicht nicht überleben. Also war ich dankbar für seine Nähe und überließ es ihm, ob und wann er weitergehen wollte.

Wir saßen zu dritt auf einer Couch in der Bibliothek und Hannah saß zusammengerollt auf einem bequemen Sessel zu unserer Linken. Der Couchtisch zwischen uns war übersät mit Papieren und Büchern und leeren Kaffeetassen. Ich starrte auf das Chaos hinunter.

„Okay, wie waren noch mal die Jahreszahlen?“, fragte ich und strich mir frustriert die Haare zurück.

Es war das dritte Mal, dass ich nachfragte, und Hannah wurde wütend. Ich konnte es ihr nicht verdenken, aber ich konnte nicht anders. Die Abwesenheit meiner beiden anderen Männer nagte an mir und ein unstillbarer Hunger baute sich in mir auf, der für eine gefühlte Ewigkeit unbefriedigt geblieben war. Wie konnte ich mich auf Zeitachsen und epische Schlachten konzentrieren, wenn ich innerlich so zerrissen war?

„410 nach Christus“, sagte Hannah und zeigte auf eine Illustration eines Drachen. „Bis 1099 nach Christus.“ Sie zeigte auf eine Illustration, die Robin Hood sehr ähnlich sah.

„Okay. 410, Drachen. 1099, Robin Hood. Und alle Kämpfe fanden dazwischen statt.“

„Nur die klassischen Schlachten“, sagte Xero leise.

„Richtig. Sollte ich auch über die nicht-klassischen Schlachten Bescheid wissen?“ Ich bekam Kopfschmerzen und gab ganz definitiv Kai und Kingston die Schuld daran.

„Er ist sie im Unterricht kurz durchgegangen, aber wir

sollten sie noch nicht lernen, glaube ich, oder?" Hannah richtete ihre Frage an Jayce.

Er schüttelte den Kopf. „Der Test diese Woche dreht sich nur um die Klassiker. Piper, geht es dir gut?"

„Ich war früher besser im Lernen", grummelte ich. „Eine glatte Zweierschülerin vom Kindergarten bis zum Abi. Auch im ersten Semester. Und jetzt falle ich durch die Zauberuni." Ich zischte durch die Zähne.

Ein Student, den ich nicht kannte, kam mit einer Tasse gesüßtem Ingwertee vorbei und da war es mit mir vorbei. Der würzige Geruch des Ingwers war zu viel für mich. Sein Duft war fast richtig, so wie eine E-Zigarette mit Cappuccino-Geschmack, wenn man dringend einen Kaffee brauchte. Ich sprang von der Couch auf und stürmte aus der Bibliothek.

Scheiß drauf. Scheiß auf Geduld. Ich hab es satt.

„Piper?", rief mir Hannah nach.

Ich konnte nur abwinken, während ich weiterging. Ich würde es ihr später erklären. Ich spürte, wie Jayce aufstand, um mir nachzueilen, aber ich winkte ihn ebenfalls zurück. Ich musste das hier tun und ich musste es allein tun. Ich vertraute darauf, dass er es verstehen würde, genauso wie ich darauf vertraute, dass Xero sich nicht viel daraus machte. Ich ging nach oben in Richtung der Schlafzimmer.

Als ich im zweiten Stock ankam, war das Problem nur, dass ich keine Ahnung hatte, wo Kais Zimmer war oder ob er da war. Aber das würde mich nicht aufhalten. Ich atmete tief durch die Nase und streckte meine Sinnesfühler nach ihm aus – die Sinne, die sich immer verzweifelt nach meinen Männern sehnten und mich zu ihnen zogen.

Wenn er hier oben wäre, würde ich ihn finden.

Man könnte meinen, einen langen Flur nach dem anderen entlangzulaufen würde reichen, um mich abzureagieren, aber das tat es nicht. Nach zehn Minuten systematischer Suche nahm ich seinen Geruch wahr und dann rannte ich los. Ich befand mich in der Mitte der Burg, an einem Ort, an dem die Zimmer unmöglich Fenster haben konnten, und starrte auf eine kunstvoll geschnitzte Tür.

Ich klopfte an. Nun, eigentlich hämmerte ich eher mit der Faust dagegen. Er antwortete nicht. Ich klopfte wieder, fest genug, dass die Tür bebte.

„Ich weiß, dass du da drin bist, Kai! Mach auf!"

Immer noch keine Antwort. *Mistkerl.*

Empört rammte ich meine Schulter gegen das schwere Holz, wobei ich die zusätzliche Kraft einsetzte, für die wir Dämonen bekannt waren. Die Tür brach nach innen und ich stolperte ins Zimmer. Kai saß mit dem Gesicht zur Tür gewandt auf seinem Schreibtischstuhl, hatte einen Arm über die Rückenlehne gelegt und ein Knie über das andere gelegt. Sein Gesichtsausdruck war kalt und verächtlich.

Ich explodierte. „Was zum Teufel ist dein Problem?"

„Was mein Problem ist?" Er kicherte, aber es klang nicht freundlich. „Lass mich sehen. Ich lebe an einem Ort, an den ich nie kommen wollte. Ich bin an eine Frau gebunden, mit der ich nie etwas zu tun haben wollte. Ich habe alles durch einen dummen Fehler verloren. Soll ich weitermachen?"

Ich ging im Zimmer auf und ab und verschränkte meine Hände hinter mir, damit sie nicht vor Wut zitterten. „Okay. Ich verstehe, Kai. Du wolltest das alles nie."

„Richtig."

„Siehst du, die Sache ist die ..." Ich stieß ich ein verzweifeltes kleines Lachen aus. „Die Sache ist die, Kai, ich glaube, du verstehst mich nicht. Ich glaube, du verstehst nicht, wie es ist, wenn deine Kraft, dein Leben, deine Existenz von der Nähe einer anderen Person abhängt. Hast du eine Ahnung, wie hilflos ich mich dadurch fühle?" Ich wirbelte zu ihm herum und kämpfte gegen die Tränen an, die mir in die Augen gestiegen waren.

„Ja", sagte er leise.

Das verschlug mir die Sprache. Kai stand auf und kam langsam auf mich zu. „Weißt du, was ich bin, Piper? Geben dir deine Sinne überhaupt keinen Hinweis darauf?"

Ich atmete ein, aber alles, was ich riechen konnte, war süßer, scharfer Sex. Sex, nach dem ich mich seit unserem ersten Kuss gesehnt hatte. Er machte einen weiteren Schritt auf mich zu und der Raum drehte sich. Ich schmachtete. Seine Lippen glänzten in dem weichen, unnatürlichen Licht. Ich wollte sie trinken.

„Schau genauer hin", sagte er mit einem Flüstern, das fast ein Knurren war. Er ließ seine Kinnlade herunterfallen und fuhr sich mit der Zunge über die Zähne. Dabei begannen sie, sich zu verändern. Seine Eckzähne wuchsen und wurden spitzer. Seine Augen veränderten sich, die Pupillen wurden schmaler, wie die eines Tiers, das nachts jagte. Seine erotische Essenz enthielt einen solchen Blutrausch, dass sich mein Magen zusammenzog.

„Du bist ein Vampir", keuchte ich.

„Genau. Wie du siehst, verstehe ich deine missliche Lage recht gut. Ganz auf das Mitleid anderer angewiesen zu sein, nur, um nicht zu dem Monster zu werden, das in dir schlummert."

„Ich will dein Mitleid nicht“, zischte ich.

„Unsinn. Genau das willst du. Du willst deine Energie mit mir auftanken, nicht wahr, Sukkubus? Nun, ich will nichts anderes. Ich war so hungrig... sie war schon so lange fort...“

„Sie?“

Er war jetzt nur noch Millimeter entfernt. Seine Tieraugen brannten sich in meine und sein heißer Atem befeuchtete meinen Mund. Mein Körper schrie danach, ihn an mich zu ziehen, ob er es wollte oder nicht und ich zitterte vor Zerrissenheit.

„Stell keine Fragen“, knurrte er. „Hör einfach zu. Ich will dich nicht. Ich will diese Uni nicht. Ich will kein gottverdammter Hüter sein, und ich will ganz sicher nicht für Gavriel arbeiten. Ich hatte ein gutes Leben, Piper. Ich hatte Essen. Einen Beruf. Alles, was man sich wünschen kann. Ich blieb jahrelang unbemerkt. Jahrelang!“

„Und dann hast du es vermasselt“, murmelte ich. Das musste der Fehler sein, von dem er sprach. Er war jahrelang auf der Erde unbemerkt geblieben und war den Hütern entgangen, indem er im Verborgenen gelebt hatte. Aber irgendwann hatten sie ihn erwischt. Er hatte sich zu erkennen gegeben.

Ich wollte ihn von mir schieben, aber mein Körper ließ es nicht zu. Er verzehrte sich danach, mich an ihn zu drücken, mich an seiner Haut zu reiben wie eine Katze. Meine Lippen berührten fast die seinen. Noch eine Sekunde und ich würde mich nicht mehr zurückhalten können.

Seine Augen wurden wieder weich wie die eines Menschen. „Ja, ich habe es vermasselt. Jetzt verschwinde.“

Dies war sein Zimmer. Ich war der Eindringling. Aber das hielt ihn nicht davon ab, auf den Gang hinauszustürmen.

„Verdammt." Ich presste eine Hand flach auf meine Brust, wo mein Herz gegen meine Rippen hämmerte, während die andere nach unten glitt, um gegen den Schmerz zwischen meinen Beinen zu drücken. „Verdammt, verdammt, verdammt."

KAPITEL DREIZEHN

„Es macht mich absolut wahnsinnig“, sagte ich Hannah ein paar Wochen später.

Wir übten zusammen im Kampftraining, während Beedle durch die riesige Halle ging, die Haltung und Technik der Studenten verbesserte und vermutlich sicherstellte, dass niemand von einer Stahlstange durchbohrt wurde.

Ich war zwar besser im Sparring geworden, aber Hannah, die normalerweise eine süße, gewaltverachtende Person war, war völlig in ihrem Element und hielt mich ordentlich auf Trab.

„Was ist?“, ächzte sie, entwischte aus dem Schwitzkasten, in den ich sie stecken wollte, und rannte davon.

Anstatt ihr zu antworten, wurde mein Blick unaufhaltsam von den vier Männern angezogen, die auf der anderen Seite des Raumes ebenfalls kämpften.

Sie *machen mich wahnsinnig*.

„Ist das nicht immer so, wenn man verliebt ist?“ Sie

warf mir ein neckendes Grinsen zu und schoss dann einen Energieball auf mich. Wahrscheinlich zielte sie absichtlich daneben, denn sie merkte, wie abgelenkt ich war. Trotzdem kribbelte mein Oberschenkel an der Außenseite, als der Ball zu dicht für meinen Geschmack an mir vorbeischoss. Ich wandte meine Aufmerksamkeit wieder unserem Kampf zu und versuchte, mich zu konzentrieren. Hannah bereitete gerade einen weiteren Ball vor und ich machte mich ganz klein und warf ihr einen bittenden Blick aus meinen Kulleraugen zu.

„Du willst mich nicht verletzen, oder, Hannah?“ fragte ich und sah sie flehend an.

Sie zögerte und ihre Augen wurden trüb, als meine Überzeugungskraft ihren Verstand benebelte. Im Nu hatte ich wieder meine übliche Größe und Gestalt und warf mich auf sie, bis meine Faust sie leicht in den Bauch traf.

„Verdammt!“ Sie erwachte aus ihrer Benommenheit, sobald der Schlag landete. „Das ist so unfair.“

„Genau wie deine Energiebälle.“ Ich wich zurück, um mich neu zu positionieren, und wischte mir einen Schweißtropfen von der Stirn.

Sie grinste und winkte mit der Hand und ehe ich mich versah, hing ich kopfüber in der Luft. Es fühlte sich an, als hätte mich ein unsichtbarer Riese an den Knöcheln gepackt und hochgehoben.

„Wie wär’s damit?“, fragte sie mit einem Grinsen.

„Was?“ Ich wand mich in der Luft und versuchte, meinen Oberkörper hochzuziehen, um meine Knöchel zu erreichen– nicht, dass mir das viel genützt hätte. Es gab keinen unsichtbaren Riesen zu bekämpfen, nur Hannahs Magie. „Wann hast du das denn gelernt?“

„Erinnerst du dich noch an die Feder? Ich habe meine Kräfte einfach verfeinert. Siehst du, jetzt könnte ich meinen Feind einfach fallen lassen und ihm so das Genick brechen."

„Ich bin nicht dein Feind", sagte ich und gab es auf, mich aufrichten zu wollen, denn meine Bauchmuskeln ächzten schon. Stattdessen setzte ich meine Kräfte bei Hannah ein. „Du willst mich sanft absetzen."

„Natürlich ... natürlich will ich das." Ihr Blick wurde wieder trüb und sie nickte mechanisch. Sie brachte mich sanft nach unten, bis ich ungefähr fünfzehn Zentimeter über dem Boden schwebte. Dann schüttelte sie heftig den Kopf und verzog das Gesicht, als sie sich gegen meine Überredungskunst wehrte. Sie fletschte die Zähne und riss sich schließlich von meinem Zauber los, sodass ich die letzten paar Zentimeter auf den Boden purzelte. „Verdammt, Piper!"

Ich landete wenig elegant, aber zumindest war mein Genick intakt. Hannah hätte mich nicht aus einer gefährlichen Höhe fallen lassen. Ich rieb mir einen blauen Fleck an meinem Ellbogen, rollte mich auf den Rücken und warf ihr einen beeindruckten Blick zu. „Du wirst richtig gut."

„Du auch." Sie half mir auf. „Willst du Schluss machen?"

„Und dich gewinnen lassen?" Ich stupste sie in die Rippen. „Vergiss es!"

Wir kämpften noch ein paar Runden und endeten ziemlich unentschieden. Ihre Magie bestand mehr aus roher Gewalt, während meine subtiler war. Es war, als vergliche man Kickboxen mit Judo, aber beide hatten Vor-

und Nachteile. Gegen Hannah zu kämpfen machte immer Spaß, denn ich wusste, dass sie es mir nicht leicht machen würde, nur weil wir beste Freundinnen waren. Aber trotz der Herausforderung, mit ihren Tritten, Schlägen und Energiebällen mitzuhalten, musste ich meine Aufmerksamkeit immer wieder von den verlockenden Düften im Raum fortreißen.

„Ich bin nicht verliebt", sagte ich nach einer Weile.

„Was?", keuchte sie.

„Du hast gesagt, dass man immer wahnsinnig wird, wenn man verliebt ist. Aber das hier hat mit Liebe nichts zu tun. Es ist Magie oder es ist verrückt." Ich rieb mir mit der Hand übers Gesicht und ließ für einen Moment meine Fassade fallen. „Ich bin verrückt, und sie sind verrückt, und die ganze Sache ist total bescheuert."

„Ist es wegen Kai?"

„Und wegen Kingston und wegen Xero. Ich weiß, dass ich sie nicht zwingen kann, mit mir zusammen zu sein."

Sie kaute eine Sekunde lang auf ihrer Lippe und warf mir einen trägen Energieball zu. Ich wich ihm leicht aus und warf einen ebenso glanzlosen Angriff in ihre Richtung.

„Ich meine ... du könntest sie schon zwingen", sagte sie zögernd.

„Du meinst, ich soll sie überreden?" Ich schüttelte den Kopf. „Versteh mich nicht falsch, ich habe darüber nachgedacht. Ich denke ehrlich gesagt die ganze Zeit darüber nach. Meistens nachts, wenn ich versuche zu schlafen, aber der Hunger an meiner Seele nagt. Wenn ich weiß, dass Essen nicht hilft und Wasser nicht hilft und selbst Jayce nicht hilft. Sie sind an mich gebunden. Wir sind nicht einmal befreundet, aber sie sind dennoch ein Teil von mir, und das nervt mich."

Ich wurde von meinen Gedanken abgelenkt und Hannah nutzte die Gelegenheit, um mich auf den Rücken zu werfen.

„Lass dich nie ablenken", sagte sie und half mir wieder auf.

„Danke für den Rat", keuchte ich. „Aber mal ernsthaft, wie soll ich mich denn überhaupt auf buchstäblich irgendetwas konzentrieren, wenn dieser Mist mein Gehirn lahmlegt?"

„Ich weiß es nicht." Sie warf einen Blick durch den Raum und folgte meinem Blick. „Ich wünschte, ich wüsste es. Alles, was mir einfällt, ist, dass du zu einem der Heiler oder einem der Meistermagier gehen könntest, um sie zu fragen, ob man diesen Bund irgendwie lösen kann. Entweder das oder du musst die Jungs davon überzeugen, dass du ihre einzige wahre Liebe bist und dass dein Wort Befehl ist."

„Es gibt noch eine dritte Option", sagte ich mit einem schmalen Lächeln. „Ich könnte einfach weiter leiden. Ich bin Kummer schließlich gewöhnt."

Sie warf mir einen missbilligenden Blick zu und ich verpasste ihr einen leichten Kinnhaken.

„Au!"

„Lass dich nie ablenken", neckte ich. „Es steht immer noch unentschieden."

„Unentschieden wofür? Den letzten Platz?" Der Klang von Sonjas Stimme stellte meine Nackenhärchen auf, noch bevor ich ihre Worte registrierte.

Ich hob kurz die Hand in Hannahs Richtung, um eine

Kampf-Auszeit zu nehmen und drehte mich dann um. Sonja und ihre Kumpaninnen – zwei davon, die Mürrische fehlte – standen hinter mir. Sie alle grinsten, als wäre Sonjas Kommentar das Lustigste, was sie den ganzen Tag gehört hatten.

„Zieh Leine, Sonja."

„Oh, heftige Antwort, Piper. Meine Gefühle sind so verletzt, dass ich glaube, ich werde ohnmächtig."

Die drei machten alle gleichzeitig Ohnmachtsgeräusche. Ich verdrehte die Augen.

„Verschwindet von unserer Matte. Ich möchte nicht, dass eine von euch von einem verirrten Energieball getroffen wird."

„Du kannst nicht einmal Energiebälle benutzen", schnaubte Sonja. „Du bist nur ein dreckiger Sukkubus. Weißt du, was ich noch nie gesehen habe? Einen Sukkubus-Hüter. Warum wohl nicht?"

„Wahrscheinlich, weil Sukkuben ein Risiko sind", sagte das große Mädchen, das Olivia hieß. „Sie können nichts anderes als ficken und manipulieren. Ein Sukkubus lässt sich nicht kontrollieren."

„Nun ... vielleicht nicht von den derzeitigen Hütern, aber ich kann jeden Sukkubus bezwingen. Sitz, du Miststück!" Sonja zeigte neben sich auf den Boden und die anderen beiden kicherten hinter ihr.

Ich hustete ein kleines Lachen. „Wie bitte?"

„Du hast mich gehört, Miststück. Sitz!"

Ich sah Hannah fassungslos an. „Hast du das gehört?"

Energie knisterte zwischen ihren Fingern und ich hätte schwören können, dass ihr blondes Haar durch die statische

Aufladung ein wenig um ihren Kopf schwebte. „Oh ja, das habe ich."

Ich drehte mich wieder zu Sonja um. „Sag mir nie wieder, was ich tun soll."

Sie machte einen Schritt auf mich zu, flankiert von ihren Freundinnen. „Du solltest dich besser daran gewöhnen, Befehle von mir zu erhalten, Schätzchen. Seien wir doch mal realistisch! Du wirst nie einen Abschluss machen. Du wirst es nicht mal ins zweite Jahr schaffen."

„Ach nein? Und warum nicht?" Ich drückte meine Schultern durch. Sie befand sich auf gefährlichem Terrain. Ich war immer noch geladen von meinen Kampfrunden mit Hannah und es würde mir deutlich mehr Spaß machen, Sonja auf die Matte zu werfen.

Sonja grinste. „Dir ist klar, dass du das Kampftraining bestehen musst, um deinen Abschluss zu machen, oder? Ich könnte dich zerstören. Mit meinem kleinen Finger. Hier und jetzt."

Ich trat vor, bis wir dicht voreinander standen. „Beweise es."

Sonja nahm eine solide Kampfhaltung ein und bereitete sich auf einen Angriff vor, kam aber nicht mehr dazu, etwas zu tun.

Bevor sie sich regen konnte, ertönten draußen im Flur Schreckensschreie.

KAPITEL VIERZEHN

DAS GERÄUSCH JAGTE Adrenalin durch meinen Körper.

Unser Kampftraining war normalerweise ziemlich laut und Schreie, Stöhnen und laute Knalle waren an der Tagesordnung. Aber die Laute klangen normal und ungefährlich. Wir kämpften zwar, aber es machte Spaß und niemand war ernsthaft aggressiv oder verschreckt.

Aber diese Schreie von draußen?

Sie waren anders. Sie klangen panisch, verängstigt.

Hannah und ich warfen uns einen Blick zu und rannten zur Tür, auf die Quelle der Schreie zu. Sonja und ihre Zicken waren uns dicht auf den Fersen und ich konnte spüren, wie meine Jungs hinter ihnen herkamen. Auf dem Flur rannten und schrien Leute herum, aber ich konnte nichts verstehen. Etwas explodierte im Flur.

„Sieh nach oben!", keuchte Hannah und deutete an die Decke.

Mein Kopf schoss hoch und mein Blick folgte der Richtung ihres Fingers. Mir fiel die Kinnlade herunter.

„Was zum Teufel ist das denn?"

Aus der Ferne sahen die Dinger aus wie flüssiges Feuerwerk – lindgrün, elektrisierend blau, lavarot und leuchtend lavendelfarben. Eines der blauen Teile schoss zu einer Stelle direkt über meinem Kopf und tauchte dann ab. Als es näher kam, bemerkte ich kleine, schillernde Flügel und ein lächelndes Engelsgesicht. Das Ding lachte und blinzelte mich an, bevor es einen Energieball so groß wie es selbst auf mein Gesicht schleuderte. Ich jaulte und sprang aus dem Weg, aber ich war zu langsam und der Ball war zu stark. Er versengte mein Haar mit einem zischenden Geräusch.

„Kobolde!“, schrie jemand. „Lauft!“

„Nein, bleibt hier und kämpft!"

Überall stieben Funken. Der ganze Flur war voller Leute, die sich drängten und trampelten. Über ihnen schossen die Kobolde hinweg und feuerten Energiebälle, als würden sie Fische in einem Fass abschießen. Es herrschte totales Chaos.

Scheiße. Jemand wird verletzt werden.

Nein, jemand wird getötet *werden.*

Beedle war aus der Halle gelaufen und hatte sich einem anderen Dozenten angeschlossen, um die Studenten zu beruhigen und gleichzeitig die Angriffe der Kobolde abzuwehren, aber es lief nicht gut, denn er hatte an zu vielen Fronten gleichzeitig zu tun.

Ich entdeckte Jayce in der Menge, rannte im Zickzack auf ihn zu, packte sein Gesicht und zwang ihn, mich anzusehen.

„Hey, ich brauche einen Energieschub.“

Einen Moment lang sah er panisch aus, als wollte er diskutieren, aber dann verstand er, was ich wollte. Er küsste mich heftig und selbst inmitten von Chaos und Gefahr reagierte mein Körper augenblicklich, presste sich an seinen und rieb sich an ihm, bis kein Millimeter Platz mehr zwischen uns war. Ich konnte seine Reaktion hart an meinem Bauch spüren und ich fühlte mich ein bisschen schlecht, weil wir das hier nicht weiterführen konnten.

Ich ließ mich für einen weiteren Augenblick von ihm mit einem gierigen Kuss verschlingen und tankte so viel Kraft, wie er mir mit dieser flüchtigen Umarmung geben konnte. Als ich endlich losließ, hatte ich das Gefühl, ich könnte einen Lastwagen stemmen, wenn es sein müsste, und Jayce hatte ein wenig glasige Augen. Vom Geschmack seiner Essenz vibrierend kletterte ich auf die Spitze einer Statue im Flur.

So, dann mal her mit der Überzeugungskraft. „Haltet alle die Klappe und hört mir zu! Diese kleinen Scheißkerle versuchen uns umzubringen. Lauft nicht weg. Keine Panik. Schnappt sie euch!"

Und so schnell wendete sich das Blatt, zumindest in meiner unmittelbaren Umgebung. Ich konnte nicht viel für die Leute außer Hörweite tun, aber sobald die Menge um mich herum anfing, als kontrolliertes Team zu arbeiten, breitete sich die Wirkung aus. Wir stürzten uns alle in den Kampf mit den bösen kleinen Geistern, obwohl ich nichts als meine Überzeugungskraft benutzt hatte.

Ein Roter bombardierte mich, bevor ich von der Statue herunterkommen konnte. Ich fiel auf den harten Boden und rollte unter die Füße der Leute. Das fiese kleine Ding hatte meine Tunika angezündet.

Das ist schon die zweite Tunika, die ich ruiniere,

verdammt. Die Schule wird mir die Teile bald in Rechnung stellen.

Hannah erwiderte die Kobold-Angriffe mit doppelter Kraft und schleuderte ihre eigenen Energiebälle auf sie.

Alle anderen kämpften auf ihre eigene Weise. Sie spien Feuer auf die Eiskobolde, schleuderten Eis auf die Feuerkobolde und versetzten gleich ganzen Gruppen von ihnen Stromschläge. Die Studenten waren talentiert, aber die meisten von uns waren noch nicht besonders gut ausgebildet und als zwei Dämonen ihre Magie kombinierten, um einen massiven Energieball zu erschaffen, achteten sie nicht auf die elektrischen Ranken der Blitzmagie eines dritten, bevor sie die Kugel schleuderten.

Sie flog auf die Blitze zu und noch bevor sie kollidierten, vibrierte ein bedrohliches Summen im Flur.

„Scheiße! Runter!"

Es war wie eine Bombe. Die Wand explodierte vor uns und riss viele Kobolde mit sich. Steine und Ziegel flogen wie wild durcheinander. Als ich mich duckte, konnte ich Steine auf Knochen fallen hören. Dann war alles still. Wir regten uns nicht und blieben wie Statuen an die Wände gepresst stehen, während wir auf eine weitere Welle von Kobolden warteten.

Aber alles, was ich hörte, war ein rhythmisches *tschlip* ... *tschlip* ... *tschlip* ... aus dem Flur.

Vorsichtig hob ich meinen Kopf, um nachzusehen. Weitere Dozenten waren zur Verstärkung angerückt, bewaffnet mit Zauberstäben und farbcodierten Gläsern, aber sie waren leider zu spät. Einer nach dem anderen saugten sie die restlichen Kobolde in die Gläser.

„Genau wie in der High-School“, sagte ich so lässig wie möglich. „Eine Kleinigkeit geht schief und plötzlich muss eine Vollversammlung einberufen werden.“

Hannah lächelte mich schwach an. Sie hatte neben einem Mann gekämpft, den ein Ziegelstein am Kopf getroffen hatte. Er lag jetzt auf der Krankenstation und würde wahrscheinlich bald wieder fit sein, aber sie stand dennoch ein bisschen unter Schock.

Ich stieß sie sanft mit dem Ellbogen. „Du hast da draußen echt krass gekämpft. Das hast du gut gemacht.“

„Du auch“, murmelte sie. „Ausgezeichnete Entscheidung, deine Überzeugungskraft einzusetzen.“

„Man tut, was man kann“, sagte ich achselzuckend.

Wir setzten uns in den großen Saal und sahen zu, wie der Rest der Studenten hereinkam. Alle sahen verrußt und grimmig aus und viele Gesichter fehlten. Ich sagte mir, dass es ihnen gut gehen würde und dass an diesem Tag niemand gestorben war. Ich war mir nicht sicher, aber ich wollte es gern glauben. Als sich die Türen hinter dem letzten Studenten schlossen, trat Toland ans Pult.

Er schwieg für einen langen Moment. Alle anderen auch. Es war unheimlich, so vielen Leuten dabei zuzuhören, wie sie … einfach nur atmeten.

„Ihnen allen ist der Ernst unserer Lage bewusst, also werde ich nicht viel Zeit damit verschwenden, es Ihnen zu sagen. Viele Studenten wurden verletzt, eine Außenwand wurde kompromittiert. Unsere Verteidigung ist geschwächt.“ Seine Stimme war mit jedem Wort, das er sprach, lauter und wütender geworden und nun hielt er inne, um sich zu sammeln. Von meinem Platz aus konnte ich sehen, wie sein Kiefermuskel zuckte.

„Jemand an dieser Uni ist dafür verantwortlich. Jemand an dieser Uni hat die Kobolde freigelassen. Dies war ein vorsätzlicher Angriff auf unsere Studenten, das Lehrpersonal und die Uni selbst. Dies ist keine Übertretung, die wir ignorieren können."

Er hielt erneut inne, um tief Luft zu holen, beugte sich vor und stützte sich auf das Pult. Er sah gebeugt aus, aber das Feuer in seinen Augen sagte mir, dass es nur die Last seiner Wut war, die ihn niederdrückte.

„Sie alle werden während der Semesterferien verhört werden. Wir müssen den Verantwortlichen finden. Ist das klar?"

Gemurmeltes „Ja, Sir" erklang durch die Menge.

„Ich sagte, ist das klar?"

„Ja, Sir!", bellte der ganze Saal daraufhin einstimmig.

„Wenn Sie zur Befragung gerufen werden, dann kommen Sie sofort." Er warf einen letzten Blick über die versammelte Menge, als könnte er den Täter jetzt schon irgendwie ausmachen. Dann deutete er mit dem Kinn auf den hinteren Teil des Raumes. „Sie können gehen."

Der Unterricht fiel für den Rest des Tages aus. Studenten und Mitarbeiter schienen gleichermaßen unter einer düsteren Wolke gefangen zu sein und wanderten ziellos durch die Flure oder hingen in der Bibliothek herum, ohne zu wissen, was sie mit sich anfangen sollten. Die Haupthalle war ein reines Chaos gewesen, aber vor der Versammlung war sie bereits abgesperrt worden. Jeder reagierte ein bisschen anders. Manche schotteten sich ab und ich beneidete sie.

Früher hätte ich auch so reagiert. Ich hätte mich abgekapselt und für eine Weile von der Realität distanziert. Mich einfach zurückgezogen und mich beruhigt. Aber das funktionierte nicht mehr. Meine Notlage, die nicht offensichtlicher war als die aller anderen, war für meine vier Jungs wie ein Leuchtfeuer. Sie blieben in der Nähe – sogar Kai, obwohl er es bestritten hätte. Jayce klebte praktisch an meiner Seite und sein Körper war die ganze Zeit über in irgendeiner Form mit meinem in Kontakt. Kingston ging neben mir her, außer Reichweite, aber nah genug für Blickkontakt. Xero fühlte ich die ganze Zeit hinter mir und Kai ganz am Rande meines Bewusstseins.

Auch Hannah blieb bei mir. Ich schätzte ihre Anwesenheit fast mehr, weil ich wusste, dass sie keinen magischen Grund hatte. Zu sechst landeten wir nach langem sinnlosen Umherstreifen in der Bibliothek, versunken in einer gemütlichen kleinen Ecke mit Sofas und ein paar verstreuten Stühlen. Einen Moment lang dachte ich, Kai hätte sich von der Gruppe abgespalten, aber als ich meine Fühler ausstreckte, fand ich ihn auf der anderen Seite eines großen Bücherregals.

Jayce saß auf einer Couch und ich lag mit meinen Füßen auf den Kissen vor mir an seiner Schulter. Hannah wand sich unter meinen Knien hinein und lehnte sich an mich. Kingston hockte auf der Sofalehne dicht neben meinen Füßen und Xero saß mit dem Rücken zu mir auf dem Boden. Ich fuhr abwesend mit meinen Fingern über sein kurzgeschorenes schwarzes Haar. Er zog den Kopf nicht weg, was ich als Fortschritt verbuchte.

Ich konnte nicht sicher sagen, wann wir alle eingeschlafen waren, aber als ich meine Augen öffnete, ging gerade die Sonne auf. Vorsichtig glitt ich zwischen Jayce und Hannah hervor und stieg über Xero. Ich fühlte mich lebendig und agil, als hätte ich gerade ein Jahrzehnt geschlafen und meinen Bauch mit Kaffee gefüllt. Es war unglaublich.

„Verdammt, das hat mir also mein ganzes Leben lang gefehlt“, murmelte ich zufrieden, während ich meine Wirbelsäule streckte. „Eine überfüllte Couch an einem öffentlichen Ort.“

Dann schaute ich hinüber und erkannte die Realität. Mit Jayce unter mir, Xero auf der einen Seite und Kingston auf der Rückenlehne der Couch auf der anderen Seite hatte ich die Nacht praktisch in einer Ladestation verbracht. Ich knisterte nur so vor Energie. Darüber hinaus war ich so glücklich wie schon seit sehr, sehr langer Zeit nicht mehr.

Was toll gewesen wäre, wenn es angehalten hätte, aber nachdem alle aufgewacht waren und wir uns auf den Weg zum Frühstück im Speisesaal machten, spürte ich, dass etwas nicht stimmte. Die Leute beäugten uns verstohlen, manche ängstlich, andere neugierig, manche voller Hass. Ich versuchte, es zu ignorieren, aber es gelang mir nicht. Diese ganze Sukkubus-Sache hatte meine Empathie ungewünscht verfeinert und ich wusste nicht, wie ich filtern konnte, was ich alles empfing.

Ich blieb vor der Cafeteria stehen und hob eine Hand, damit die anderen ebenfalls stehenblieben. Jemand sprach, und das hektische Flattern in meiner Brust sagte mir, dass es um mich ging.

„Aber warum sollte sie das tun? Sie ist auf die Statue gesprungen und hat alle dazu gebracht, zusammenzuarbeiten!“

„Sie wollte die Heldin spielen."

„Hast du sie nicht mit diesen Jungs gesehen? Sie kann es nicht ertragen, nicht im Mittelpunkt zu stehen. Sie hat es wahrscheinlich nur getan, um die Heldin zu sein."

Ich kannte diese Stimmen. Die Fragestellerin war Mia, die karamellfarbene Tussi, die mir im Kampftraining routinemäßig einen Arschtritt verpasste. Die erste Antwort stammte von dem mürrischen Mädchen Jen, das gern mit Sonja rumhing. Die zweite Antwort kam von Sonjas blonder Freundin Kimi.

„Ich weiß nicht ... ich habe sie im Kampftraining gesehen. Sie hat mit Hannah gekämpft und eine riesige Show geliefert."

„Das war auch nur Ablenkung", beharrte Kimi. „Sie hat die Jungs dazu gebracht, es für sie zu tun. Du hast gesehen, wie sie an ihr kleben. Es war wahrscheinlich dieser Surfertyp Jayce. Sie hat ihn total um den Finger gewickelt."

„Sie müssen es gewesen sein", sagte Jen in einem wenig überzeugenden monotonen Ton. „Wer sonst sollte so etwas tun?"

Jayce legte mir eine Hand auf die Schulter und ich sah zu ihm auf. Seine blauen Augen waren verstört und das machte mich wütend.

Diese Biester.

Eine überraschende Welle von Beschützerinstinkt und Rachsucht stieg in mir auf. Es war eine Sache, wenn Sonja oder irgendjemand sonst an dieser Uni Mist über mich erzählte. Aber es war etwas ganz anderes, wenn sie sich mit meinen Männern anlegten.

„Kommt schon", sagte ich fest. „Lasst uns sehen, wie weit sich das Gerücht verbreitet hat."

Wir marschierten als geschlossene Einheit in die Cafeteria – mit Ausnahme von Kai, der etwa zwanzig Schritte hinter uns war und so tat, als wüsste er nichts von meiner Existenz – vorbei an der Gruppe klatschender Mädchen und gingen zum Buffet. Stille empfing uns, während es hinter uns aufgeregt murmelte.

„Alle reden darüber“, sagte Jayce leise und sah sich in dem großen Saal um. Seine Schultern sackten niedergeschlagen zusammen. „Sie denken alle, wir waren es.“

Ich schüttelte den Kopf und fuhr mit meinen Fingern durch seine Hand, was ihn tröstete und mir Energie spendete. „So funktionieren Gerüchte nicht. Jeder fällt in der ersten Minute auf eine interessante Neuigkeit herein. Aber schon bald werden die Leute wieder ihrem eigenen Verstand vertrauen. Dann bilden sich Fronten, aber irgendwann hat sich alles erledigt und jeder hat Wichtigeres zum Nachdenken.“

Es sei denn, dass uns noch etwas anderes mit den Vorgängen in Verbindung bringt. Aber ich würde diesen Gedanken natürlich nicht laut aussprechen, denn Jayce sah schon ein bisschen fröhlicher aus und ich liebte es, wenn Jayce glücklich war. Das wollte ich ihm nicht nehmen.

Hannah warf mir jedoch einen Blick zu, der so viel sagte wie *Du weißt, dass das eine verdammte Lüge ist* und ich hob einsichtig die Brauen. Wir wussten beide, wie fiese Mädchen tickten. Sonja war hier das Ober-Miststück und sie konnte mir offensichtlich ewig nachtragend sein. Diese Gerüchte würden nicht so schnell verschwinden.

Aber am Ende des Frühstücks wurden uns allmählich mitfühlende Blicke von einigen der weniger beeinflussbaren Studenten zugeworfen, also machte ich mir nicht allzu viel aus der Sache. Die Leute hier waren im Allgemeinen tolerant, war irgendwie passierte, wenn man gegen seinen Willen in ein Monster verwandelt worden war. Also ignorierte ich das Flüstern, erwiderte das Lächeln einiger weniger und vergaß den Rest.

„Was hast du heute vor?" Hannah stocherte in ihrem Frühstück herum. Die Gerüchte trafen sie eindeutig mehr als mich.

„Wir könnten das Gelände erkunden", schlug Jayce achselzuckend vor. „Ich glaube, hier drinnen kenne ich schon jeden Stein auswendig."

„Oh, aber es ist eiskalt da draußen." Hanna erschauderte.

„Hm ... ich weiß nicht, ob du wirklich schon überall in der Burg warst, Jayce." Ich grinste Hannah an.

Ihre Augen leuchteten auf, aber fast sofort runzelte sie die Stirn. „Ich weiß nicht, ob das so eine gute Idee ist."

„Ob was eine gute Idee ist?", fragte Jayce.

„Warum nicht? Wir tun doch nichts Schlimmes. Außerdem ist es ruhig. Und ungestört."

Hannah kaute auf ihrer Lippe. „Aber wenn du für mehrere Stunden mit allen verschwindest, gibst du den Leuten dann nicht noch mehr, worüber sie tuscheln können?"

Meine Wangen blähten sich auf, bevor ich frustriert die Luft ausstieß. Sie hatte recht, aber das war mir egal. Die Leute würden so oder so reden und ich hatte keine Lust, den ganzen Tag damit zu verbringen, Blicken und Geflüster auszuweichen. Ich wusste, dass Hannah viel Zeit damit verbracht hatte, Beziehungen zu anderen aufzubauen, seit wir hier waren und ich wusste, dass dies die einzige Ablenkung war, die sie davon abhielt, ihre Schwester und Großmutter zu sehr zu vermissen. Ich wollte ihr das nicht ruinieren, wenn ich es vermeiden könnte. Außerdem war der Turm ihre Entdeckung. Das gab ihr das Recht zu entscheiden, wer wann dort hochgehen durfte.

„In Ordnung“, sagte ich schließlich. „Was würdest du gern tun?“

Bevor sie antworten konnte, gab es ein wenig Aufruhr an der Cafeteria-Tür und eine von Tolands Assistentinnen bat um Ruhe im Saal.

„Wenn Sie Ihren Namen hören, folgen Sie mir“, sagte sie, als es leise im Raum war. „Beatrice Aaron. Adam Ackles. Arnold Alvarez.“

Die drei Studenten erhoben sich langsam von ihren Sitzen. Beatrice stürzte auf die Dozentin zu und hatte ihr Gesicht hinter den Haaren versteckt. Einer der Männer grinste seine Freunde an und sagte etwas, das sie zum Lachen brachte, während der andere nur finster dreinschaute.

Gut, es geht los.

Jetzt werden sie der Sache auf den Grund gehen und Sonja muss etwas anderes finden, womit sie uns anzicken kann.

KAPITEL FÜNFZEHN

Wo WIR DEN Rest des Tages auch hingingen, passierte das gleiche. Die Assistentin kam herein, sagte drei Namen in alphabetischer Reihenfolge und ging wieder. Die Namensgruppen schienen seltsamerweise überhaupt nicht geordnet zu sein. Sie hüpfte ohne erkennbare Logik oder Grund von A zu R und zurück zu D. Ich hatte das seltsame Gefühl, eingekreist zu werden, als würden sie rein zufällig rings um meinen Namen herum fischen.

Meine Gruppe hatte sich im Laufe des Tages etwas zerstreut, während wir versucht hatten, uns beschäftigt zu halten. Ehrlich gesagt verstand ich nicht, wozu es überhaupt Semesterferien gab, wenn wir ohnehin nicht nach Hause konnten. Klar, die Medien- und Kunsträume waren geöffnet und die Mensa war jetzt den ganzen Tag über auf. Dazu gab es natürlich die Bibliothek und das Fitnessstudio unten im Keller. Hannah und ich verbrachten ein paar Stunden mit Sparring, aber ich war nicht wirklich bei der Sache.

Zum Abendessen versammelten wir uns alle wieder.

„Wurde einer von euch schon gerufen?", fragte ich.

Xero, Kingston und Jayce schüttelten den Kopf. Kai war nicht in Hörweite. Er war mal wieder auf Abstand gegangen, aber das war in Ordnung. Na ja, eigentlich war es das nicht, aber ich konnte nicht viel dagegen tun.

Ich biss mir auf die Lippe, als die Angst mir den Magen zusammenzog.

„Was ist los mit dir?", fragte Jayce. Ich war mir nicht sicher, ob es daran lag, dass er und ich uns körperlich näher gekommen waren als ich es mit den anderen war, aber er war so auf meine emotionale Verfassung eingestellt, dass er manchmal vor mir wusste, was ich fühlte.

„Ich möchte es einfach hinter mich bringen." Ich seufzte und schüttelte den Kopf.

„Kannst es wohl kaum erwarten, ihnen deine Lügen zu erzählen?"

Genau das, was ich brauchte. Ich drehte mich um und sah Sonja, die mich höhnisch anlächelte.

„Hallo Sonja, tu mir einen Gefallen, ja?" Ich lächelte süß und genoss ihren verwirrten Gesichtsausdruck.

„Ähm ... was?"

„Besorg dir ein eigenes Leben." Ich drehte mich wieder um. Es kribbelte in meinem Nacken und mein Körper spannte sich an, als würde sie mich schlagen, aber ich tat bewusst locker. Sollte sie sich doch mit mir anlegen. Ich könnte eine gute Schlägerei gebrauchen, um meine Spannung abzubauen.

Stattdessen ging sie davon.

Mehr Macht für sie, aber ich hätte sie verdammt gern vor allen anderen lächerlich gemacht.

Im Laufe der nächsten Woche, als immer mehr Leute

befragt und wieder gehen gelassen wurden, wurde die Atmosphäre an der Uni immer feindseliger. Aus dem Flüstern wurden unverhohlen laute Gespräche mit anklagenden Blicken in alle Richtungen. Sie trafen mich öfter, als mir lieb war, aber ich tröstete mich damit, dass ich nicht die Einzige war.

Alle war allen gegenüber misstrauisch und die Nerven lagen blank. Auf den Fluren waren von morgens bis abends lautstarke Diskussionen zu hören. Mit jedem Tag, der verging, ohne dass meine Jungs oder ich gerufen wurden, wuchs meine Angst. Sicher, es gab unzählige Gerüchte, aber die Geschichten über mich und meine Männer hatten sich am weitesten verbreitet. Ich an Tolands Stelle hätte uns zuerst aufs Korn genommen. Worauf zum Teufel wartete er?

Genau eine Woche nach dem Kampf war es endlich soweit. Sobald die Assistentin beim Frühstück die Mensa betrat, wurde es still im Raum. Wir hatten den Dreh inzwischen raus.

„Neil Lane. Oran Lake. Piper Lawless. Folgen Sie mir."

„Na endlich, verdammt noch mal!"

Alle in der Mensa starrten mich an und ich starrte zurück. Es war ihnen anzusehen, dass sie alle das gleiche dachten. Die meisten Leute konnten Schadenfreude nicht gut verbergen. Ich ging an einer Menge fieser Mädchen vorbei und folgte der Assistentin. Die Männer, die mit mir aufgerufen worden waren, hielten Abstand zu mir. *Gut. Zieht bloß Leine.*

Ich ging davon aus, dass wir in Tolands Büro gebracht würden, aber die Assistentin führte uns stattdessen nach unten. Im Keller befanden sich die Turnhalle und eine

Reihe von Lagerräumen. Ich hatte mir nicht die Mühe gemacht, herauszufinden, was hier unten noch war, weil ich davon ausgegangen war, dass es nichts Spannendes wäre. Aber nun führte die Frau uns durch eine schwere Metalltür, die ich mir noch nie genau angesehen hatte, in ein Labyrinth von Korridoren, das ich noch nie zuvor gesehen hatte.

Je tiefer wir in die Eingeweide der Burg vordrangen, desto mehr wuchs meine Angst. Allein würde ich den Weg nie wieder hier rausfinden. Und was wollten wir überhaupt hier unten? Gab es hier eine Folterkammer? Versteckten sie hier ein Balrog?

Nach vielen Drehungen und Wendungen brachte sie uns zu einer hohen Tür. Ich konnte spüren, wie die Magie davon ausströmte und bekam eine Gänsehaut. Die Frau murmelte einen Zauber und die Barriere fiel. Die Tür öffnete sich, ohne dass sie sie berührte und sie führte uns hinein. Wie betraten ein kleines Wartezimmer mit veralteten Zeitschriften und einem Fernseher, der aussah, als wäre er aus dem Jahr 1952 herverpflanzt worden.

„Oran und Neil, nehmen Sie bitte Platz. Piper, kommen Sie mit mir." In ihrer Stimme lag eine subtile Kraft, die ich erkannte. *Überzeugung*? Was auch immer. Die Männer setzten sich mit einem vertrauten benommenen Gesichtsausdruck und ich folgte ihr durch eine weitere verzauberte Tür am anderen Ende des Raumes. Drinnen war es dunkel. Das einzige Licht war ein gleißend heller Scheinwerfer über einem halbmondförmigen Tisch. Toland saß auf der anderen Seite. Die Heilerin Cassandra saß zu seiner Rechten und eine alte Frau zu seiner Linken. Links von ihr saß ein

Mann, der wie ein ängstlicher Professor aussah und die Assistentin nahm rechts von der Heilerin Platz.

Damit blieb nur noch ein Stuhl frei. Derjenige vor dem Halbkreis, der all diesen ernsten Personen gegenüberstand. Ich hatte meine Angst inzwischen fast hinter mir gelassen und spürte etwas, das eher Wut ähnelte.

„Sehr theatralisch", sagte ich und nickte der ganzen Runde zu, als ich mich hinsetzte. „Hat das auch einen praktischen Sinn, oder schüchtern Sie nur gern Leute ein?"

Toland musterte mich langsam. „Alles hat seinen Sinn. Sie wissen, warum Sie hier sind."

Ich wollte etwas Freches sagen, biss mir aber auf die Zunge und blieb still. Ich bewegte mich bereits auf dünnem Eis und meine Selbstbeherrschung schwand.

„Gibt es etwas, das Sie gestehen möchten, bevor wir anfangen? Wir sind eine sehr verständnisvolle Gruppe. Sie sind eine wissbegierige und abenteuerlustige Person. Wenn Sie die Kobolde versehentlich freigelassen haben, ohne zu wissen, wozu sie fähig sind, können wir das sicherlich verstehen."

Ich zog eine Braue hoch. „Was sind Sie denn für ein Detektiv? Wollen Sie dem Täter wirklich eine so leichte Entschuldigung für alles liefern? Sind Sie verrückt?"

Tolands Augen blitzten kurz, aber er machte weiter eine düstere Miene. „Es ist wichtig, dass unsere Studenten das Gefühl haben, uns vertrauen zu können, Piper. Vor allem bei so etwas Ungeheuerlichem. Es könnte ein einfacher Fehler oder ein harmloser Scherz gewesen sein. Es könnte sich aber auch um vorsätzliche Sabotage gehandelt haben. Wir möchten nicht unnötig jemanden für

Sabotage bestrafen.“ Das Funkeln war verschwunden und er sah nun eiskalt aus.

„Lassen Sie mich raten. Die Strafe ist ein One-Way-Ticket in die Unterwelt?“

Toland blinzelte mich nur an.

„Ich schätze, das heißt Ja. Nun, ich werde Ihnen etwas sagen. Ich habe die Uni nicht sabotiert. Ich habe diese Verwüstung nicht angerichtet, weder aus Versehen noch aus anderen Gründen. Ich war mit Hannah beim Kampftraining, als die Kobolde anfingen, umherzugeistern. Andere Leute können das sicher bestätigen, selbst Sonja und Konsorten könnten es, aber sie werden es nicht tun.“

Toland zog die Brauen hoch. „Ach? Und warum nicht?“

„Weil sie mich hasst und sie und ihre Freunde sich nichts sehnlicher wünschen, als dass ich von der Uni fliege. Wenn sie den anderen sagt, dass ich an diesem Tag nicht da war, werden sie diese Lüge bis zum Weltuntergang nachplappern. Aber Beedle hat ein paar Mal direkt mit mir gesprochen, er könnte es Ihnen also bestätigen.“

Toland nickte und wandte sich dann an die Heilerin. „Cassandra, darf ich dich bitten.“

„Worum bitten Sie sie?“

Toland bedeutete Cassandra, etwas zu sagen, und ich drehte mich zu ihr um. Doch als sie ihren Mund öffnete, sprach sie nicht, sondern sie sang. Sanft und ohne Worte. Ich konnte fühlen, wie sich ihr Zauber in mein Gehirn wand und mich dazu überredete, ihr alles preiszugeben, was sie wissen wollte. Ich verspürte den wahnsinnigen Drang, mich auszuziehen und ihr selbst meine Klamotten zu geben. Ich hätte Radschläge über den Tisch gemacht, wenn sie es verlangt hätte.

Ich hätte sie abwehren können. Die Überzeugungskraft war mir vertraut und ich konnte die Kraft des Willens in meiner Brust spüren. Ich wusste genau, wie ich ihn anzapfen musste. Aber ich tat es nicht, schließlich hatte ich nichts zu verbergen.

„Erzählen Sie mir Ihre Geheimnisse", flüsterte sie. Wie flüsterte sie, während sie gleichzeitig sang? Verdammt, das war gute Magie. Mein Mund bewegte sich, bevor ich überhaupt daran dachte, was ich ihr sagen sollte.

„Über meinem Zimmer steht ein leerer Turm. Ich benutze ihn oft zum Üben und um allein zu sein. Ich habe Jayce in einem Schrank gevögelt, nachdem ich an jenem Tag Ihr Büro verlassen habe. Ich habe in der sechsten Klasse bei einer Mathearbeit geschummelt. Ich habe meinen Freund in der achten Klasse betrogen. Ich..."

„Erzählen Sie mir von den Kobolden", flüsterte sie.

„Kobolde. Sie sind wie kleine flüssige Feuerwerkskörper der Zerstörung. Sie haben alle angegriffen, ich musste sie aufhalten. Leute wurden verletzt. Viele Leute. Alle rannten in verschiedene Richtungen. Sie mussten organisiert werden. Ich habe sie überredet, zu kämpfen."

Oh Gott. Es war mein Fehler. Die Mauer...

„Schuldig!", rief die alte Frau neben mir. „Schuldig, Schuldig!"

„Gestehen Sie mir Ihre Schuld", flüsterte Cassandra durch ihre Musik.

„So viele wurden verletzt, als die Mauer fiel. Ist jemand gestorben? Nein, sagen Sie es mir nicht, ich könnte es nicht ertragen. Ich sagte ihnen, sie sollen kämpfen. Sie haben die Mauer durchbrochen. Das war meine Schuld. Dieser Junge, der einen Stein an den Kopf bekommen hat. Das war meine Schuld."

Ich starrte Cassandra immer noch ausdruckslos an, aber Tränen rannen über mein Gesicht. Es war zu spät, um dagegen anzukämpfen. Ich stand zu tief unter ihrem Bann. Aber verdammt noch mal, ich hasste es, vor anderen zu weinen.

„Charles?" Tolands Stimme klang, als käme sie von weit her.

Ein hoher Tenor – der Professor, nahm ich an – sprach hinter mir. „Ich kann keine Gegenzauber erkennen."

„Sehr gut. Genug, Cassandra."

Die Musik hörte auf. Ich wollte sie anschreien, weiterzumachen, weil ich den Klang brauchte und sterben würde, um ihn zu hören. Gott, das war starker Tobak. Ich schluckte schwer und wischte mir finster über das Gesicht. Ganz bewusst wandte ich mich von Cassandra ab, um wieder Toland anzusehen. Er sah erleichtert aus.

„Sie können gehen", sagte er. „Vesper wird Ihnen den Weg zeigen."

Ich nickte schmallippig. Nachdem sie mich so ausgewrungen hatten, wusste ich nicht, was mit mir passieren würde, wenn ich mich entspannte. Als ich mich umdrehte und der Assistentin – anscheinend Vesper – zurück in die Dunkelheit folgte, sprach Toland erneut.

„Das haben Sie gut gemacht, Piper. Wir hätten deutlich mehr Opfer gehabt, wenn Sie nicht gehandelt hätten."

Das hätte mich aufbauen sollen, aber das tat es nicht. Deutlich mehr Opfer, hatte er gesagt. Mindestens eine Person war also gestorben. Ich nickte stumm und ließ mich von Vesper aus dem Zimmer führen.

Neil ging hinter mir hinein und kam blass und zittrig wieder heraus. Danach war Oran dran und sah noch schlimmer aus als Neil, als er zurückkam. Wir schwiegen, als Vesper uns aus dem Labyrinth führte. Ich vermutete, dass sie uns auf einer anderen Route herausführte. Entweder das, oder die Gänge bewegten sich.

Als ich oben ankam, wollte ich nur Jayce sehen, aber er war nirgendwo zu finden. Hannah ging ängstlich im Flur auf und ab und rannte auf mich zu, als sie mich sah.

„Da bist du ja! Was ist passiert? Was haben sie dich gefragt? Haben sie Magie benutzt? Die Leute erzählen schreckliche Dinge darüber, was da unten vor sich geht, und jetzt, wo die Jungs weg sind..."

„Was? Meine Jungs? Alle vier?"

Sie nickte, dann schüttelte sie den Kopf. „Jayce, Xero und Kingston. Was mit Kai ist, weiß ich nicht. Manchmal vergesse ich, dass er ein Teil dieser ganzen Geschichte ist. Sie wurden direkt nach dir von der anderen Assistentin abgeholt. Hast du sie nicht auf deinem Weg nach oben gesehen?"

Ich schüttelte den Kopf. „Ich glaube, das war Absicht. Dieser Ort ist seltsamer, als er aussieht."

„Wie auch immer, war es schrecklich? Erzähl mir alles, ich habe solche Angst, dass sie irgendwann bei mir ankommen."

Ich erzählte ihr alles. Na ja, fast alles. Sie sollte nicht wissen, wie sehr ich mir die Schuld dafür gab, dass Menschen verletzt worden waren oder dass mich Cassandras Sirenengesang zu Tränen gerührt hatte. Ich hatte einen Ruf zu wahren. Aber ich sagte ihr, was ich konnte, um sie vorzubereiten und sie zu beruhigen, obwohl ich unsicher war, ob es mir gelang. Lange nachdem ich fertig war wickelte sie immer noch ihr Haar um den Finger und kaute auf ihrer Lippe.

Wir saßen auf einer der breiten Fensterbänke und beobachteten die vorbeigehenden Studenten.

„Wie lange war ich da unten?", fragte ich.

„Ungefähr drei Stunden", sagte sie. „Aber wie gesagt wurden die Jungs direkt nach dir gerufen. Sie sollten jeden Moment zurückkommen."

Wie aufs Stichwort kamen Jayce und Kai gemeinsam herein. Jayce gelassen aus, was verständlich war, denn es gab nichts, worüber er sich schuldig zu fühlen brauchte. Kai sah müde aus, aber nicht völlig ausgelaugt. Ich sprang vom Fensterbrett und war mit ein paar schnellen Schritten bei ihnen. Kai wich nicht zurück – eine nette Abwechslung.

„Wie ist es gelaufen?", fragte ich und machte mir nicht einmal die Mühe, meine Besorgnis zu verbergen. Ich hatte mich noch nie so sehr um einen meiner Freunde gekümmert wie um diese vier Männer, an die ich gebunden war, obwohl ich mit dreien von ihnen nicht einmal zusammen war. Aber trotzdem. *Wer sich mit meinen Männern anlegt, der legt sich mit mir an.*

„Wir stehen nicht unter Verdacht", sagte Jayce glücklich. „Aber verdammt, war das ein heftiges Verhör, oder? Diese Frau, die gesungen hat, ist wirklich etwas Besonderes."

„Sie ist eine Sirene", sagte Kai kühl. „Also ja. Sie ist etwas Besonderes."

„Es ist seltsam, dass die Schulheilerin eine Sirene ist, oder?", fragte Hanna.

Kai zuckte die Achseln. „Nicht wirklich. Der

Sirenengesang ist besser als eine Narkose, wenn er richtig eingesetzt wird."

Sieh an, der Mann kann also tatsächlich reden, wenn ihn ein Thema interessiert.

Ich wollte gerade meinen Senf zu Diskussion beisteuern, als ich Kingston hinter Kai entdeckte. Er sah sich verschlagen um, dann drehte er der Haupthalle den Rücken zu. Er sah aus, als müsste er dringend pinkeln, aber da sah ich, wie er etwas in seine Tasche steckte.

Was zum Teufel? Er richtete sich auf, strich sich die Haare zurück und schlenderte dann zu uns herüber.

„Reine Zeitverschwendung", sagte er gelangweilt. „Natürlich Fehlanzeige."

„Das war total verrückt, oder?" Jayces Augen waren immer noch groß.

Kingston zuckte mit den Schultern. „Nicht ganz unerwartet. Dies ist schließlich eine Magieruni. Was dachtest du denn, wie sie solche Dinge händeln? Das war weitaus effizienter als ein elektronischer Lügendetektor. Wahrscheinlich auch präziser."

„Machst du dir deshalb Sorgen?", fragte ich. Während er gesprochen hatte, hatte ich einen Anflug von Angst gespürt und es war nicht meine eigene gewesen, aber der Eindruck war schnell wieder verflogen.

Er hob hochmütig eine Braue. „Warum sollte ich? Ich bin unschuldig."

Ich war mir sicher, dass er unschuldig war ... was die Freilassung der Kobolde anging. Aber irgendetwas stimmte definitiv nicht mit ihm. Ich hatte jedoch keine Gelegenheit, weiter nachzuhaken, denn in diesem Moment kam Xero die Kellertreppe hinauf. Er war verschwitzt und stützte sich

Halt suchend an die Wand. All meine anderen Sorgen verschwanden und ich rannte zu ihm.

„Hey, geht es dir gut?“ Ich berührte sein Gesicht und geriet fast in Panik. Es strömte keine Energie oder Kraft auf mich über, wie es hätte sein sollen. So als wäre er fast ... leer.

Er sah mich an und verzog seine Lippen zu einem Lächeln, das eher eine Grimasse war.

„Ich wurde für unschuldig befunden.“ Er stützte sich schwer auf meine Schulter.

Gott, was hatten sie mit ihm getan? Ich half ihm – ohne dass es danach aussah, schließlich hatten Männer ihren Stolz – in die Bibliothek auf der anderen Seite des Flurs zu gehen, und setzte mich dann neben ihn auf die Couch. Ich hielt sein Gesicht und schaute tief in seine magischen Augen.

„Was ist da drinnen passiert?“, fragte ich leise.

Er zuckte mit den Schultern, aber die Geste schien viel mehr Energie zu verbrauchen, als sie sollte. „Das gleiche wie bei dir, schätze ich. Erst die Sirene. Dann der Sukkubus. Der Empath. Der Magier. Und dann immer wieder im Kreis herum.“ Er seufzte und lehnte sich schwer gegen die Rückenlehne der Couch.

„Du warst ihr Hauptverdächtiger, nicht wahr?“ Es war nicht wirklich eine Frage.

Xero lächelte ausdruckslos. „Wenn du eine Zeitlang in der Unterwelt gelebt hast, bist du dein Leben lang verdächtig. Es ist schon okay. Das habe ich erwartet.“

„Nein! Das ist nicht fair“, platzte ich heftig heraus. „Du bist einer der Guten. Besser als viele andere hier. Verdammt, die meisten von diesen Leuten könnten keine zwanzig Minuten in der Unterwelt verbringen, ohne dem Bösen zu erliegen, geschweige denn zwanzig Jahre. Du bist ein Held, verdammt noch mal."

Er strich mit seinem Daumen über meine Wange und zu meiner immensen Erleichterung spürte ich einen Funken Kraft. Sie hatten ihn erschöpft, aber sie hatten ihn nicht endgültig ausgelaugt.

„Es ist in jeder Welt das Gleiche, Schatz. Menschen oder Dämonen, Vorurteile wiegen überall schwerer als Beweise. Ich bin daran gewöhnt." Er seufzte und sah weg. „Die Leute mögen es, wenn die Dinge wie gewohnt laufen und mein Hintergrund ist alles andere als gewöhnlich. Sie werden misstrauisch bleiben. Am besten findest du dich einfach damit ab."

Ich hatte Mitleid mit ihm. Natürlich war er unschuldig. Wie konnte ihm jemand in die Augen sehen, seine Gefühle spüren und nicht sofort wissen, dass er unschuldig war? Er schätzte diese Uni wie kein anderer hier. Die meisten von uns waren hierhergeschleift worden. Er hingegen hatte sich aus der Unterwelt herausgekämpft, war zum Eingangstor marschiert und hatte sich freiwillig gemeldet.

Er hätte niemals verdächtigt werden dürfen, niemals.

Aber er hatte recht. Die Leute zogen nun einmal voreilige Schlüsse. Ich lehnte meine Stirn an seine und hielt seine Hand, überwältigt von dem Bedürfnis, ihn zu beschützen.

Vielleicht war es ein dummer Impuls. Ein brandneuer Sukkubus, der einen großen alten Dämon mit jahrzehntelanger Erfahrung beschützen wollte? Aber es war egal. Ich würde mich vor ihn und gegen jeden an dieser verdammten Uni stellen.

KAPITEL SECHZEHN

„Hast du gehört, was sie sagen?“, zischte Hannah mir zu und deutete mit dem Kinn auf zwei Studenten in der Reihe vor uns.

Wir saßen im Geschichtsunterricht und ich war noch im Halbschlaf. Hannah und Jayce saßen jeweils neben mir; vor allem, weil niemand sonst neben uns sitzen wollte. Es war einen Monat her, seit unsere Namen theoretisch von jedem Vorwurf des Fehlverhaltens bei der Kobold-Attacke freigesprochen worden waren, aber die offizielle Meinung interessierte die meisten Studenten einen Dreck.

Tränen der Wut standen in den Augen der blonden Hannah, aber ich schüttelte den Kopf und fixierte meinen Blick nach vorn.

„Sven redet“, zischte ich zurück. „Ignorier sie einfach.“

Ich wäre im ersten Semester fast durchgefallen und konnte mir keine Ausrutscher leisten. Sollten sie doch reden. Sie tuschelten immerhin schon wochenlang, genau wie alle anderen. Gerüchte gingen um, starben und wurden mit einer Wendung wiedergeboren. Natürlich hatten sich die verschiedenen anderen Gruppen und Cliquen inzwischen zusammengetan, sodass die einzigen heißen Gerüchte, die noch im Umlauf waren, meine Jungs und mich betrafen.

Es war irgendwie meine Schuld. Nun, meine und die der Person, die zu Anfang des Studienjahres versehentlich die Eisenstange auf mich geschleudert hatte. Meine Show mitten im Kampftraining hatte mir bereits den Ruf eingebracht, wild und hemmungslos zu sein, und die Tatsache, dass weder meine Jungs noch ich viel Kontakt zu anderen außerhalb unserer seltsamen kleinen Gruppe pflegten, machte die Mischung mysteriös. Die Leute waren bereit, alles zu glauben, was sie über uns hörten und ich würde meine Zeit nicht damit verschwenden, sie eines Besseren zu belehren.

Hannah war jedoch nicht zu beruhigen. Sie kritzelte eine Notiz und reichte sie mir. Ich warf einen Blick darauf und sah sofort rot. Verdammt.

Sie sagen, dass Xero und du zusammen die Schule angegriffen haben. Sie glauben, dass Gavriel dich durch Xero rekrutiert hat. Sie reden davon, ihn in der Bibliothek zu konfrontieren.

Ich verdrehte die Augen und schrieb schnell, um meine Aufmerksamkeit so gut wie möglich auf Sven zu richten.

Dann sind sie Idioten. Er würde sie töten.

Sie wollte zurückschreiben, aber ich warf ihr einen warnenden Blick zu. Ich musste wirklich die nächste Prüfung bestehen. Sie runzelte die Stirn, hörte aber auf. Dennoch sah ich, wie sie weiter dem Flüstern lauschte, also schrieb ich etwas gewissenhafter mit, um sie später von meinem Block abschreiben zu lassen. Es war das Mindeste, was ich tun konnte.

Ich ging davon aus, dass wir unsere Unterhaltung vor der nächsten Klasse auf dem Gang fortsetzen würden, aber sobald wir den Raum verließen, wurde mir der Weg von einer Mädchengruppe versperrt. Ich hatte sie zwar schon mal gesehen, aber sie hatten noch nie mit mir gesprochen. Eine kleine Frau mit dicken, lockigen schwarzen Haaren und dunkelbraunen Mandelaugen sah mich verkniffen an.

„Warum bist du eigentlich hier, wenn du es hier so hasst? Lass uns doch in Ruhe und geh dorthin zurück, wo du hergekommen bist."

Verdammt. Ich war es leid. Das alles. Mir gingen langsam die bissigen Antworten aus. „Ich hasse es nicht hier. Ich kann nicht dorthin zurückkehren, wo ich herkomme, das ist gegen die Regeln. Bitte lasst mich durch, sonst komme ich zu spät zum Unterricht."

„Du solltest überhaupt nicht zum Unterricht gehen!", fauchte mich ein Mädchen mit blauer Haut und grünem Haar mit ihrer gespaltenen Zunge an. „Du und deine Haustierdämonen sollten verschwinden, solange ihr noch Beine habt, auf denen ihr laufen könnt."

„Du willst uns unsere Beine nehmen?"

Sie knurrte mich an. Ich verdrehte die Augen.

„Hör zu", sagte ein erdbeerblondes Mädchen. „Ich weiß nicht, ob das, was sie sagen, wahr ist oder nicht, aber du musst doch zugeben, dass es wirklich verdächtig ist."

„Was ist verdächtig?", fragte ich müde.

„Nun, du wolltest nie hier sein, deine ersten Freunde sind einer, der aus der Unterwelt geworfen wurde und ein überheblicher Bastard, der mit niemandem redet ... außer mit dir natürlich ... und an dieser Uni ist nie etwas Schlimmes passiert, bis du aufgetaucht bist. Nichts. Seit Jahrhunderten." Während sie sprach, zählte sie an ihren Fingern all die Elemente ab, die mich verdächtig machten.

„Ihr seid auch alle im ersten Jahr?"

„Ja, na und?"

„Also ist auch nichts Schlimmes passiert, bis ihr hier aufgetaucht seid. Vielleicht habt ihr die Kobolde ja freigelassen."

Das Mädchen keuchte und wich zurück, als hätte ich sie geohrfeigt. „Nun, entschuldige mal, aber mein Freund hat keine fünfzig Jahre unter Gavriels Fuchtel verbracht!" Sie machte auf dem Absatz kehrt und stürmte davon. Ihre Freundinnen funkelten mich an und folgten ihr.

„Es waren zwanzig Jahre." Ich seufzte. „Nicht, dass das wichtig wäre."

Das kurzhaarige Mädchen wirbelte mit Feuer in den Augen herum. Buchstäblich Feuer. Ich hasste diese Uni.

„Was zum Teufel hast du gerade gesagt?", zischte sie.

Ich verlor die Beherrschung. „Ich sagte, wer zum Teufel hat dir all diesen Unsinn erzählt?"

Sie grinste. „Sonja. Sie muss es ja wissen, oder? Schließlich ist sie diejenige, die dich hergebracht hat." Sie warf ihr Haar über die Schulter, wirbelte herum und Funken flogen von ihren Fingern.

„Gott, warum tut sie das?" Hannah umklammerte ihren Kopf mit ihren Händen, eine Geste so übertriebener Verzweiflung, dass ich geschmunzelt hätte, wenn ich nicht Lust hätte, dasselbe zu tun.

„Sie hat offensichtlich nichts Besseres zu tun. Sie ist

besessen von uns – sie hasst mich seit dem Tag, an dem ich sie vor den Hütern schlecht dastehen lassen habe, indem ich sie überredet habe. Komm, wir sind spät dran."

Ich packte Hannahs Handgelenk und zog sie mit mir. Dabei stellte ich mich vor die Blicke der anderen. Ich wollte Hannah vom Getuschel abschirmen, das in unsere Richtung schoss. Natürlich fragte ich mich auch, war Sonjas Problem war, aber ich würde nicht zulassen, dass dieser Unsinn uns den Tag verdarb, wenn ich es verhindern könnte.

Später am Nachmittag hatten wir nicht mehr den gleichen Stundenplan und so ging ich allein zum Kampftraining. Früher hatte es mir nichts ausgemacht, aber so wie die Dinge im Moment liefen, hätte ich mich mit mindestens einem freundlichen Gesicht in der Nähe besser gefühlt. Ich kam mir wie eine Aussätzige vor. Die Leute machten einen großen Bogen um mich und ich hätte schwören können, dass mich tatsächlich jemand anfauchte. Ich konnte es kaum erwarten, etwas von dieser aufgestauten Aggression in ein paar schmutzigen Nahkämpfen abzulassen.

Doch bevor ich die Gelegenheit dazu bekam, stellte sich Sonjas Freundin Olivia direkt in meinen Weg und verschränkte die Arme. „Ganz allein unterwegs, Piper? Ohne deine kleinen Handlanger? Was für eine Überraschung."

„Ich habe keine Handlanger", sagte ich geduldig. „Du denkst wohl an Sonja. Das macht dich zum Handlanger, Schätzchen."

Ich hatte nicht damit gerechnet, dass sie lachen würde, und es verschlug mir für eine Sekunde die Sprache.

„Verdammt, zumindest habe ich mir ausgesucht, auf wessen Seite ich stehe. Du hingegen benutzt diese vier Männer gegen ihren Willen. Wir sehen uns im Unterricht, Schätzchen."

Sie grinste mich an, bevor sie wegging.

Verdammt. Ich war ungefähr einen abfälligen Kommentar davon entfernt, überzukochen.

Ich stürmte in die Unisex-Umkleide und atmete tief ein. Kingston war hier. Jayce war es gewesen, aber jetzt war er verschwunden. Kai war noch nicht aufgetaucht, genauso wenig wie Xero. Das machte mir Sorgen, vor allem nach dem Gerede in der ersten Stunde darüber, dass jemand Xero zur Rede stellen wollte.

„Oh, seht mal her! Gavriels Geliebte hat beschlossen, uns mit ihrer Anwesenheit zu beehren." Sonjas Stimme nahm mir den letzten Anschein von Kontrolle und mein Temperament ging mit mir durch.

Ich wirbelte zu ihr herum. „Was hast du gerade gesagt?"

„Gib es zu", sagte sie durch zusammengepresste Zähne. „Nur ein ausgebildeter Dämon hätte das tun können, was du an dem Tag getan hast, an dem wir dich hergebracht haben. Du hattest die ganze Zeit dieses unheimliche Naturtalent, nicht wahr? Du konntest alle anderen dazu bringen, zu denken, du seist eine Art dämonisches Wunderkind, aber ich glaube das nicht. Ich kenne die Wahrheit."

Ich blinzelte sie an. „Ja wirklich? Warum sagst du sie mir nicht, dann kennen wir sie beide?"

Sie machte einen Schritt auf mich zu. „Du warst mit Gavriel zusammen, nicht wahr? Bevor wir dich gefunden haben. Du hast dieses dumme Mädchen, das dir überallhin folgt, wahrscheinlich in eine Falle gelockt, damit sie verwandelt wird. Xero steckt mit dir unter einer Decke, ich weiß es genau."

Wut färbte die Ränder meiner Sicht rot. „Untersteh dich, seinen Namen in den Mund zu nehmen."

Sie grinste. „Deshalb bist du so schnell wie möglich zu ihm gegangen, nicht wahr? Er war dein Kontakt im inneren Kreis. Die anderen sind nicht mehr als deine Sklaven. Du bist ein hinterhältiges Miststück. Du hast diese Idioten einer Gehirnwäsche unterzogen, damit sie alles tun, was du ihnen sagst. Du benutzt sie nur, um die Wünsche deines finsteren Geliebten zu erfüllen."

Etwas in mir sah schwarz und mein Körper bewegte sich. Ich schlug um mich, bevor ich mich bewusst dazu entschieden hatte, und verpasste ihr Schlag um Schlag in ihr selbstgefälliges, dummes Gesicht. Ich sah ihre Knöchel eine Millisekunde bevor sie mein Auge trafen, dann war meine Faust in ihrem Haar und ich schlug ihr Gesicht gegen den Spind.

Sie brüllte und hieb mit rasiermesserscharfen Nägeln nach mir. Ich wich aus, bevor sie meine Eingeweide über den Boden der Umkleide verteilen konnte und zielte mit einem Tritt auf ihren Bauch. Sie krümmte sich und rang nach Atem.

„Dummes Biest", keuchte sie, als sie sich aufrichtete. „Willst du mich von irgendetwas überzeugen, indem du wie ein Mensch kämpfst? Fahr zur Hölle." Sie spuckte Blut neben meinem Fuß auf den Boden und stürmte davon. Die wenigen Leute, die nicht geflohen waren, als unser Kampf ausbrach, strömten durch die Tür hinter ihr und gingen zum Unterricht.

Atemlos und zitternd stand ich da, immer noch voller Wut. Ich hätte noch gut Luft für zwei weitere Runden gehabt. Sie mussten mich wirklich alle in Ruhe lassen, bevor ich noch die Kontrolle verlor und jemanden umbrachte.

„Hey."

Ich drehte mich um und sah Kingston, der mit den Händen in den Taschen an einem Spind lehnte.

„Was machst du hier?" Ich wischte mir Blut und Schweiß aus dem Gesicht und berührte behutsam mein geschwollenes Auge.

„Ich habe zugesehen, wie du ihr einen Arschtritt verpasst hast. Danke, dass du für uns eingetreten bist. Das war nett von dir."

„Ja, ja. Au." Ich schnappte nach Luft, als ich an dem empfindlichen Bluterguss an der Seite meines Gesichts herumtastete.

„Setz dich hin." Er winkte zu einer Bank. „Ich hole etwas Eis."

„Du musst nicht..."

Aber er war schon weg. Ich seufzte und nachdem er sich zurückgezogen hatte, murmelte ich: „Im Ernst, küss mich einfach und es geht mir gut. Aber Eis ist natürlich besser, wenn du auf Abstand bleiben willst."

Ich ließ mich auf die Bank fallen und verschränkte meine Arme, obwohl ich genau wusste, wie gereizt ich aussah. Aber es war mir herzlich egal. Ich hatte jede Menge Gründe, gereizt zu sein.

Kingston war innerhalb von wenigen Minuten mit einem Eisbeutel zurück. Ich wollte ihn ihm abnehmen, aber er schob meine Hand beiseite.

„Neige deinen Kopf ein wenig nach hinten." Als ich seinen Anweisungen folgte, stützte er meinen Kopf mit seiner linken Hand und legte mit seiner rechten das Eis auf. Die Kälte tat gut, aber seine Berührung fühlte sich noch besser an.

„Ich habe nicht erwartet, dass du in Erster Hilfe fit bist", neckte ich ihn. „Habt ihr reiche Kinder nicht Personal, das sich um so was kümmert?"

Ein schwaches Grinsen huschte über sein Gesicht. „Haha. Ja, normalerweise haben wir das. Aber ich war während der gesamten Schulzeit sehr in Sport- und Erlebnisgruppen aktiv. Du kannst dir nicht vorstellen, wie oft jemand beim Polospielen ein blaues Auge bekommt."

Ich lachte. „Beim Polo? Wirklich?"

„Warum bist du überrascht? Ich dachte, du könntest Dinge bei Leuten spüren, zum Beispiel ihren Ehrgeiz."

Ich war einen Moment still und musterte seine smaragdgrünen Augen. Mein Nacken wärmte sich dort, wo seine Hand mich hielt und diese Wärme breitete sich aus und bewegte sich tiefer durch meinen Körper wie ein Rinnsal reiner Freude.

Konzentrier dich, verdammt.

„Ich spüre einiges an dir. Eine Liebe zu Geld und Macht. Ist dir dieser Ort deshalb so zuwider? Hier gibt es nicht wirklich viele Möglichkeiten zum Geldverdienen."

Er zuckte zusammen und sah weg und meine Brauen zogen sich zusammen. Ich konnte es nicht glauben. Ich hatte tatsächlich seine Gefühle verletzt.

„Es tut mir leid. Ich wollte dich nicht..."

Instinktiv berührte ich seine Hand und er lächelte mich schief an.

„Mach dir keine Sorgen. Ich weiß, dass es so rüberkommt. Aber es ist mehr als das. Viel mehr. Das Familienunternehmen – es ist zu einem Imperium gewachsen, aber nicht dank schmutzigen Geldes oder Ausbeutung, sondern durch viel harte Arbeit, Glück und Ehrgefühl.“

Ich schob den Eisbeutel von meinem Gesicht weg und setzte mich aufrecht hin. Er trug einen Ausdruck zwischen Scham und Entschlossenheit.

„Ehrgefühl?“ Ich rückte näher an ihn heran, bis ich unter seinen Arm geklemmt war. Er bewegte ihn leicht, als wollte er mich halten, aber dann stockte er.

„Ja“, sagte er leise. „Darum geht es mir wirklich. Die Firma ist unser Familienbesitz und ich bin der einzige Erbe. Wenn ich verschwinde – äh also, für immer – haben sie keine andere Wahl, als die Firma an die Börse zu bringen. Und wer weiß, was ein Vorstand mit ihr macht? Mein Vater hat mir immer wieder die Bedeutung von Ehre und Integrität im Geschäftsleben vor Augen geführt.“

Ich war ein bisschen beeindruckt, aber ich war noch nicht ganz überzeugt. „Jayce scheint zu denken, dass deine Pläne für das Unternehmen auf die dunkle Seite abdriften.“

Er verzog das Gesicht und winkte mit der freien Hand ab. „Jayce ist einfach gestrickt. Er denkt, wenn er nur genug Geld hat, kann er die Welt retten. Was er nicht versteht, ist, dass sich das ganze Spiel ändert, sobald du eine bestimmte Einkommensklasse erreichst. Geld ist flüssig, vergänglich und nur sehr selten etwas Solides. Man kann einem milliardenschweren Slumlord nicht einfach Wohnungen abkaufen und sie per Handschlag und einem Scheck in umweltfreundliche Eigentumswohnungen verwandeln.“

„Warum nicht?“

„Weil Geld wie gesagt nichts Solides ist. Es ist eher wie eine Sprache. Wenn Milliardäre reden, ist Geld Geplapper. Sie brauchen nicht mehr davon, also können sie es sich leisten, geizig zu sein. Ergibt das einen Sinn?“

„Ich denke schon“, sagte ich langsam. „Man muss ihnen etwas bieten, das mehr als Geld bedeutet, um einen Deal zu machen.“

Er nickte. „Deshalb investieren wir in Öl und Politik. Ein Großaktionär hat mehr Einfluss darauf, wohin eine Pipeline führt, als ein Ökoterrorist. Das Ohr des Politikers ist offener für einen Wahlkampfspender als für die Wählerschaft. Das System ist korrupt, klar. Aber das bedeutet nicht, dass alle Spieler darin es auch sein müssen.“

Ich legte meine Hand auf seine Brust und fühlte seinen Herzschlag. Er redete genauso leidenschaftlich wie Jayce über das alles. Kingston legte seinen Arm fester um mich und es knisterte zwischen uns.

„Sag mir etwas“, murmelte ich.

„Was?“

„Fühlst du die gleiche Anziehungskraft wie ich?“ Meine Stimme wurde heiser.

„Die Antwort darauf solltest du schon kennen.“ Seine Stimme war wie weicher Wein. Ich wollte ihn trinken.

„Warum sträubst du dich dann so?“

Er grinste und sah auf mich herab. „Vielleicht hasse ich es, wenn mir jemand sagt, was ich tun soll.“

„Vielleicht gibt es Dinge, gegen die man nicht rebellieren kann.“

Wir rückten näher zusammen, wie von einer

unsichtbaren Kraft angezogen. Er zog mich immer näher, bis ich praktisch auf seiner Brust lag. Jedes Wort, das wir sprachen, brachte unsere Lippen näher zusammen. Ein heißer Schauer lief mir über den Rücken, als mir die Erinnerung an unseren Kuss in der Kneipe in den Sinn kam.

„Das klingt sehr danach, als würdest du mir sagen, was ich tun soll", flüsterte er.

„Du tust nie, was dir gesagt wird?"

„Nie."

„Dann ... küss mich nicht."

Sein Mund war heiß und fest. Ich konnte den Trotz auf seiner Zunge schmecken und er war berauschend. Ich atmete seinen Duft ein und fuhr mit meinen Fingern durch sein Haar, als er meinen Körper gegen seinen drückte und meine Lippen mit seinem Mund formte.

Wir saßen noch immer nebeneinander, aber unsere Oberkörper waren zusammengepresst. Aber ich brauchte mehr als das – ich brauchte mehr Kontakt. Ich hatte Kingston erst einmal geküsst und ihn noch einmal zu küssen war, als würde ich eine zweite Dosis einer unglaublichen, gefährlich süchtig machenden Droge bekommen.

Ich gab ihm keine Chance, mich wegzustoßen, sondern kroch auf ihn, spreizte meine Beine über seinen schlanken Hüften und presste meinen Mund fest auf seinen. In der Sekunde, in der ich auf seinen Schoß sank, konnte ich genau spüren, was unser Kuss mit ihm machte, und ein Schauer von Sieg und Begierde kribbelte meinen Rücken hinab.

Er wollte das hier.

Er wollte mich.

Ich hätte wahrscheinlich nicht überrascht sein sollen. Schließlich war ich ein verdammter Sukkubus. Es war meine dämonische Kraft, die ihn genauso zu mir zog, wie sie mich zu ihm drängte. Aber er war so verdammt gut darin gewesen, mir zu widerstehen – er und Kai

– dass ich mich manchmal gefragt hatte, ob meine Sukkubus-Bindung vielleicht nur einseitig wirkte, wie eine Energieleitung, die nur in die eine Richtung fließt.

Aber was geschah im Augenblick mit Kingstons Energie? Nun, sein Schwanz ragte in meine Richtung und suchte offensichtlich sehnsüchtig nach einem Loch.

Gott sei Dank.

Ich rieb mich an der Härte, die gegen den Stoff seiner Hose drückte und neckte meinen pochenden Kitzler.

Sein Körper verkrampfte sich und er packte meine Haare fest, um meinen Mund von seinem zu ziehen, während seine Hüften gegen meine pressten. Seine dunkelgrünen Augen funkelten, als er mich zwang, seinem Blick zu begegnen und sein Gesichtsausdruck schwankte irgendwo zwischen Ehrfurcht und Wut.

„Wieso bist du so verdammt unwiderstehlich?"

„Das liegt an meiner bezaubernden Persönlichkeit", murmelte ich und lächelte schelmisch, als ich mich gegen seinen Griff an meinen Haaren stemmte und meine Zunge herausschnellte, um seine Lippen zu lecken.

Er stöhnte, ließ meine Haare los und legte seine Hände stattdessen auf meinen Hinterkopf, um seinen Mund noch einmal auf meinen zu drücken. Ich küsste ihn, als hätte ich vielleicht nie wieder die Gelegenheit dazu –

wer konnte schon sagen, ob ich das hätte – und schlang meine Arme um seinen Hals und presste meine Brüste an seine Brust.

Ich wollte ihn so verdammt dringend. Und der Beule nach, die gegen meinen Kitzler drückte, wollte er mich genauso. Es war egal, dass wir in der Gemeinschaftsumkleide waren, die jeden Moment jemand betreten konnte.

Ich hatte Jayce bereits in einem Schrank gefickt, also war eine leere Umkleide wohl nur der nächste logische Schritt, oder?

Ich griff zwischen uns und glitt mit meiner Hand in Kingstons Hose, bis ich seinen Schwanz fand. Er war hart und heiß und bereit für mich. Meine Pussy verkrampfte sich um nichts, hungrig und bedürftig. Aber es gab etwas, was ich noch mehr wollte.

Ich zog mich zurück, unterbrach unseren Kuss und stand von der Bank auf. Kingstons lustverhangene Augen weiteten sich überrascht über den Verlust meines Körpers, meiner Lippen. Aber als ich vor ihm auf die Knie sank, verdunkelte sich das Waldgrün seiner Iris und er biss sich auf die volle Unterlippe, während er mich mit Argusaugen beobachtete.

Mein Blick blieb auf den seinen gerichtet, als ich nach seiner Hose griff. Die Akzeptanz und das rohe Verlangen in seinem Gesichtsausdruck spornten mich an, als ich den Stoff weit genug an seinen Hüften herunterschob, um seinen Schwanz zu befreien. Er warf nicht einmal einen Blick zur Tür, obwohl er genauso gut wie ich wissen musste, dass unsere Privatsphäre hier nicht garantiert war.

Als ich seine dicke, schwere Länge in meiner Hand

hielt, löste ich endlich meinen Blick von seinem Gesicht und sah auf meine Belohnung hinab.

Oh Gott, er ist verdammt schön.

Ich wusste ehrlich gesagt nicht, ob es an meiner Sukkubus-Natur lag, dass ich solche Dinge mehr zu schätzen wusste, oder ob ich einfach das Glück hatte, an Männer mit tollen Schwänzen gebunden zu sein – zumindest die zwei, die ich gesehen hatte – aber der, den meine Finger nun umschlangen, war wirklich atemberaubend. Die Haut war samtweich, die Spitze breit und die Ader, die über die dicke Länge lief, war wie ein Leuchtfeuer, das nach meiner Zunge rief.

Verdammt, ich will ihn lecken. Ich widerstand dem Drang nicht, neigte meinen Kopf und streckte meine Zunge heraus, um sie über die pulsierende Vene zu ziehen. Kingstons Schwanz zuckte in meiner Hand und er fluchte leise, wobei er mein Haar wieder fast schmerzhaft packte.

Es gefiel mir trotzdem. Mir gefiel alles an dem, was gerade passierte. Also wiederholte ich es, streckte meine Zunge aus und fuhr mit der Spitze über die wütend pochende Ader. Dann tat ich es wieder und wieder und schnippte mit meiner Zunge ein wenig von einer Seite zur anderen.

Sein Griff in meinem Haar wurde fester und seine Hüften bewegten sich auf der Bank, als würde es ihn seine ganze Selbstbeherrschung kosten, nicht in mein Gesicht zu stoßen.

„Hör auf, ihn wie einen verdammten Lutscher zu lecken“, grunzte er schließlich angespannt. In seinem Ton lag eine Dosis Ärger, gemischt mit einem Hauch von

Humor und ich legte den Kopf leicht schief und klimperte durch meine Wimpern zu ihm auf.

„Ich mag Lutscher."

„Das sehe ich", knirschte er und diesmal stießen seine Hüften ein wenig nach vorn und drückten seinen Schwanz zu meinem Mund, zu meinen geöffneten Lippen.

Ich wich leicht zurück und ließ nur die Spitze meiner Zunge über seinen Schwanz gleiten, fuhr damit um seine Krone, bevor ich den kleinen Schlitz am Ende auf und ableckte. Der salzige Geschmack seiner Lusttropfen traf meine Zunge und mein Atem stockte, als mein Slip ganz feucht wurde.

Scheiße. Wen provoziere ich hier, ihn oder mich?

Mein Körper zitterte praktisch vor dem Drang, meine Lippen um ihn zu schlingen und so viel wie möglich von ihm in meinen Mund zu saugen – aber es machte mir zu viel Spaß, mit ihm zu spielen, um so leicht nachzugeben.

Ich fuhr mit beiden Händen an seinen Oberschenkeln hoch und runter, kratzte mit meinen Nägeln über die stählernen Muskeln, die ich unter dem Stoff seiner Hose fühlen konnte, als ich wieder zu ihm aufsah. „Was soll ich tun?"

„Du bist ein Sukkubus." Kingstons Mundwinkel zuckte und sein Gesichtsausdruck entspannte sich leicht, als er eine Augenbraue hochzog. „Folge deinem Instinkt."

Ein kehliges Kichern entfuhr mir und ich hörte auf, uns beide zu quälen.

Ich zog ihn in meinen Mund, bewegte meinen Kopf auf und ab, bedeckte seine Länge und nahm ihn jedes Mal tiefer. Ich zog meine Wangen ein und fuhr mit meiner Zunge bei jedem Schub über die Unterseite seines

Schwanzes und die Hand, die er immer noch in meinem Haar hatte, zitterte, als er stöhnte.

„Verdammt, Piper."

Der raue Klang seiner Stimme machte mich glücklich, irgendwie stolz. Ich hatte diese Wirkung auf ihn. Ich sorgte dafür, dass er fast die Kontrolle verlor.

Der Fairness halber musste ich sagen, dass mir noch kein Mann begegnet war, der es nicht mochte, einen geblasen zu bekommen. Aber das hier fühlte sich nach mehr an. Ich konnte fühlen, wie die Verbindung zwischen uns in der Luft wirbelte, und mit jedem tiefen Zug an seinem Schwanz, jedem Fluch und Stöhnen von seinen Lippen wurde die Verbindung stärker.

Und er war nicht der Einzige, der ein bisschen verrückt wurde. Ich hatte das Blasen nie besonders gemocht, aber das hier liebte ich. Ich konnte nicht genug von seinem Schwanz bekommen, von dem glatten Gefühl seiner Haut auf meiner Zunge, von den Konturen, die ich stundenlang erkunden wollte. Meine Hände griffen nach seinen Schenkeln und benutzten sie als Hebel, während ich mit meinem Mund über ihn fuhr und selbst ohne mich zu berühren, war ich kurz davor, zu kommen.

Ein schweres, volles Gefühl ließ meine Brüste schmerzen und als sich meine Innenwände rhythmisch verkrampften, als ob sie anstelle meiner Lippen um seinen Schwanz geschlungen wären, strahlten Freudenausbrüche von meinem Kitzler aus.

Kingston benutzte seinen Griff in meinem Haar, um meinen Kopf leicht zurückzuneigen, damit ich zu ihm aufschauen konnte. Seine Augen funkelten, als er mich ansah, und seine Zunge benetzte seine vollen, aristokratischen Lippen.

„Weißt du, wie oft ich an deine Lippen um meinen Schwanz gedacht habe? Wie oft ich mir in der Dusche einen runtergeholt und mir vorgestellt habe, dass ich deinen süßen Mund ficke? Oder deine Pussy? Deinen Arsch?"

Seine Nasenflügel flatterten, als er sprach, und er begann, stärker in meinen Mund zu stoßen. Ich entspannte meinen Kiefer, überließ ihm etwas die Kontrolle und er benutzte den Griff an meinen Haaren, um meine Bewegungen zu lenken. Mit jedem Stoß drang er tiefer in meine Kehle vor, aber er tat mir nie weh oder überschritt die Grenzen dessen, was ich ertragen konnte.

„Ich habe mir vorgestellt, dich in jeder erdenklichen Stellung zu ficken, in jedem Raum dieser verdammten Burg." Seine Stimme wurde leiser und krächzte angestrengt, als ich spürte, wie er unter meiner Zunge dicker wurde. „Ich habe mir vorgestellt, dich in diesem Zimmer ranzunehmen. An die Wand gepresst. Unter der Dusche. Auf dieser verdammten Bank."

Seine Worte waren wie flüssiges Verlangen, das direkt in meine Adern gespritzt wurde. Es war nicht nur das schmutzige Versprechen, das mich entzündete, es war ihre Wahrheit.

Er wollte mich. Er wollte mich vielleicht nicht wollen, aber zumindest war ich nicht die Einzige, für die die Anziehung zu stark war, um ihr zu widerstehen. Zumindest fühlte er die gleichen Dinge wie ich.

Und wenn es nach mir ginge, würden wir jede einzelne seiner schmutzigsten Fantasien wahrwerden lassen.

Mein Kitzler pochte stärker und ich konzentrierte mich

wieder auf seinen Schwanz, erzeugte Druck mit meinen Lippen und saugte, während ich auf seiner Länge auf und ab glitt.

„Verdammt ... Verdammt ... Verdammt!“

Sein letztes Wort wurde von einem Ruck seiner Hüften unterbrochen und dann explodierte er und überflutete meinen Rachen mit seinem Sperma. Der Klang, das Gefühl und der Geschmack brachten auch mich zum Höhepunkt. Ich kam direkt mit ihm, mein Kitzler zuckte und mein Kern verkrampfte sich, obwohl ich nie berührt worden war. Meine Welt explodierte in weißen Funken, als ich weiter an ihm saugte. Meine Bewegungen waren ruckartig und verzweifelt, während ich darum kämpfte, die Kontrolle zu behalten.

Er keuchte zitternd, als ich jeden Zentimeter seines Schwanzes sauber leckte und als ich mich schließlich von ihm löste, ließ er meine Haare los.

Wir sahen uns über den Meter, der unsere Gesichter trennte, an. Sein Schwanz war immer noch hart. Er war trotz der Intensität seines Orgasmus kaum weicher geworden und mein Körper begann bereits über all die erstaunlichen Dinge nachzudenken, die er mit diesem Ding machen könnte, wenn er noch nicht fertig war.

„Das war...“ Seine Brust hob und senkte sich ein paar Mal, als er versuchte zu Atem zu kommen. Dann schüttelte er den Kopf und schien es aufzugeben, Worte zu finden, um es zu beschreiben. „Vielen Dank.“

„Ich sollte dir wohl eher danken“, sagte ich und stand langsam auf. „Ich habe gerade das Gefühl, ich könnte einen Lastwagen hochheben.“

Mein Körper war so voller Energie, dass ich hätte schwören können, dass meine Haut leicht glühte.

„Deine Akkus sind also komplett aufgeladen?“, fragte Kingston, hakte seine Finger in meinen Hosenbund und zog mich an sich. Sein Blick wanderte zu meinem Kern hinab und ich wusste, dass er mich wahrscheinlich riechen konnte. Er roch, wie erregt ich war. Was es mit mir gemacht hatte, seinen Schwanz zu lutschen. „Was passiert, wenn du … zu viel Energie tankst?“

Seine grünen Augen hatten dieses neckende Glitzern und etwas Warmes entzündete sich in meinem Herzen, während das Verlangen wie ein Fluss durch mich rauschte.

„Ich glaube nicht, dass das möglich ist“, murmelte ich und ließ mich noch näher an ihn ziehen. „Ich habe nie genug.“

Seine Arme legten sich um meine Taille, als er mich wieder auf seinen Schoß zog und leise knurrte, bevor er mich küsste. Sein Schwanz war immer noch frei und als ich wieder auf seinen Hüften saß, trennte uns nur der dünne Stoff meiner Leggings. Aber die wäre leicht loszuwerden.

Ich rieb mich an ihm. Obwohl er gerade in meinen Mund gekommen war, war er steinhart unter mir und eindeutig bereit für mich.

Und ich hatte keine Witze gemacht. Ich bekam wirklich nie genug.

Unsere Körper begannen sich synchron zu bewegen, als wir uns lange, innig und leidenschaftlich küssten. Ich fragte mich, ob er sich auf meiner Zunge schmecken konnte, und der Gedanke machte mich noch mehr an. Ich packte den Kragen seines Shirts und wollte ihm sagen *Scheiß auf die*

Konsequenzen und einfach hoffen, dass unser Glück anhielt und uns niemand hier fand…

Da flackerten die Lichter.

Kingston und ich erstarrten und unterbrachen unseren Kuss, um uns überrascht anzuzwinkern. Panik stieg in meiner Brust auf. „Was jetzt?"

Dann wurde es dunkel um uns herum.

KAPITEL SIEBZEHN

Panische Schreie hallten draußen im Flur wider. Kingston packte meine Hand, rannte halb und stolperte halb auf den Tumult zu. Hier und da schwebten magische Lichter, aber sie reichten nicht, um uns ein Bild von der Situation zu machen.

Da sich die Kampftrainingshalle im Keller befand, gab es nicht einmal natürliches Licht, um die erdrückende Dunkelheit zu erhellen. Ich hörte ein Krachen zu meiner Linken und sah, wie eine Energiekugel rechts explodierte. Um uns herum herrschte Chaos.

„Was ist los?", schrie ich. Meine Stimme wurde von den hektischen Schreien aller um mich herum verschluckt, oder so dachte ich zumindest. Doch Sekunden nachdem ich geschrien hatte, spürte ich Kai neben mir.

„Das Licht ist ausgefallen", sagte er knapp. „Wir wissen nicht warum. Die Leute sind so nervös nach dem letzten Angriff, dass sie wegen nichts ausflippen. Owen untersucht die Wand. Bisher sind nur Studenten hier, keine Lehrer."

„Siehst du Jayce, Xero oder Hannah?" Seine

Vampirfähigkeiten gewannen in dieser Situation schnell an Wert.

„Hier entlang." Er nahm meine andere Hand und die Berührung sandte eine Lustwelle meinen Arm hinauf in mein Gehirn. Ich kämpfte nicht dagegen an oder genoss es zu sehr, sondern ließ es einfach geschehen. Seine Berührungen waren so selten, dass sie mich normalerweise ein bisschen high machten, aber im Augenblick war ich zu aufgeregt, um sie zu genießen.

„Jayce!", rief ich, sobald ich ihn spürte.

„Piper! Kannst du die Leute dazu bringen, sich verdammt nochmal zu beruhigen und damit aufzuhören, Dinge ohne Grund in die Luft zu jagen?" Jayce tastete im Dunkeln nach mir, schlang dann seine Arme um meinen Hals und küsste meine Stirn.

„Sie können mich nicht hören", sagte ich. „Ich kann nichts tun."

Ich war mir nicht sicher, ob das stimmte, aber die Panik, die von all den dunklen Gestalten um mich herum ausstrahlte, ließ mein Gehirn zittern. Ich konnte mich nicht genug konzentrieren, um meine Überzeugungskraft zu aktivieren und Hannah war immer noch irgendwo in dieser Menge verloren.

„Hier entlang", sagte Kai knapp.

Jayce bewegte sich hinter mir und behielt seine Hände auf meinen Schultern, als wir vorwärts drängten.

„Hey! Lass los!", platzte Hannah heraus, als wir sie endlich in der Menge fanden.

„Schon in Ordnung! Wir sind es." Ich tastete in der Dunkelheit nach ihrem Gesicht und stieß ihr dabei fast in die Augen. „Kai kann im Dunkeln sehen. Halt dich fest und komm mit uns, wir müssen Xero finden."

Mein Herz fing an wie wild zu klopfen. Xero war in den letzten Monaten das Ziel von so viel Hass gewesen, dass ich Angst hatte, jemand könnte den als Ausrede benutzen, um ihn zu verletzen – oder Schlimmeres.

Kai führte uns im Zickzack durch die Menge und rief Kommandos wie *Links*, *Rechts* oder *Duckt euch*. Letzteres half uns, einem verirrten Energieball auszuweichen, den irgendein Idiot blind abgefeuert hatte. Es musste dunkle Energie sein, denn ich konnte sie nicht sehen, aber ich konnte fühlen, wie sie mein Haar versengte.

„Wo zum Teufel ist er, Kai?" Ich hatte das Gefühl, wir hätten ein Riesenlabyrinth hinter uns gelassen, und die Wände bebten immer noch. Vor meinem inneren Auge sah ich, wie die ganze Burg über unseren Köpfen einstürzte, aber ich verdrängte die erschreckende Vorstellung aus meinem Kopf.

„Ich weiß nicht, ich kann ihn nicht sehen", knurrte Kai zwischen den Zähnen. „Bist du sicher, dass er hier unten war?"

Mein Herz blieb fast stehen. Er war überhaupt nicht in der Umkleidekabine gewesen. Ich hatte seinen warmen, feurigen Duft nicht wahrgenommen. Wieder fiel mir Hannahs Zettel darüber ein, dass ihn einige Studenten konfrontieren wollten. Was, wenn sie es getan hatten? Was, wenn er irgendwo zusammengeschlagen lag?

Kai war inzwischen stehengeblieben. Wir drängten uns im Dunkeln zusammen und rückten jedes Mal näher, wenn uns jemand anrempelte.

„Kommt schon!“ Der Vampir führte uns hastig den Weg zurück, den wir gekommen waren und machte dann ein paar scharfe Kurven. Schließlich hielt er inne, ließ meine Hand los und drückte meine Schultern, bis ich mit dem Rücken an einer kühlen, festen Wand stand. Die anderen schlossen sich mir Augenblicke später an, als Kai uns alle an der Wand aufreihte.

„Was machst du?“, fragte ich.

„Ich werde Xero holen“, sagte er knapp. „Rührt euch nicht.“

Wir hielten uns an den Händen, Kingston, Jayce, Hannah und ich. Das Chaos um uns herum hatte nur zugenommen. Der Boden bebte in rhythmischen Stößen und Licht flackerte hin und wieder in den Deckenlampen auf. Ich verfluchte die Dozenten dafür, wie langsam sie auf jeden Notfall reagierten. Wo zum Teufel war Beedle? Zumindest er hätte doch schon hier unten sein sollen, bevor das alles überhaupt anfing.

„Keine Bewegung!“ Tolands Stimme dröhnte irgendwie verstärkt durch die Dunkelheit und das Beben hörte fast sofort auf. „Es besteht kein Grund zur Panik.“

Er hatte leicht Reden. Ihm fehlte ja auch niemand, der an ihn gebunden war. Ich kaute auf meiner Lippe und wurde langsam wahnsinnig. Wo zum Teufel war Xero? Ich wollte mich gerade von der Wand lösen und hinter Kai in die Dunkelheit stolpern, als ich den reinen Duft von Feuer roch. *Xero.*

„Hab ihn.“ Kai stellte ihn neben Kingston an die Wand.

„Wo warst du?“, fragte ich.

„Im Umkleideraum der Dozenten«, sagte er leise. „Ich habe mich dort mit Beedle unterhalten. Ich hatte von den Gerüchten gehört, dass ich heute nach dem Unterricht überfallen werden sollte und erklärte Beedle, warum ich nach dem Training etwas länger bleiben würde. Wir kamen ins Gespräch."

Die Lichter über unseren Köpfen flackerten wieder auf und beleuchteten die Überreste des Kellers. Owen hatte in seiner Panik ein riesiges Loch in die Wand geschlagen, die die Trainingshalle von den labyrinthischen Korridoren trennte. Er sah sich um und blinzelte verlegen, als seine steinerne Dämonengestalt verschwand und nur seine menschliche Nerdgestalt zurückblieb.

„Bilden Sie eine Schlange im Mittelgang", befiel Toland.

Die Leute befanden sich immer noch in verschiedenen Phasen der Panik und hörten nicht zu. Kingston und ich wechselten einen genervten Blick. Unsere Gruppe bewegte sich geschlossen in Richtung des Mittelgangs und bahnte sich einen Weg durch Leute, die immer noch ausflippten.

Dann brüllte Toland und brachte den Raum zum Schweigen. „Alle herhören! Bilden Sie eine Reihe im Mittelgang! Sofort!"

„Wir sollen bestimmt wieder verhört werden", sagte irgendwo zu meiner Linken ein Mädchen. Ihre Stimme klang angespannt.

„Wir wissen bereits, was das Problem verursacht hat", sagte Toland laut über das Geplapper der Studenten hinweg. Er klang frustriert über die fehlende Ordnung, war aber nicht wütend, wie nach dem Überfall der Kobolde. „Die Stromkreise wurden während des Koboldangriffs beschädigt. Einige dieser Schäden blieben unbemerkt und verursachten einen Kurzschluss. Die Reparaturen sind in vollem Gange, wie Sie wahrscheinlich daran erkennen können, dass die Lichter wieder an sind. Stellen Sie sich in einer Reihe auf!"

„Wenn die Leute nur eine halbe Sekunde zuhören könnten, könnten wir alle hier raus", sagte Jayce. Ich hatte ihn noch nie so mürrisch erlebt und sah ihn überrascht an.

„Schau dir nur an, was sie getan haben", erklärte er. Seine Stimme zitterte, als er auf die Katastrophe deutete. „Ohne jeden Grund! Kannst du dir vorstellen, was diese Meute während wiederholter Stromausfälle tun würde?" Er rieb sich mit der Hand übers Gesicht und stöhnte.

Es dauerte viel zu lange, aber schließlich hatte Toland alle unter Kontrolle. Er und seine Assistenten teilten uns in zwei Gruppen auf: diejenigen, die einen Besuch in der Krankenstation brauchten und die, die unverletzt waren. Die zweite Gruppe bekam für den Rest der Stunde frei, was mir sehr gelegen kam, denn ich war extrem beunruhigt, obwohl ich den Grund dafür nicht genau benennen konnte.

Ich verstand einen Teil davon. Zum einen glaubte ich definitiv nicht, dass die Schule Schäden einfach unbemerkt lassen würde. Selbst wenn sie etwas übersehen hatten, konnte ein Kurzschluss nicht so lange dauern. Irgendetwas stimmte hier nicht und ich wollte sehen, ob die anderen das auch seltsam fanden.

Als wir endlich aus dem Keller entlassen wurden, wollte ich nur nach oben. Egal wohin. Ich fühlte mich unglaublich klaustrophobisch und brauchte frische Luft. Hannah war mit einer verbrannten Hand auf die Krankenstation geschickt worden, aber die Jungs blieben alle vier dicht bei mir.

„Hannahs Turm?", schlug Jayce vor.

Ich schüttelte den Kopf. „Aufs Dach. Ich brauche

Platz."

Niemand widersprach und ich fragte mich, ob ich sie versehentlich überredet hatte, aber ich schüttelte den Gedanken ab. Ich hätte es gespürt – ich wurde besser darin, meine Kräfte zu kontrollieren und es war nicht wirklich etwas, was ich aus Versehen tun konnte.

Die Treppe schien meilenweit weiterzugehen, vorbei an der Etage mit den Schlafzimmern und der Dachbodenetage, bis sie zu einer Tür gelangte, die auf das Dach führte. Es gab nicht so viel Schnee, wie ich erwartet hatte, was schön war. Auf der Innenseite der Schutzmauer verliefen kurze Simse und ich führte die Gruppe zu einem, um uns zu setzen.

„Okay, Hände hoch, wer glaubt, dass die Kobolde einen Kurzschluss verursacht haben, der monatelang unbemerkt geblieben ist", sagte Kingston, sobald wir alle saßen.

Niemand rührte sich.

Kingston nickte. „Das dachte ich mir. Also war es Sabotage?"

„Sie waren sich ja nicht einmal sicher, ob der Kobold-Überfall nicht nur ein reiner Unfall war", sagte ich. „Vielleicht ist dieser Ort einfach so alt, dass er allmählich auseinanderfällt."

„Sie waren sich sicher, dass es kein Unfall war", sagte Xero leise. „Vertrau mir."

Mein Herz schmerzte vor Mitleid und Wut und mein Beschützerinstinkt meldete sich wieder in meiner Brust, aber ich hatte keine Ahnung, wie ich ihn ausdrücken sollte. Ich ballte meine Faust und starrte über die Brüstung.

„Ich glaube, es war Sonja", sagte ich.

Jayces Augen weiteten sich überrascht. „Wirklich? Ich

weiß nicht, das scheint mir übertrieben. Sie hat jedem erzählt, dass sie dich verdächtigt. Wie sollte sie dich verdächtigen, wenn sie dahintersteckt."

Kingston und ich wechselten einen kurzen Blick.

„Das stimmt, aber sieh es doch mal so: Wenn sie es war, dann liegt ihr daran, den Verdacht so schnell und so effektiv wie möglich von sich abzulenken. Sie würde die Aufmerksamkeit von sich fortlenken wollen, damit sie nicht verdächtigt wird." Ich sprach so sanft wie möglich und bewunderte Jayce im Stillen dafür, dass er so unschuldig war.

Reuevolle Erkenntnis dämmerte seinem Gesicht. Ich hasste es, Jayces Weltbild zu zerstören, aber wir konnten es uns nicht leisten, naiv zu sein.

„Sie könnte dich beschuldigen", sagte Kingston und nickte. „Es würde Sinn machen, da sie einen Groll gegen dich hat."

„Sie hat versucht, meinen Ruf, mein Selbstvertrauen und sogar meine Einschreibung zu sabotieren. Weißt du, dass sie die Hüter dazu gedrängt hat, uns in die Unterwelt zu schicken, bevor sie überhaupt eine Chance hatten, uns die Alternative anzubieten? Sie hat es vom ersten Moment an auf mich abgesehen."

„Okay", sagte Jayce langsam. „Aber das sind nur Vermutungen, oder? Ich meine, ich vertraue dir, Piper, aber wenn du keine Beweise hast, tust du dann nicht dasselbe wie sie?"

Ich dachte einen Moment darüber nach, dann schüttelte ich den Kopf. „Das sind nicht nur Vermutungen. Ihre Kumpaninnen haben mich an dem Tag, an dem die Kobolde freigelassen wurden, im Kampftraining in die Enge getrieben, aber eine von ihnen fehlte. Das klingt für mich nicht nach einem Zufall."

„Und Sonja hat heute gegen dich gekämpft", fügte Kingston hinzu. „Vielleicht hat sie sich ein Alibi besorgt, während ihre Freunde die Lichter sabotiert haben?"

„Kling logisch für mich", sagte ich.

Jayce runzelte die Stirn. „Ich weiß nicht. Wir haben keine Beweise."

„Sie hasst uns", sagte Kai langsam. „Aber hasst sie uns genug, um die ganze Uni einstürzen zu lassen, nur um uns loszuwerden?"

„Ich weiß es nicht. Vielleicht. Einige der Dinge, die sie gesagt hat, lassen mich denken, dass sie nicht begeistert davon ist, wie die Hüter die Dinge hier händeln. Vielleicht ist das hier nur der Anfang von etwas Größerem. Sonja macht dieses Jahr ihren Abschluss, oder? Und dann würde sie bei den Hütern arbeiten. Sie könnte all die Vorfälle nutzen, um sie als schwach hinzustellen und zu sagen: ‚Eure Methoden funktionieren nicht, deshalb müssen wir die Dinge auf meine Art machen.'"

Noch während ich sprach, hoffte ich, dass ich mich irrte, aber es ergab zu viel Sinn, als dass wir es einfach ignorieren konnten.

„Und ihre Art wäre es, die Leute direkt in die Unterwelt zu schicken, wenn sie ihr nicht gefallen", sagte Jayce mit einem Zucken.

Ich nickte. Wir saßen eine Weile schweigend da.

„Wie auch immer", sagte Xero leise. „Wir sollten von nun an alle sehr, sehr vorsichtig sein."

Seine großen braunen Augen sahen so traurig aus, dass es mir fast das Herz brach.

KAPITEL ACHTZEHN

Hannah war in der nächsten Stunde wieder im Unterricht, was eine Erleichterung war. Ihre Hand war verbunden und sie sah ein wenig mitgenommen aus, aber zumindest hatte sie keine Schmerzen. Sie warf mir ein kurzes Lächeln zu, als ich mich neben sie setzte, aber das Lächeln erreichte ihre Augen nicht. Es war nicht nur sie; alle im Raum standen unter Schock. Es wurde viel geflüstert und geheime Zettel wurden raschelnd zwischen den Schreibtischen umhergegeben.

Selbst die Dozentin war abgelenkt. Jewel, die Professorin für Menschliche Beziehungen, war eine winzige Frau mit wirrem Haar und einer großen Brille. Sie saß auf ihrem Schreibtisch im vorderen Teil des Raums und starrte auf den Boden. Ich war ein paar Minuten zu spät zum Unterricht gekommen, aber es sah nicht so aus, als hätte ich etwas verpasst.

„Ähm ... Lassen Sie uns die Anwesenheitsliste durchgehen", sagte sie zerstreut. Sie hielt die Liste hoch, um sie zu lesen, dann legte sie sie wieder hin und sah einfach nur in die Runde. Ihre Augen füllten sich mit Tränen. „Nun, Sie sind alle hier. Das ist gut. Keine Verletzten? Ach doch, ein paar von Ihnen. Es tut mir so leid."

Sie schniefte ein wenig und legte einen Stapel Papiere auf ihren Schreibtisch. Sie nahm den Lehrplan und legte ihn wieder beiseite, dann nahm sie das Handbuch, aber auch das legte sie wieder weg und seufzte.

„Okay. Wozu mache ich mir überhaupt die Mühe? Niemand wird sich an das erinnern, was wir heute besprechen." Sie steckte ihre Finger unter ihre Brille, um ihre tränenden Augen zu reiben. „Aber da wir nun mal Unterricht haben, können wir uns auch unterhalten. Eins kann ich Ihnen versichern, liebe Studenten: Bis zum Angriff der Kobolde hätte ich geschworen, dass diese Uni der sicherste Ort auf der Welt für Gefallene ist. Aber jetzt – nach dem Angriff und dem Chaos heute da unten – bin ich mir nicht mehr so sicher."

„Aber wir haben immer noch nur die Wahl zwischen hier und der Unterwelt, oder?" Die Stimme des Fragestellers klang rau und gezwungen, so als hätte er Angst und versuchte sehr, sie nicht zu zeigen.

„Ich fürchte ja. Die Hüter werden nicht zulassen, dass Gefallene auf dem ganzen Planeten herumlaufen, das ist ja gerade das Ziel ihrer Organisation. Gott, ich wünschte, wir könnten etwas tun."

Die Leute fingen an, miteinander zu reden, und sie hielt sie nicht davon ab. Sie begann ein Gespräch mit dem Fragesteller und der Person, die neben ihm saß. Ich nutzte die Gelegenheit, um mit Hannah zu sprechen.

„Ich glaube, Sonja versucht, mich und meine Jungs zu beschuldigen", sagte ich leise. „Ich glaube, sie hat das getan und ich glaube, sie hat die Kobolde freigelassen. Sie oder ihre Handlanger."

Hannah runzelte wie Jayce die Stirn. „Piper, ich weiß, dass du ein paar Probleme mit ihr hast, aber..."

„Ich habe nichts als Probleme mit ihr. Seit dem Tag, an dem sie uns geholt hat, hat sie beschlossen, mich zu hassen, erinnerst du dich? Ich glaube, sie ist immer noch sauer, dass sie diesen Typen nicht zwingen konnte, uns in die Unterwelt zu schicken. Ich denke, sie bereitet sich auf eine Führungsposition bei den Hütern vor und versucht, ein Exempel an mir zu statuieren."

Hannah sah einen Moment nachdenklich aus. „Ich denke, das ist möglich. Aber wie können wir uns sicher sein und was wirst du tun, wenn es stimmt?"

Ich schüttelte den Kopf. Ich hatte keine Ahnung, wie ich diese Fragen beantworten sollte, aber ich wusste, wer eine Idee haben könnte. Als der Unterricht für diesen Tag beendet war, machte ich mich auf die Suche nach Kingston. Vielleicht hatte sein Vater ihn zu einem ethisch korrekten Geschäftsmann erzogen, aber er war immer noch ein Geschäftsmann. Er konnte mehrere Schritte voraus denken, was genau das war, was ich tun musste.

Es dauerte eine Weile, bis ich ihn fand. Er lag versteckt auf einem winzigen Balkon in der Bibliothek, zusammengerollt in einem Sessel und las in einem dicken Buch. Er strich mit einem Finger über die Seite, als würde er auf einem Tablet scrollen. *Manche Gewohnheiten wird man scheinbar schwer wieder los.*

„Kingston", rief ich leise, als ich die letzten Stufen hinaufstieg.

Er zuckte zusammen, erschrak und ließ beinahe sein

Buch fallen, bevor er es eilig schloss. Er steckte es hinter sich und rutschte auf dem Stuhl vor.

„Ja? Was gibt es?", fragte er barsch.

„Äh ... was versteckst du da?"

„Ein Buch."

„Und warum versteckst du ein Buch? Hast du Angst, dass ich herausfinde, dass du lesen kannst? Zu spät, mein Freund, der Zug ist abgefahren."

Er seufzte und rieb sich die Schläfen. „Brauchst du etwas? Ich bin beschäftigt."

Ich runzelte verblüfft die Stirn. Ich hatte gedacht, dass sich die Dinge zwischen uns nach der Sache in der Umkleidekabine geändert hätten – nicht nur physisch, sondern auch emotional. „Okay, habe ich mir nur eingebildet, was heute Morgen passiert ist, oder...?"

„Piper! Brauchst du etwas oder nicht?"

Ich zuckte mit den Schultern. „Nein. Bis demnächst."

Er sagte nichts mehr, als ich die Treppe hinunterstürmte. Was zum Teufel war sein Problem? Wir waren wieder ganz am Anfang und jetzt hatte er auch noch Geheimnisse vor mir. Nicht gut. Ich überlegte, wie ich an dieses Buch gelangen könnte, als mir klar wurde, dass ich auch überlegte, wie ich Sonja überführen könnte, ganz zu schweigen davon, dass ich über die Gliederung meines Aufsatzes, der am Montag fällig war, nachdachte. Meine Güte, wenn ich über noch mehr Dinge gleichzeitig grübeln würde, würde ich zu einem fiesen Schurken werden.

Ein paar Tage später, als die Spannung in der Schule gerade nachgelassen hatte, war ich mit einer Studentin des dritten Jahres wieder im Kampftraining. Sie hatte es geschafft, ihre Macht in ein Energieschwert zu bündeln. Es machte Spaß, ihm auszuweichen, aber es war auch höllisch einschüchternd.

Wir hatten einen guten Rhythmus gefunden und feilten an unseren Fähigkeiten, als Dru in den Raum stürmte. Ich hatte ihn nicht mehr gesehen, seit er mich in die Uni gebracht hatte.

Oh Gott, was ist jetzt passiert?

Ich war lange genug abgelenkt, um einen schwachen Schlag direkt auf den Brustkorb abzubekommen. Meine Sparringspartnerin holte aus, um wieder zuzuschlagen, als Dru ihren Namen rief. Sie erstarrte mitten in der Bewegung.

„Was gibt es, Dru?"

„Die Gefallenen sind sehr aktiv", sagte Dru leise, als er uns erreichte. „Hallo, Piper. Jedenfalls brauchen wir Freiwillige für Feldeinsätze."

„Ich schätze, ihr akzeptiert nur Freiwillige aus dem dritten Jahr?" Ich wäre gern mal hier rausgekommen, aber meine Hoffnung war vergeblich.

„Ja, tut mir leid. Wie auch immer, Liesel, hilfst du uns?"

„Natürlich", sagte sie mit einer kleinen Verbeugung. Dann wandte sie sich mir zu. „Wir holen das hier nach."

„Auf jeden Fall."

Ich sah sie gehen. Fünf weitere Studenten aus dem dritten Jahr folgten Dru und Liesel aus der Tür und ich fragte mich, wie viele Freiwillige sie wohl für diese Mission brauchten. Wie viel Unheil konnten die Gefallenen anrichten, bevor die menschlichen Nachrichtensender Wind davon bekamen, dass etwas nicht stimmte?

Zum ersten Mal seit meiner Ankunft vermisste ich meinen Internetzugang. Mit ein paar gut formulierten

Suchanfragen hätte ich herausfinden können, was in der Menschenwelt vor sich ging. Hierzubleiben und mich fragen zu müssen, was wohl los war, würde mich verrückt machen, und jetzt hatte ich nicht einmal mehr einen Sparringspartner, mit dem ich etwas Dampf ablassen konnte.

Ich sah mich im Raum um, um zu sehen, wer noch ohne Partner geblieben war. Als ich die Person entdeckte, nach der ich gesucht hatte, grinste ich. Ich änderte mein Aussehen so weit, dass er nicht sofort versuchte, mir auszuweichen, und schlenderte in meiner frischen Verkleidung zu ihm herüber. Ich belegte dieses Semester einen Morphologie-Kurs– der nicht mit Morphologie vergleichbar war, die ich am College belegt hatte – und ich war wirklich gut darin geworden, nach Belieben jedes Gesicht aufzusetzen, das ich wollte.

„Brauchst du einen neuen Partner?“, fragte ich mit einer Stimme, die tiefer war als meine.

„Ja, mein Partner ist losgezogen, um die Welt zu retten“, sagte Kingston trocken, als er sich umdrehte. „Ich habe dich noch nie gesehen, oder? Bist du normalerweise in einer anderen Gruppe?“

„Wie wär's, wenn wir trainieren, statt zu reden.“

„Einverstanden.“ Er nahm eine Paradehaltung ein und verriet damit sofort seinen sozialen Stand. Niemand außer einem ausgebildeten Fechter stellte sich so auf. Ich nahm ebenfalls Haltung an.

„Drei, zwei, eins“, sagte er und schlug mir sofort ins Gesicht.

Als er auf mich zusprang, begann der Boden zu beben, was uns beide aus dem Gleichgewicht brachte und mich ablenkte. Ich nahm gerade wieder meine normale Gestalt an, als er auf mir landete. Ich klammerte mich an ihn, während der Raum um uns herum bebte. Studenten schrien, als über ihnen Steinbrocken von der Decke fielen.

„Warum passiert das immer in meinem Unterricht?", brüllte Beedle von irgendwo links von mir.

Die Lichter gingen aus und ich hielt den Atem an, aber sie flackerten fast sofort wieder auf. Kingston löste sich mit einem anklagenden Blick von mir, doch dann erschütterte ein Nachbeben den Raum und er warf sich schützend auf mich.

„Verdammt, Piper!"

„Was? Ich habe das verdammte Erdbeben nicht ausgelöst!"

Drei weitere schwächere Nachbeben erschütterten die Wände. Als sie vorbei waren, blieben alle wie erstarrt, wo sie waren. Dann fing ein Mädchen an, hysterisch zu weinen und Chaos brach aus.

„Ich habe die Hysterie wirklich satt", knurrte Kingston.

„Ich auch."

„Und nun?" Er zog seinen Kopf ein wenig zurück, um erwartungsvoll auf mich herabzublicken.

„Nun was?"

„Wirst du es in Ordnung bringen?" Er stieß sich von mir ab und stand fordernd auf.

„Das kann ich leider nicht, mein Guter. Ich habe nicht genug Energie."

Er spitzte die Lippen und blickte finster drein. Ich zuckte mit den Schultern, als die Studenten wild um uns herum rannten. Er schnaubte, rollte mit den Augen und gab mir den verhaltensten Kuss, den man sich vorstellen kann.

Ich zog eine Augenbraue hoch. Er machte ein Geräusch zwischen einem frustrierten Seufzer und einem wütenden Stöhnen, packte mich an der Taille und küsste mich heftig. Nun strömte Kraft aus seiner Berührung in mich. Meine Haut summte und mein Blut kochte. Als er mich losließ, hätte ich schwören können, dass meine Augen glühten.

„Na bitte“, keuchte ich. Mein selbstgefälliger Ton wurde durch das Verlangen darunter etwas ruiniert. „War das denn so schwer?“

Verstohlen blickte er auf seine Hüften. Ich lachte, dann schüttelte ich den Kopf.

Hallo Überzeugungskraft. „Beruhigt euch alle! Atmet tief durch!“

Die Leute begannen zu hyperventilieren und ich schlug mir die Hand vors Gesicht.

„Gut gemacht, Piper.“

„Atmet tief und langsam durch! Ihr seid in Sicherheit! Alles ist gut!“ Gott, es war schwer, zu so vielen Leute auf einmal durchzudringen. Ich konnte ihre Gedanken mit meinen spüren, als würden kleine Energieranken aus meinem Schädel greifen und ihre streicheln. Das gab mir Kopfschmerzen.

„Gut“, knurrte Beedle. Er war links hinter mir aufgetaucht. „Jetzt bringen Sie sie hier raus, ohne dass sie sich gegenseitig zertrampeln.“

„Mist. Kingston...“ Ich streckte die Hand nach ihm aus und er hielt meine Hand. Meine Kopfschmerzen ließen gerade so weit nach, dass ich die Anweisung weitergeben konnte. „Bildet eine Reihe und geht nacheinander nach draußen. Steigt die Treppe hinauf.“

Sie taten, was ihnen gesagt wurde, aber sobald sie außer

Reichweite waren, gerieten sie wieder in Panik. Das Flüstern wurde erst zu Gemurmel und dann zu panischen Rufen. Ich sackte gegen Kingston und saugte seine Energie durch die einfache Berührung. Es war wie Osmose oder so und es half mir, mich wieder aufzurichten.

Wir gingen selbst nach oben, sobald alle anderen die untere Haupthalle verlassen hatten. Oben angekommen, wurde mir klar, dass sich alle im Auditorium versammelten. Ich hörte Tolands ruhige, tiefe Stimme, konnte aber nicht verstehen, was er sagte, bis wir den Saal betraten.

„Ich verstehe Ihre Sorge", sagte er. „Aber es war ein simples Erdbeben. Wir sind hier schließlich in den Bergen, wie Sie wissen."

„Hat es an dieser Uni schon je einmal ein Erdbeben gegeben?", fragte jemand.

„Bestimmt", sagte der Schulleiter ruhig.

„Das glaube ich Ihnen nicht", platzte jemand anderes heraus. „Erst die Kobolde, dann der Stromausfall und jetzt das? Es ist zu viel, um Zufall zu sein. Wir werden angegriffen, nicht wahr?"

Panische Schreie folgten auf die Frage. Toland hob die Hände, aber er wurde weiter mit Fragen bombardiert und niemand war mit seiner Erklärung zufrieden.

„Genug. Genug!", brüllte er schließlich.

Der Raum wurde langsam still, aber ein Dauergemurmel blieb. „Zufälle passieren. Alles ist gut. Der Unterricht ist nicht abgesagt, also schlage ich vor, dass Sie alle in Ihre Vorlesungsräume zurückkehren."

Wütende Rufe antworteten ihm. Er schlug mit der Hand auf das Pult, so dass es durch den Raum donnerte.

Sofort verstummten alle. Tolands Gesicht wurde blass, als hätte ihn diese Magie sehr verausgabt.

„Ich sagte, kehren Sie in Ihre Vorlesungsräume zurück." Seine Stimme war gefährlich leise. „Ich habe genug von dieser Hysterie."

Das wirkte. Alle fingen an, nach draußen zu gehen und sich auf den Weg zu ihrem nächsten Fach zu machen. Ich blieb einen Moment zurück und musterte Toland. Er sah besorgt aus. Sehr besorgt und obendrein erschöpft. Wenn er wirklich glaubte, dass das alles ein Zufall war, dann war ich die Königin von England.

Als ich mich umsah, war Kingston schon wieder verschwunden. Verdammt. Ich hatte es wirklich satt, dass dieser Mann mir aus dem Weg ging.

KAPITEL NEUNZEHN

Die nächsten Wochen verliefen unruhig. Immer noch wurden Studenten aus dem dritten Jahr aus dem Unterricht geholt, um den Hütern im Feld zu helfen und mir fiel auf, dass Sonja häufiger in der UG zurückblieb war als andere. Es hatte keine größeren Katastrophen mehr gegeben, aber viele kleinere.

Eines der großen Badezimmer im Erdgeschoss war fünf Tage lang gesperrt gewesen. Anscheinend waren die Rohre geplatzt und hatten ein riesiges Erdloch im Keller ausgespült, und selbst mit Magie hatte es ewig gedauert, das Chaos zu beheben. Im Keller war eine Säule eingestürzt, genauso wie der Boden darunter. Es hätte leicht zu einer Katastrophe werden können, aber der arme Beedle bemerkte das Problem zum Glück rechtzeitig. Tatsächlich schien immer ausgerechnet in seinem Unterricht etwas zu passieren.

„Glaubst du, es liegt daran, dass er im Keller ist?“, fragte ich Hannah eines Morgens beim Frühstück. „Vielleicht sinkt Magie auf den Grund und bleibt dort, bis sie in seiner Trainingshalle Chaos anrichtet?“

„Das glaube ich nicht.“ Sie rümpfte die Nase. „Ich glaube nicht, dass Magie so funktioniert. Sie wiegt nicht viel.“

„Das tut Asche auch nicht, aber irgendwann rieselt sie immer zu Boden“, erwiderte ich.

„Vielleicht hat der Keller etwas mit der Sache zu tun“, sagte sie und ignorierte meine völlig gültige Aussage einfach. Ich streckte ihr die Zunge raus, aber auch das ignorierte sie.

„Ich meine, was ist, wenn jemand an etwas herankommen will, das im Keller ist? Oder was ist, wenn jemand von unten versucht einzubrechen? Ich habe irgendwo gelesen, dass diese Berge von Höhlen und Tunneln durchzogen sind, die noch nie jemand kartiert hat, nicht einmal mit einem Sonar. Oder einem Radar oder was auch immer sie für die Erde verwenden. Glaubst du, jemand versucht, uns von unten anzugreifen? Indem er durch den Berg gräbt oder so?“

„Aber wer?“, fragte ich frustriert. „Wer auch immer es ist, muss jemanden hier drinnen haben. Man kann keine Kobolde freilassen, ohne ihre Gläser aufzudrehen, oder? Außerdem wäre ein Angriff von unten idiotisch. Diese Burg muss so viel wiegen wie ganz Seattle. Wie wollen sie verhindern, zerquetscht zu werden?“

„Es gibt Möglichkeiten“, sagte sie achselzuckend. „Aber wahrscheinlich hast du recht. Sie müssten zum einen wissen, wo die Schule ist, dann müssten sie diese Tunnel gut genug kennen, um sich nicht zu verirren, es müsste einen Tunnel in Reichweite der Schule geben und sie müssten in der Lage sein, zu verhindern, dass der Tunnel einstürzt, sobald sie unter der Schule angekommen sind."

Wenn sie es so formulierte, schien es mir gar nicht mehr so weit hergeholt. Ich runzelte die Stirn. „Aber du hältst das für unwahrscheinlich?"

„Ja, wenn ich es durchdenke, schon. Dafür waren die Angriffe zu ungeschickt, fast amateurhaft."

„Und du weißt, wie professionelle magische Sabotage aussieht?" Ich stupste sie mit meinem Ellbogen an.

Sie grinste mich an. „Natürlich, ich passe schließlich im Unterricht auf."

„Auch wieder wahr. Apropos Unterricht, wir sollten besser gehen."

Abgesehen von der Anspannung in den Fluren und im Klassenzimmer, die zu einer Konstante geworden war, verlief der Tag bis zum Mittagessen wie gewohnt. Dreimal erwischte ich Sonja dabei, wie sie meine Gruppe anstarrte und alle drei Male sah sie weg, sobald sich unsere Blicke trafen. Aber sie sah nicht genau mich an, sondern hatte Xero ins Visier genommen, was meine Nackenhärchen kribbeln ließ. Xero selbst schien es nicht zu bemerken, worüber ich froh war. Er fühlte sich ohnehin schon wie ein Außenseiter hier und ich wollte nicht, dass er erfuhr, dass er wieder einmal hervorgestochen worden war.

Nach dem Mittagessen trennte ich mich von den anderen, um zu meinem nächsten Fach zu gehen. Als ich alleine durch den Flur ging, hörte ich Sonjas Stimme um die Ecke. Sie war leise, fast geheimnisvoll. Ich wollte hören, was sie sagte, aber sobald sie mich sähe, würde sie verstummen, also verwandelte ich mich in jemand anderen und schlenderte völlig uninteressiert um die Ecke.

„Er hat es nicht einmal verdient, hier zu sein", sagte Sonja. „Was glaubt ihr, wie viele Menschen er gefoltert hat, als er in der Unterwelt war? Was glaubt ihr, wie viele Informationen er Gavriel zukommen lässt? Er könnte schon alle Geheimnisse der Uni verraten haben. Ich weiß nicht, warum sie ihn nicht längst verhaftet haben. Es ist doch total offensichtlich, oder?"

„Ja", sagte eine ihrer Handlangerinnen.

„Total." Eine andere nickte energisch mit dem Kopf.

„Ich meine, seine Vergangenheit sagt alles, was man wissen muss. Und dann dieser Name ... Xero", kicherte eine Dritte.

Ich musste schneller gehen, bevor ich mich verriet. Wut überrollte mich wie glühende Elektrizität. Ich wischte mir übers Gesicht, das nass von Tränen war. Xero war zu allen an dieser verdammten Uni immer nett gewesen. Er war intelligent, sensibel und höflich. Was konnten sie ihm überhaupt vorhalten? Seine traumatische Vergangenheit? Die Vorstellung, dass seine süße Seele beim fauligen Gavriel gefangen gewesen war, tat mir im Herzen weh.

Ich tat für den Rest des Tages mein Bestes, um mich zu konzentrieren, aber ich konnte nur noch darüber nachdenken, wie ich beweisen sollte, dass Xero nicht das Monster war, für das ihn alle hielten. Ich wollte ihm zeigen, dass er geliebt wurde und liebenswert war. Er sollte wissen, dass zumindest ich ihn so sah, wie er wirklich war.

Das Verlangen brannte so heiß in meiner Brust, dass ich dachte, es würde meine Tunika in Brand stecken. Es war anders als das, was ich für die anderen empfand. Natürlich hatte es eine sexuelle Komponente, aber dieses Verlangen verblasste im Vergleich zu der Heftigkeit meiner anderen

Emotionen. Ich hatte noch nie in meinem Leben so stark für jemanden empfunden und das erschreckte mich.

Es erschreckte mich so sehr, dass ich direkt nach dem letzten Fach an diesem Tag losrannte, ohne auch nur eine Sekunde lang nachzudenken.

KAPITEL ZWANZIG

Ein ganzes Kaleidoskop an Emotionen schillerte in mir, als ich Xeros Tür erreichte. Hannah und ich waren zwar Mitbewohnerinnen, aber nicht jeder hier teilte sich ein Zimmer mit jemand anderem und ich wusste, dass der Feuerdämon seinen eigenen Raum hatte. In diesem Moment kam mir das nur wie ein weiterer gezielter Versuch vor, ihn von den anderen abzuschotten.

Er öffnete mir, bevor ich auch nur klopfen konnte. Anscheinend spürte er meine Anwesenheit. Ich fragte mich, ob mich alle vier so spüren konnten – ob sie einander spüren konnten. Dann hörte ich auf, mir Fragen zu stellen, denn ich war bereits in seinen Armen und mein Mund presste sich auf seinen. Ich gab so viel wie ich nahm, schüttete mich aus, um zu versuchen, seine Verletzungen auf die einzige Weise zu heilen, die ich kannte.

Der Feuerdämon versteifte sich vor Überraschung für einen Moment, aber mein Kuss war weder heftig noch gewalttätig. Er war keine Forderung.

Er war ein Angebot.

Und er nahm es an.

Seine Arme schlangen sich um mich und er erwiderte meinen Kuss so tief und verzehrend, dass ich dachte, wir könnten beide aneinander ertrinken. Die Sukkubuskraft, die meinen Körper durchzog, freute sich über die Verbindung unserer Lippen, aber hier ging es um so viel mehr. Es ging darum, Xero zu zeigen, dass ich ihn hierhaben wollte, dass ich ihm vertraute und mich um ihn sorgte und dass ich mich nach ihm sehnte.

Er streckte eine Hand aus, um die Tür hinter uns zuzuschieben und als ich den dumpfen Schlag hörte, drückte ich leicht gegen seine Brust und führte ihn zu seinem Bett. Er setzte sich und ich kroch auf seinen Schoß. Unsere Lippen waren immer noch zu einem genüsslichen Kuss verschmolzen, der von einem tiefen Feuer unserer Begierde angeheizt wurde.

Xero war eine faszinierende Mischung aus Weichheit und Härte, aus Sanftmut und Stärke, Gewalt und Frieden.

Er war buchstäblich durch die Hölle gegangen und war aus diesem Erlebnis verändert herausgekommen.

Sie hatte ihn nicht zu einem schlechteren Menschen gemacht, sondern zu einem besseren.

Er hatte das Böse gesehen, bei ihm gelebt und sich für das Gegenteil entschieden. Er war wahrscheinlich ein viel besserer Mann, als ich verdient hatte, aber das war der Sukkubus-Magie, die uns verband, egal. Und Xero war es vielleicht auch egal, denn er zog mich dicht an seinen Körper und küsste mich, als wäre ich das Wertvollste auf der Welt.

Ich zog meinen Kopf etwas zurück und nahm sein Gesicht in meine Hände. Meine blassen Finger lagen auf seiner dunklen Haut. Seine schönen, dunklen Augen, die aus der Nähe voller Farben waren, funkelten, als er mich ansah.

„Ich will dich, Xero", murmelte ich. „So sehr. Aber nur, wenn du mich auch willst."

Jayce hatte sich kopfüber in die Verbindung gestürzt, die wir teilten. Er war bereit gewesen, herauszufinden, was sie bedeutete. Kai schien immer noch kurz davor zu sein, sich einen Arm abzuschneiden, wenn es ihn nur von meiner Sukkubus-Bindung befreien könnte, und Kingston? Dieser verdammte Mann war unmöglich zu lesen – in der einen Minute war er heiß und dann war er plötzlich wieder kalt wie ein Glas Eiswasser.

Xero hatte sich der Bindung weder aktiv widersetzt noch ihr nachgegeben. Er hielt sich in meiner Nähe, speiste so meine Sukkubuskraft und in den letzten Monaten waren wir ... Freunde geworden.

Aber das bedeutete nicht, dass mein Körper jemals aufgehört hatte, sich nach ihm zu sehnen und dass nicht jedes Mal Hitzefunken in mir aufflammten, wenn er mich berührte. Und es hielt mich auch nicht davon ab, in diesem Augenblick nervös auf seine Antwort zu warten.

Seine dunklen Augen schienen durch mich hindurchzusehen, bis in Tiefen meines Wesens, die noch nie jemand gesehen hatte. Er zog seine Arme fester um mich und seine schönen Züge wurden weicher.

„Ich will dich auch, Piper. Seit dem Tag, an dem wir uns begegnet sind. Bevor ich überhaupt wusste, dass du ein Sukkubus bist."

Erleichterung durchflutete meinen Körper bei seinen Worten.

Er wollte mich. Gott sei Dank.

„Ich bin froh, dass du das gesagt hast.“ Ich konnte mein Lächeln nicht unterdrücken. „Aber ich meinte es ernst“, fügte ich hinzu, hielt sein Gesicht immer noch fest und sah ihn ernst an. „Ich werde dich zu nichts verführen. Du hast mir schon so viel gegeben und ich will dich in meinem Leben haben – in der Rolle, die du darin spielen möchtest. Ich möchte keinen von euch verlieren, selbst wenn ich nicht mit euch allen zusammen sein kann...“

Ich schaffte es nicht einmal, die Rede zu beenden, die ich mir auf dem Weg zu seinem Zimmer in Gedanken zurechtgelegt hatte, darüber, wie ich nicht zulassen würde, dass meine Sukkubuskräfte die Bedingungen unserer Beziehung diktierten. Xeros ' Lippen fanden meine wieder und unterbrachen mich.

Und seine Antwort lag in seinem Kuss.

Unsere Lippen tanzten, als unsere Zungen aufeinander zu jagten und obwohl heftiges Verlangen durch meinen Körper wütete, beeilten wir uns nicht.

Ich wollte nichts überstürzen.

Nicht mit Xero. Nicht bei unserem ersten Mal.

Als meine Lippen vom Kuss geschwollen waren und mein Kopf sich anfühlte, als ob er davonzuschweben drohte, drehte er mich in seinen Armen und legte mich aufs Bett. Dann entfernte er vorsichtig jedes Kleidungsstück von meinem Körper und arbeitete sich von meinen Füßen an nach oben vor. Jeder Zentimeter Haut, den er entblößte, wurde mit sanften, brennenden Küssen bedeckt, bis es sich anfühlte, als hätte er meinen ganzen Körper mit seinen Lippen in Brand gesteckt.

Er trug immer noch all seine Klamotten und das war

total unfair. Also unterbrach ich ihn dabei, meinen Hals und meine Brüste zu liebkosen und drehte ihn auf den Rücken.

Dann tat ich es ihm nach und zog seine Kleider aus, als würde ich ein Geschenk des Himmels auspacken und als ich ihn endlich vollkommen nackt vor mir hatte, blinzelte ich staunend auf ihn herab und setzte mich auf meine Fersen.

Er war stark, mit wohlgeformten Muskeln, die sich unter seiner dunklen Haut spannten. Seine breite Brust ging in markante Bauchmuskeln über und seine Taille war so schmal, dass ich sie mit meinen Fingerspitzen und mit meinem Mund nachzeichnen wollte. Sein Schwanz war dick und so schwer, dass er seinen Bauch berührte und mein Mund und meine Finger sehnten sich danach, ihn zu berühren.

Aber was mich dazu gebracht hatte, mich auf die Fersen zu setzen, war nichts davon. Es waren die großen Narben, die seinen Körper überzogen und die von Wunden stammten, die zwar vor langer Zeit geheilt waren, die man aber unmöglich vergessen konnte. Da die meisten Dämonen über irgendeine Form von fortgeschrittener Heilkraft verfügten, mussten die Wunden schrecklich tief gewesen sein, um dennoch Spuren zu hinterlassen.

„Xero..." Ich hauchte seinen Namen und mein Blick schoss zu seinem Gesicht. „Was..."

Sein Lächeln war sardonisch und traurig. „Ich habe mehr als zwanzig Jahre in der Unterwelt verbracht. Es war nicht nur Sonnenschein und Kuchenschlecken."

Die Worte waren leicht ausgesprochen, aber sie trafen mein Herz trotzdem. Tränen brannten mir in den Augen, als ich vorsichtig nach ihm griff. Aber Xeros Hand schoss hervor, schnell wie eine angreifende Schlange und wickelte sich um mein Handgelenk. Sein Griff war fest und sein Gesichtsausdruck verhärtete sich für eine Sekunde.

„Du kannst mich berühren, Piper. Ich möchte, dass du mich berührst – aber nur, wenn du es ohne Mitleid tun kannst. Das ist, wer ich bin. Ich habe keine Angst mehr vor meinen Narben und ich laufe nicht vor ihnen davon."

Ich sah wieder in seine Augen und ich wusste, irgendwo tief in meiner Seele, dass er immer noch Angst vor seinen Narben hatte – dass er von der Vergangenheit mehr verfolgt wurde, als er es zugeben wollte.

Aber er kämpfte gegen seine Angst an. Und das war eines der Dinge, die ich am meisten an ihm mochte.

Ich hielt meinen Blick auf ihn gerichtet und nickte. Seine Finger lösten sich langsam von meinem Handgelenk und sein Gesichtsausdruck wurde wieder weicher und seine Augen warm. Er ließ zu, dass meine Hände über seine Schultern, seine Brust, seinen Bauch und über die dicken Muskeln seiner Oberschenkel strichen. Meine Fingerspitzen strichen über die Unebenheiten seiner Narben, aber ich verweilte nicht auf ihnen oder wich ihnen aus, sondern betrachtete ihn einfach in seiner Gesamtheit und prägte ihn mir ein. Mit Narben und allem.

Aber als ich nach seinem Schwanz griff und meinen Kopf senkte, um ihn in meinen Mund zu nehmen, hielt er mich wieder auf.

Ich sah zu ihm auf und wollte protestieren, aber er schüttelte den Kopf und seine Augen funkelten verschmitzt.

„Du kannst mich mit deinem Mund berühren, Piper",

murmelte er. Seine Stimme war etwas leiser und belegter als zuvor. „Ich möchte, dass du es tust. Aber nur, wenn ich dich auch mit meinem Mund berühren darf."

Mein Kitzler zuckte bei seinen Worten und ein Schauder der Vorfreude durchfuhr mich.

Verdammt, ja. Mit dieser Regel kann ich sehr gut leben.

Xero musste bemerkt haben, wie mein Gesicht aufleuchtete, als wäre es Weihnachten, denn sein sanftes Lächeln wurde breiter und er leckte sich die Lippen. „Komm her, meine Schöne. Komm, setz dich auf mein Gesicht."

Heiliges Kanonenrohr. So einer Einladung konnte eine echte Dame doch nicht widerstehen, oder?

Ich rutschte höher im Bett und drehte mich dann um. Dann kroch ich ein Stück hinunter, bis meine Knie knapp über seinen Schultern waren und sein Schwanz vor meinem Gesicht war. Ich schaute zurück durch den kleinen Abstand zwischen unseren Körpern und sah Xero, der meine Pussy anstarrte, als wäre er in Trance.

Dann hob er seinen Kopf vom Bett und fuhr mit seiner Zunge durch meine feuchten Falten und ich verlor ihn aus den Augen, als mein Kopf vor Lust zurückschnellte. Er packte die Rückseite meiner Beine direkt unter meinem Arsch und zog meine Hüften zu seinem Gesicht, ehe er seine Zunge in meiner Pussy vergrub und mich wie eine Katze leckte.

Meine Hand zitterte, als ich nach seinem Schwanz griff, die Wurzel fest umklammerte und ihn für meinen Mund festhielt. Xero war ein verdammter Gott mit seiner Zunge und die Ekstase, zum ersten Mal von ihm berührt zu werden, machte es mir schwer, mich zu konzentrieren, aber ich konzentrierte all die Lust, die ich fühlte, auf die Bearbeitung seines Schwanzes mit meinem Mund, als ob wir beide aus Strom wären und ich so den Kreislauf schließen könnte. Jedes Mal, wenn er mich mit seiner dicken, unglaublich langen Zunge neckte, saugte ich stärker. Als er mit seiner Zungenspitze über meinen Kitzler flatterte, wirbelte ich meine um den Kopf seines Schwanzes.

Er reagierte auf jede meiner Bewegungen und ich reagierte auf ihn, bis es sich fast anfühlte, als würden wir schon ficken.

Als ich auf sein Gesicht kam, knurrte er gegen meine Pussy und schlang seine Arme um meinen Rücken, hielt mich fest, während meine Hüften sich bewegten und zuckten. Er ritt mich durch einen weiteren Orgasmus, dann noch einen, und als ein vierter über mich hereinbrach, schrie ich so laut um seinen Schwanz herum, dass ich wusste, dass er die Vibrationen bis hinunter zu seinen Eiern spürte.

Mein ganzer Körper fühlte sich gleichzeitig entspannt und surrend an und ich nahm meine Arbeit an seinem Schaft wieder auf, bis er so tief in mich rutschte, dass seine Spitze gegen meinen Rachen schlug. Ich schluckte um seine dicke Länge herum und er stöhnte. Dann klatschte er mir leicht auf den Arsch.

„Komm her, ich muss in dir sein."

Ich rollte mich anmutig von seinem Körper und griff bereits nach ihm, als er sich umdrehte und zwischen meine Beine kroch. Er hielt nicht inne, zögerte nicht. Als sein Körper sich über meinen legte, glitt sein Schwanz sanft in meine durchnässte Pussy und ich genoss jeden herrlichen Zentimeter. Er war so dick und mein Körper dehnte sich, um sich an seinen Umfang anzupassen, während wir beide zufrieden stöhnten.

Als er vollständig in mir steckte, legte er seine Arme um mich und hob mich hoch, bis ich auf seinem Schoß saß. Unsere Oberkörper klebten aneinander und unsere Blicke waren miteinander verschmolzen, während ich ihn ritt und meinen Kitzler an ihm rieb. Ich sank so fest ich konnte auf seinen Schwanz und nahm ihn so tief wie möglich in mir auf.

Xero hatte es nicht eilig und er ließ auch mich nicht hetzen. Stattdessen schenkte er mir zwei weitere Orgasmen, während wir uns perfekt synchron bewegten, bevor er endlich losließ und selbst kam.

Als er in mich eindrang, flackerte meine Sukkubuskraft hell und stark in mir auf, und jeder dicke Strahl Sperma, der aus seinem Schwanz pulsierte, ließ mich vor zufriedenem Vergnügen wimmern.

Er strich mir mit beiden Händen mein zerzaustes Haar aus dem Gesicht und küsste mich noch einmal leidenschaftlich, bevor er mich wieder auf die Matratze legte und sich aus mir herauszog. Er nahm mich in seine Arme und legte mich halb auf sich, während ich meinen Kopf auf seine Brust legte.

Wir lagen einige Momente schweigend da, ließen unseren Atem und unseren Herzschlag wieder normal werden und ich war mir nicht sicher, ob ich mich jemals wieder bewegen wollte.

Verdammt, wenn ich nur die anderen drei Typen dazu überreden könnte, sich uns hier anzuschließen, würde ich diesen Raum nie verlassen. Wir könnten den Unterricht schwänzen und stattdessen vögeln, bis wir in purem Licht und Energie explodieren.

Ich strich mit einer Fingerspitze über seine Brust und spürte glatte und vernarbte Haut. Er beobachtete mich mit einem kleinen Lächeln im Gesicht, obwohl ich mir sicher war, dass er die Anstrengung sehen konnte, die ich brauchte, um nicht bei den Narben zu verweilen. Ich hatte keine Ahnung gehabt, wie sehr er verletzt worden war.

„Wie ist es da unten?“, fragte ich.

„Warum? Passt du immer noch nicht im Unterricht auf? Meinst du, sie werden dich in die Unterwelt durchfallen lassen?“ Er klang erheitert und ich kuschelte mich näher an ihn.

„Das glaube ich nicht. Meine Noten sind besser geworden. Ich würde nur gern wissen, wie es für dich war. All die Geschichten, die sie hier erzählen, klingen so, als gäbe es kein Zurück mehr, wenn man einmal verwandelt und Gavriels Gehirnwäsche unterzogen wurde.“ Ich legte meinen Kopf schief, um den sanften Ausdruck auf seinem hübschen Gesicht zu studieren. „Du hast einen Weg zurück gefunden.“

Er wandte den Blick ab, hielt mich aber nah an seinem Körper und streichelte meine Schulter. „Es gibt viele Arten von Gehirnwäsche. Mit Magie ... was bei mir wohl nicht funktioniert. Mit Drogen ... auch das wirkte nicht. Ich hatte damals eine wilde Phase, also bin ich jetzt wohl immun. Mit Manipulation ... meine Mutter war eine Meisterin im Manipulieren, weshalb ich solchen Mist sofort durchschaue. Keine Wirkung.“

Ich strich immer noch gedankenverloren über seine

Narben. Er sah auf meine Hand hinunter, dann folgte er meinem Finger mit seinem eigenen.

„Wenn alles andere fehlschlägt, gibt es Folter. Wenn sie dich dazu bringen können, zumindest verbal zu akzeptieren, was sie tun, und ihnen dann zu gehorchen, um noch mehr Schmerzen zu vermeiden, wissen sie, dass du dich irgendwann selbst einer Gehirnwäsche unterziehen wirst. Schließlich musst du dein Handeln irgendwie vor dir selbst rechtfertigen, oder?" Er stieß einen schaudernden Seufzer aus.

„Hast du das getan?"

„Was, mein Handeln gerechtfertigt? Nein. Ich konnte es nie ertragen. Aber ich habe gesehen, wie es anderen passiert ist. Ein Typ ist zur gleichen Zeit da unten angekommen wie ich. Er war genauso empört, genauso gegen Gavriel wie ich, genauso resistent gegen die anderen Arten der Gehirnwäsche. Dann begann die Folter." Xero bewegte sich leicht, als würde ihm die Erinnerung Schmerzen bereiten. Ich legte meine Hand auf sein Herz und er legte seine Hand auf meine.

„Er hat eine Weile durchgehalten. Dann ist er gebrochen. Er fing an, für Gavriel zu rekrutieren. Anfangs hat er sich keine Mühe gegeben, er dachte wohl, wenn er sich nicht zu sehr anstrengt, hätte seine Beute eine Chance, zu entkommen und er müsste die Last der Schuld nicht tragen. Dann erwischte er jemanden und beschloss, wenn sein Opfer wirklich hätte entkommen wollen, hätte es etwas schneller laufen können. Er hat es ja nicht einmal ernsthaft gejagt, also war es nicht seine Schuld."

Ich zuckte zusammen. „Das ist abscheulich. Ich vermute, dass es von da an eskalierte."

Xero nickte. „Es war das Schlimmste, was ich je erlebt habe", sagte er leise. „Und ich habe echt schlimme Sachen gesehen."

Wir waren einen Moment still. „Was ist mit dir?", fragte ich. „Du hast gesagt, du könntest es nicht ertragen, aber hätten sie dich nicht getötet, wenn du nutzlos gewesen wärest?"

Xero grinste kurz. „Ich habe sie davon überzeugt, dass ich besser im Untersuchen als im Rekrutieren bin. So habe ich von der Uni erfahren und herausgefunden, wo sie ist. Ich habe sie in die Antarktis geschickt, um nach ihr zu suchen, bevor ich hierhergekommen bin."

Ich kicherte. „Nett. Weißt du, dafür, dass du zwei Jahrzehnte dort unten verbracht hast, scheinst du es gut überstanden zu haben."

Seine Augen wurden verschwommen und distanziert. Er schüttelte den Kopf. „Ich habe ein Stück von mir da unten gelassen. Früher habe ich geglaubt, dass ich ein guter Mensch bin, egal was passiert. Mein Handeln hatte immer einen Grund und meine Absichten waren immer rein. Davon war ich überzeugt. Ich war aufrichtig empört, wenn ich Ungerechtigkeit erlebte. Ich war laut. Ich war großspurig. Ich war selbstsicher."

„Xero", murmelte ich und presste meine Lippen auf sein Schlüsselbein. „Du bist immer noch ein guter Mann. Egal was passiert ist. Vertrau mir. Ich kann solche Dinge jetzt buchstäblich spüren."

Er lächelte auf mich herunter und schloss mich in seine Arme, rollte mich halb auf sich und küsste mich. Unser Verständnis füreinander verwandelte die Funken in ein

Feuerwerk und unser Kuss wurde hitziger, als sein angenehmer, gefährlicher Feuerduft in meine Nase stieg.

Ich rieb mich an ihm und mein Körper verlangte schon nach einer zweiten Runde mit diesem schönen Mann. Ich hatte ihn so lange gewollt, so lange gebraucht – und jetzt, da ich ihn wirklich kannte, mich um ihn als Person kümmerte, hatte sich dieses Bedürfnis in etwas verwandelt, für das ich nicht einmal ein Wort hatte.

Bevor wir jedoch loslegen konnten, klopfte es heftig an der Tür.

„Verdammt", sagte Xero und löste sich widerstrebend von mir. „Wer kann das sein?"

Er schnappte sich ein Laken und zog die Bettdecke über mich, aber bevor er aufstehen konnte, schwang die Tür auf.

„Ähm, Entschuldigung?" Ich setzte mich auf und hielt die Decke an meine Brust gedrückt. „Platzen Sie häufiger einfach so in andere Zimmer?"

Selbst wenn Xero sich nicht mehr darüber aufregte, tat ich es für uns beide. Aber die beiden Assistenten ignorierten mich völlig und sahen stattdessen einfach nur Xero an.

„Xero, ziehen Sie sich an. Sie kommen mit uns."

Ich erwartete, dass Xero Fragen stellte, sich wehrte oder zumindest nachfragte, um herauszufinden, was los war. Stattdessen starrte er sie einen Moment lang schweigend an, sah kurz zu mir und nickte dann. Traurigkeit und Resignation brannten in seinen Augen.

Es brach mir das Herz.

Jetzt, da ich wusste, dass ihm Stück seiner Selbst fehlte, konnte ich das klaffende Loch sehen.

KAPITEL EINUNDZWANZIG

Die Assistenten blieben im Türrahmen stehen, während Xero und ich uns schnell anzogen.

„Wohin bringen Sie ihn?", fragte ich.

„Der Schulleiter will ihn sehen", sagte einer von ihnen vage.

Mein Herz donnerte vor Angst. Es gab etwas, das sie mir nicht erzählten – ich konnte es fühlen. Sie flankierten Xero, sobald er angezogen war, und führten ihn schnell durch den Flur, so schnell, dass ich joggen musste, um mitzuhalten. In der Halle kamen wir an Gruppen von Studenten vorbei, die uns mit großen Augen nachsahen und zu tuscheln begannen. Wir hatten eindeutig etwas Wichtiges verpasst, während wir in Xeros Zimmer gewesen waren, denn alle außer mir schienen Bescheid zu wissen.

Ich ging davon aus, dass wir zu Tolands Büro unterwegs waren, aber ich lag falsch. Stattdessen wurden wir ins Auditorium gebracht, das wie ein Gerichtssaal vorbereitet worden war. Hinter dem Podium stand ein hoher Stuhl mit weiteren Stühlen zu beiden Seiten. Lange Tische schufen einen Gang zum Podium. Die Dozenten saßen links am Tisch, die Wächter rechts.

Beedles Blick kreuzte meinen, als wir in den Raum stürmten. Er sah sofort weg und sein Gesichtsausdruck schwankte zwischen Wut und Scham. Sonja, die direkt hinter den Hütern saß, grinste mich an. Xero wurde durch den Gang zum linken Sitz neben dem Podium geführt und grob hineingestoßen. Feuer explodierte in meiner Brust, so heiß wie alles, was ein Feuerdämon heraufbeschwören konnte und ich ballte meine Hände zu Fäusten. Ich wollte der Assistentin die Hände abreißen, weil sie ihn so berührt hatte.

„Nehmen Sie Platz", sagte eine von ihnen zu mir, als sie den Gang hinuntergingen.

„Nicht, bis Sie mir sagen, was los ist."

Die Frau nahm meinen Arm und fing an, mich wegzuziehen. Ich wollte mich wehren, aber als ich über meine Schulter blickte, sah Xero mich an und schüttelte leicht den Kopf. *Mach keine Szene.* Die Botschaft war so stark und deutlich, als hätte er die Worte gesprochen, und um seinetwillen ließ ich mich fortführen.

Jayce, Kai und Kingston saßen in einer der ersten Reihen zusammen und ich nahm zwischen ihnen Platz. Hannah und Owen kamen gerade zusammen herein, entdeckten uns sofort und setzten sich ebenfalls zu uns.

„Kann mir jemand sagen, was hier los ist?"

Ich murmelte die Worte durch zusammengebissene Zähne und merkte, dass ich zitterte. Ich wusste, was los war. Ich wollte es nur jemanden sagen hören.

„Xero wird beschuldigt, die Schule sabotiert zu haben", sagte Kai grimmig. „Sie leiten ein Ausschlussverfahren ein."

„Er war es nicht!“

„Sei still.“ Kai zeigte auf das Podium. Toland nahm auf dem großen Stuhl Platz und es wurde ruhig im Raum, als er mit einem Hammer auf das Holz schlug. Verdammt noch mal. Sie wollten ihm also tatsächlich den Prozess machen. Mein Atem ging schnell und mein Blut rauschte panisch. Selbst Jayces lässige Haltung war einem Wirbelwind hektischer Emotionen gewichen, der durch meine Seele tobte.

„Wir eröffnen den Prozess Universität der Gefallenen gegen Xero Ashwood“, sagte Toland. „Xero. Ihnen wird Sabotage und Verschwörung gegen die Universität der Gefallenen und die Hüter vorgeworfen. Wie bekennen Sie sich?“

„Nicht schuldig“, sagte Xero leise. Er klang besiegt.

„Wir werden die spezifischen Anklagepunkte verlesen und die Beweislage hören“, sagte Toland. Er sah unbehaglich aus, als würde er in einem Theaterstück auftreten, ohne seine Rolle ein einziges Mal geprobt zu haben. Natürlich hatte er das nicht. Er hatte das hier noch nie gemacht. Wahrscheinlich las er seinen Text ab.

„Erster Anklagepunkt: Die Freilassung von Kobolden in den Universitätsgängen.“

Ich sprang auf die Füße. Ich konnte es nicht länger aushalten.

„Das kann er gar nicht getan haben!“, schrie ich.

Toland hörte auf zu lesen und sah mich zusammen mit allen anderen im Raum an.

„Es gibt einen vorgeschriebenen Ablauf für diese Art von Verfahren, Ms. Lawless.“

„Ja, und Sie kennen diesen Ablauf nicht besser als ich.

Aber ich weiß, dass Xero die Kobolde nicht freigelassen hat. Er kann es nicht getan haben. Er war bei mir im Kampftraining, als das passierte."

Toland rieb sich das Kinn. „Kann jemand Ihre Aussage bestätigen?"

Beedle hob die Hand. *Mein guter, süßer Beedle, wie ich dich liebe, du kleiner griesgrämiger Brummbär.*

„Ich habe ihn unterrichtet, als es passierte", sagte er.

„Ich habe gegen ihn gekämpft", fügte Kai hinzu.

Toland nickte. „Gibt es Zeugen, die Xero vor dem Kobold-Angriff im magischen Flügel gesehen haben?"

„Ich habe ihn gesehen", erklärte Sonja. „Er war vor dem Mittagessen im Flügel. Wahrscheinlich hat er einen Timer oder so etwas benutzt, um die Kobolde freizulassen."

„Professorin Jade, haben Sie Xero an diesem Tag vor dem Mittagessen im magischen Flügel gesehen?"

Die Professorin murmelte etwas und wirbelte ihr Haar um ihren Finger.

„Wie bitte?", fragte Toland.

„Ich fürchte, ich kann mich nicht daran erinnern", wiederholte sie lauter.

„Dann werden wir fortfahren. Als nächstes der Stromausfall. Er wurde nicht, wie wir anfangs dachten, durch Restschäden vom Kobold-Vorfall verursacht. Es handelte sich vielmehr um absichtliche Sabotage."

Ich öffnete den Mund, um zu sagen, dass er bei mir gewesen war, aber dann erinnerte ich mich daran, was ich getan hatte, als das Licht ausgegangen war. Ich warf Kingston einen Blick zu, der stirnrunzelnd zu Boden sah.

„Er war in Beedles Büro", sagte Jayce. „Und davor war er bei mir."

Beedle schnippte mit den Fingern. „Ja. Das stimmt. Er war bei mir."

Toland schüttelte den Kopf. „Ich fürchte, das reicht nicht aus. Die Sabotage war lange vorher geplant. Wie lange, das können wir nicht mit Gewissheit sagen, aber er brauchte zum Zeitpunkt des Stromausfalls nicht in der Nähe der Leitungen sein und könnte dennoch verantwortlich sein."

„Das ist doch Unsinn", sagte ich kalt. „In diesem Fall ist könnte jeder hier an der Uni dafür verantwortlich sein. Das kann man Xero nicht anhängen, nur weil er Ihnen gerade gelegen kommt."

„Damit, dass er gelegen kommt, kennst du dich ja bestens aus." Sonja starrte mich von der anderen Seite des Raumes an und ich musste all meine Kraft zusammennehmen, um mich nicht auf sie zu stürzen und sie auf der Stelle niederzuschlagen.

„Genug", sagte Toland. „Wir werden den Rest der Anklage verlesen."

Er ging die Liste der Zerstörungen durch, eine nach der anderen. Das Bad. Die Säulen. Die Wände. Die zunehmenden Aktivitäten in der Nähe der Uni, die eindeutig darauf hinwiesen, dass jemand Gavriels Armee zumindest einen vagen Standort geliefert hatte. Ich war während all dieser Vorkommnisse nicht mit Xero zusammen gewesen, aber meine Jungs halfen ihm wunderbar. Kai, Jayce und Kingston erinnerten sich alle daran, wo Xero wann gewesen war, und benannten andere Leute, die ihre Aussagen bestätigen konnten. Owen sagte nichts, nickte aber entschlossen, wenn jemand Xeros Entlastung forderte.

Am Ende blieben nur noch wenige Augenblicke ohne Alibi.

Toland fuhr sich mit der Hand übers Gesicht. „Es scheint, dass der Fall nicht ganz so offensichtlich und eindeutig ist, wie man mich glauben ließ."

„Spielt das eine Rolle?", fragte Sonja. „Wir alle wissen, dass er es getan hat, wir haben nur nicht herausgefunden, wie."

Toland schüttelte den Kopf. „Einen Studenten in die Unterwelt zu schicken ist keine leichte Aufgabe. Wie bei einem Todesurteil muss man vor der Urteilsverkündung zweifelsfrei von der Schuld des Angeklagten überzeugt sein."

Sonja schnaubte ungläubig, dann verschränkte sie die Arme und runzelte die Stirn. Toland tippte scheinbar gedankenverloren mit den Fingern auf den Tisch, aber ich war mir ziemlich sicher, dass er das Blatt vor sich las. Nach einem Moment sah er auf.

„Lassen Sie uns abstimmen, ob Xero von allen Anklagen freigesprochen werden soll, unter Vorbehalt künftiger Beweise, oder ob er bis zum Vorbringen weiterer Beweise in Haft gehalten werden soll. Hüter, Dozenten: Wer dafür ist, dass Xero unser Hauptverdächtiger bleibt, der hebe die Hand."

Eine einzige erhobene Hand traf einen Nerv tief in meinem Innern. Ich sah mir den Hüter, der dafür stimmte, genau an und prägte mir seine Gesichtszüge ein. Er hatte ein rundes Gesicht, blaue Augen, blonde Haare. Er war Mitte dreißig und gut in Form. Ich nahm mir vor, ihn im Auge zu behalten.

„Wer ist dafür, die Anklage aufzuheben?"

Ein Meer von Händen erhob sich zu beiden Seiten des Tisches.

Toland schlug mit dem Hammer. „Die Anklage wird abgewiesen."

Mir entfuhr eine Mischung aus einem Schrei und einem Schluchzen und ich sprang von meinem Sitz auf. Meine Jungs, Hannah und Owen jubelten um mich herum und ich spürte etwas schmerzhaft Süßes in meinem Herzen. Egal, was wir durchgemacht hatten, egal wie angespannt es manchmal war, wir gehörten zusammen. Xero war einer von uns. Er sah fassungslos aus, als er aus dem Sitz glitt und Toland die Hand schüttelte. Ein Grinsen breitete sich auf seinem Gesicht aus, als er auf uns zukam.

„Du bist freigesprochen worden!" Ich warf meine Arme um seinen Hals und küsste ihn.

Seine starken Arme schlossen sich um mich, als er mich festhielt und meinen Kuss zärtlich erwiderte. Als er mich losließ, strich er mir die Haare aus dem Gesicht und seine dunklen, bezaubernden Augen waren offen und warm. „Ohne dich wäre es nicht passiert."

Ich strahlte ihn an. „Wir sollten feiern. In der Kneipe?"

Sein Lächeln war das Schönste, was ich je gesehen hatte. „In der Kneipe."

Diesmal gingen wir alle, sogar Kai, obwohl er Schwierigkeiten zu haben schien, in Stimmung zu kommen. Bis wir zur Kneipe kamen, war alles okay, aber sobald wir durch die Tür gingen, schien er sich in seinem Bier zu verlieren. Je mehr er trank, desto ruhiger wurde er, und je ruhiger er wurde, desto weniger versuchte er, seine wahre Gestalt zu verbergen. Ich war froh, dass die typischen körperlichen Merkmale eines Vampirs einfach als Miesepeter-Gesicht durchgehen konnten, aber er war trotzdem nicht annähernd diskret genug.

„Kai“, sagte ich ihm, als wir die dritte Runde bestellten. „Setz dich mir gegenüber, sodass du zur Wand schaust. Oder krieg dein Gesicht unter Kontrolle. Die Leute fangen an zu starren.“

Er funkelte mich böse an. „Na und? Lass sie starren. Sollen sie mich doch pfählen.“ Er schnippte ein zerknittertes Stück Papier vom Tisch und starrte die Menge finster an. Zumindest war die Kneipe heute Abend weniger voll als beim letzten Mal. Trotzdem waren für meinen Geschmack zu viele Leute hier.

„Verdammt noch mal, Kai, komm schon. Sei kein Idiot. Sieh mal, du machst dem armen Mädchen hinter der Bar Angst.“ Jayce deutete unauffällig auf das Mädchen.

Aber den dickköpfigen Kai interessierte das nicht, also versuchte ich etwas anderes. „Nun, das wird nicht helfen, Jayce. Kai ist ein Vampir. Er mag es, Mädchen zu erschrecken.“

Xero erstarrte neben mir und Jayce zuckte zusammen. Kingston kicherte. Kai knurrte, erhob sich dann abrupt vom Tisch und stürmte aus der Tür.

Ich sah ihm mit einem unwohlen Gefühl im Magen nach. Was zum Teufel? Ich hatte ihn genug provozieren wollen, dass er sich auf die andere Seite des Tisches setzte, nicht, um ihn ganz zu vergraulen. Außerdem hatte ich nur einen Scherz gemacht. Kai war ein alter Griesgram, aber ich dachte, wir hätten uns inzwischen genug aneinander gewöhnt, dass er einen kleinen Spaß vertragen konnte.

Xero legte eine Hand auf meine. „Das war nicht sehr nett“, murmelt er.

Ich drehte mich zu ihm um und runzelte verwirrt die Stirn. „Was? Warum? Es war nur ein Witz.“

Kingston schüttelte den Kopf, genauso verwirrt wie ich. Jayce seufzte und beugte sich näher zu uns.

„Okay, Gerüchten zufolge war Kai in eine schöne Frau verliebt, bevor er ein Vampir wurde. Er musste sie entweder zurücklassen oder sie töten ... ich weiß nicht, die Einzelheiten sind nicht ganz klar, wie das bei Gerüchten so ist. Jedenfalls kommt er nicht gern hierher. Das Mädchen hinter der Theke erinnert ihn an sein Mädchen.“

„Und du hast ihn auf sie angesprochen.“ Xero warf ihm einen Blick über den Tisch zu. „Tolle Idee.“

„Ich habe nur versucht, ihn abzulenken“, sagte Jayce seufzend. „Aber ich glaube, das ist nach hinten losgegangen.“

Seine Worte trieben in meinem Kopf wie Öl auf Wasser und weigerten sich, sich aufzulösen oder vollständig zu versinken. Mir wurde übel. Das halb ausgetrunkene Bier vor mir hatte jeden Reiz verloren und das Atmen fiel mir ein wenig schwer.

Gegen Kais Distanziertheit anzutreten war eine Sache, aber ich hätte nie gedacht, dass ich mit einer heiligen Erinnerung konkurrieren müsste. Wie konnte ich es überhaupt versuchen, ohne herzlos zu wirken? Es wäre grausam. Aber er konnte sein unsterbliches Leben nicht mit dieser Art von Kummer führen, oder? Er würde ihn belasten und irgendwann brechen.

Ich wollte ihm helfen, aber ich hatte keine Ahnung, was ich tun sollte. Wie konnte ich ihm sagen, dass er die Liebe seines Lebens vergessen sollte, um seinen rechtmäßigen Platz in einer Fünferkonstellation von Liebenden einzunehmen? Ich konnte es nicht sagen, ohne komplett herzlos zu sein. Ich seufzte schwer und trank den letzten Schluck Bier, der Mühe hatte, am Kloß in meinem Hals vorbeizukommen.

„Ich werde mich wohl später bei ihm entschuldigen müssen", murmelte ich. Ich wäre am liebsten sofort hinter Kai hergerannt, bevor er den ganzen Weg zurück zur UG lief, aber ich wusste, dass er nicht mit mir reden wollte. Von all den erdenklichen Szenarien endete keines gut. Ich seufzte. „Tut mir leid, dass ich die Stimmung ruiniert habe."

„Du wusstest es ja nicht." Jayces strahlend blaue Augen strahlten vor Mitgefühl. „Außerdem hast du die Stimmung nicht ruiniert. Hör mal, sie haben diese verrückte Musik aufgelegt. Lass uns tanzen!"

Seinem ansteckenden Grinsen konnte ich nicht widerstehen. Ich war viel einfühlsamer geworden, seit ich in einen Sukkubus verwandelt worden war, und wie die meisten Dinge, die mit meinen vier Jungs zu tun hatten, wurde dieser Effekt von ihnen verstärkt. Jayces Optimismus und seine gute Laune gingen mir unter die Haut und verbannten ein wenig von der Kälte, die in meiner Brust Wurzeln geschlagen hatte.

Niemand sonst tanzte, aber das war mir egal. Ich ließ mich von ihm von meinem Stuhl ziehen und fing an zu tanzen. Kraft wirbelte um meine Zehen herum und schwebte wie Weihrauch an meinem Körper hoch, während wir uns im Takt bewegten. Sie lockte meine Männer wie ein Leuchtfeuer an und ehe ich mich versah, tanzten Xero und Kingston mit uns und hielten mich in der Mitte eines sich drehenden Dreiecks fest.

Hände ruhten auf meinen Hüften, meinen Schultern. Durch Berührungen und Augenkontakt flackerte Hitze zwischen uns auf.

Unsere Herzschläge synchronisierten sich.

Ich sah von einem zum anderen und beobachtete, wie der Rhythmus in ihren Iris pulsierte. Blau, grün und gold.

Vielleicht war es nur Kingstons Einfluss, aber ich fühlte mich wie ein Drache, der seine Schätze bewacht, wie von funkelnden Juwelen umgeben.

Wir tanzten noch eine Weile, aber mit jedem Moment wurde der Abstand zwischen unseren Körpern geringer und die Hitze, die durch meine Adern floss, brannte heißer und heißer. Es gab eine Grenze dessen, was wir in aller Öffentlichkeit tun konnten, bevor wir durch Magie und körperliche Bedürfnisse gezwungen wurden, in mein Zimmer zurückzukehren.

KAPITEL ZWEIUNDZWANZIG

Hannah blieb in der Kneipe zurück und zwinkerte mir zu, als ich mit meinem Trio zur Tür ging. Owen winkte mit einem traurigen Welpenblick zum Abschied und der Rest von Hannahs Leuten grinste sich an. So wie die pure Lust aus mir herausstrahlte, war allen hier klar, wo wir vier landen würden.

Der bitterkalte Wind schnitt durch meinen Mantel und kühlte ein wenig von der Hitze ab, die durch meinen Körper wütete, aber sobald wir wieder in der Uni waren, schnappte ich meine Jungs bei ihren T-Shirts und riss sie praktisch die Treppe hinauf. Der dritte folgte dicht hinter uns.

Sobald wir vier in meinem Zimmer waren, kam der Übergang vom Tanzen zum Rummachen ganz natürlich. Während ich Kingstons Mund küsste, küsste Xero meinen Nacken und Jayce knabberte an meinem Ohrläppchen und sechs Hände strichen über meinen Körper. Keuchend, stöhnend und mich reibend wickelte ich meine Magie um sie und gab ihnen so viel, wie ich mir nahm.

Als wir zum Bett taumelten, landete ich mit dem Rücken auf der Matratze. Xero und Jayce standen zu beiden Seiten von mir und Kingston schwebte über mir. Sein Körper drückte sich fest an meinen, während er meinen Mund eroberte. Die Atmosphäre war voller Begierde, völlig isoliert von jedem äußeren Einfluss. Ich hatte die totale Kontrolle.

Und dann hatte ich sie plötzlich nicht mehr.

Kingston löste sich von mir, erhob sich vom Bett, wandte sich von mir ab und sah zur Wand.

„Warte! Was machst du?", keuchte ich, bevor Xeros Mund meinen fand und ein weiterer Lustschub durch meinen Körper schoss.

„Entschuldige", sagte Kingston. „Ich muss gehen. Bis morgen."

„W-was?"

Als er herumwirbelte, um zu gehen, bemerkte ich ein schwaches blaues Leuchten, das schnell verschwand, bevor er aus der Tür schlüpfte.

Was zum Teufel? Hat er gerade einen Zauberspruch gewirkt? Oder leuchtet er? Ist das ein Teil seiner Drachenwandlerkraft?

Meine Neugier, so stark sie auch war, konnte meinen eigenen Zauber nicht ganz brechen. Mein Körper summte immer noch vor Lust und einen Moment später hatte ich Kingstons mysteriöses Verhalten ganz vergessen, weil ich von Xero und Jayce völlig abgelenkt war.

Ich war zwischen den beiden Männern eingeklemmt und keiner von ihnen schien Kingstons abruptes Verschwinden überhaupt zu bemerken. Andererseits, warum sollten sie es auch, wenn das Objekt ihrer Begierde direkt vor ihnen lag?

Und das Objekt ihrer Begierde war ich, ich glückliches Mädchen.

Jayce und Xero hatten sich vor der UG nicht gekannt. Soweit ich wusste, hatte keiner der vier die anderen vorher gekannt und ich war mir nicht sicher, ob sie ohne ihre gemeinsame Bindung an mich überhaupt Freunde geworden wären. Sie waren in vielerlei Hinsicht verschieden. Jayce war überschwänglich, energisch und optimistisch, während Xero zurückhaltender war, immer zuhörte, aber selten sprach. Aber trotz ihrer Unterschiede oder gerade deswegen ergänzten sich die beiden Männer perfekt.

Sex mit Jayce beinhaltete normalerweise zerbrochene Stühle, zerrissene Kleidung, atemloses Gelächter und versehentliche blaue Flecken, die fast sofort verheilten, wenn wir sie bekamen.

Der Sex, den ich mit Xero hatte, war langsam und intensiv, überwältigend und innig gewesen.

Aber die beiden zusammen?

Es war unglaublich.

Xero küsste mich auf eine Weise, die sich anfühlte, als würde er in einen bodenlosen Ozean fallen, während Jayces Hände über meinen Körper strichen, meine Tunika hochzogen, um meine Brüste zu kneten und mit meinen Nippeln zu spielen, bevor sie meinen Bauch hinunterglitten, um meinen Kitzler zu umkreisen. Als er zwei Finger in mich gleiten ließ und seinen Kopf neigte, um hart an einer meiner Brüste zu saugen, hoben sich meine

Hüften vom Bett und jagten seiner Berührung entgegen, während ich in Xeros Kuss ertrank.

Als mich ein Orgasmus traf, griff ich mit beiden Händen nach Xeros kurzrasiertem Kopf und meine Zunge und meine Lippen bewegten sich schneller und verzweifelter gegen seinen Mund.

Ich hatte Jayce bereits bewiesen, dass mein Körper keine Grenzen kannte, also fickte er mich weiter mit seinen Fingern, selbst als der Orgasmus abebbte und rieb mich fast sofort wieder zu einem neuen Hoch. Er ließ meine Brust los und bewegte seine Lippen zu meinem Kern hinab, saugte und knabberte an meinem Kitzler, während der Finger seiner anderen Hand Feuchtigkeit aus meiner triefenden Pussy sammelte und sie benutzte, um den engen Muskelring meines Arschlochs zu befeuchten. Als er den Finger durch den Ring der sich zusammenziehenden Muskeln gleiten ließ, kam ich wieder, und mein Körper zuckte und zuckte.

„Verdammt, Piper. Eines Tages werde ich dich in den Arsch ficken und du wirst heftiger kommen als je zuvor in deinem Leben."

Er murmelte seine Worte gegen meine Schamlippen und als ich bei dem Klang seines schmutzigen Versprechens noch feuchter wurde, leckte er mich eifrig und stöhnte tief.

Xero hatte es übernommen, meine Brüste zu berühren, als Jayce nach unten gewandert war und seine Hände kneteten sie, während er mich weiter atemlos küsste. Meine eigenen Hände bewegten sich wild, griffen nach allem, was ich erreichen konnte und versuchten, jeden Zentimeter der beiden Männer zu erkunden. Jayce war zu weit weg, aber ich schaffte es, Xeros Schwanz aus seiner Hose zu befreien und das Stöhnen, das von seinem Mund in den meinen vibrierte, bewirkte, dass sich meine Innenwände um Jayces Finger verkrampften.

„Ich will euch. Beide. Jetzt!", keuchte ich.

Das Sprechen fiel mir ein wenig schwer, aber die beiden brauchten auch nicht mehr zu hören. Es war schwer zu glauben, dass sich die beiden Männer nicht schon ihr ganzes Leben lang kannten, weil sie als Team unglaublich gut zusammenarbeiteten.

„Sie ist mehr als bereit." Jayce grinste, als er sich aufsetzte und die Nässe von seinem Kinn abwischte.

„Ich auch", murmelte Xero heiser, als er seine Hose herunterzog und seinen Schwanz fest an der Wurzel drückte. *Scheinbar hat selbst unser geduldiger Feuerdämon seine Grenzen.*

Der Gedanke ließ Hitze in meinen Adern brennen. Ich wollte ihn in den Wahnsinn treiben – ich mochte es, der Grund dafür zu sein, dass er seine ruhige, verschlossene Haltung ablegte.

Und sein Schwanz war einfach zu verlockend, um ihn zu ignorieren.

Auf zittrigen Gliedern kroch ich vorwärts, auf ihn zu und zog ihm seine Tunika über den Kopf. Seine Hose war ebenfalls augenblicklich verschwunden und ich hörte das Rascheln von Klamotten hinter mir, als auch Jayce sich auszog. Xeros große, warme Hände zogen meine Tunika aus, als ich aufstand, um mich auf das Bett zu knien, und eine Sekunde später zog mir Jayce meine Leggings über meine Hüften.

Er zog sie jedoch nicht ganz aus und ließ die Hose auf Kniehöhe hängen. Dann fühlte ich die Hitze seiner Brust an meinem Rücken und den Druck seines Schwanzes gegen meinen Arsch, als er seine Arme um mich schlang.

„Ich sehe, wie du Xeros Schwanz beäugst, Piper. Willst du ihn in deinen Mund nehmen? Ich will sehen, wie du ihn lutschst, während ich dich ficke. Stehst du darauf?"

Verdammt. Ja.

Mein Körper erschauderte vor Vorfreude und ich spürte das Grollen seines Kicherns überall, wo sich unsere Haut berührte. Dann sank ich auf alle Viere auf die Matratze und Xero bewegte sich leicht nach vorn und sah auf mich herab, während ich mich vorbeugte, um ihn in meinen Mund zu ziehen.

Sein Schwanz fühlte sich genauso gut an und schmeckte genauso gut wie beim ersten Mal und ich gab einen kleinen lustvollen Laut von mir, legte meine Finger darum und koordinierte die Bewegungen meiner Hand mit meinem Mund.

Xero stöhnte, legte den Kopf in den Nacken und Jayce fluchte leise. Ich fühlte die Berührung seiner dicken Spitze an meinem Eingang und dann drang er in mich ein, füllte mich vollständig aus und schaukelte mich nach vorn, sodass mehr von Xeros hartem Schwanz in meinen Mund glitt.

Der Höllenhund hinter mir begann in einem gleichmäßigen Tempo, in mich hineinzustoßen und im gleichen Rhythmus, in dem Jayce meine Pussy fickte, fickte Xero meinen Mund, bis mein Körper zwischen ihnen hin und her schaukelte.

Ich entspannte meinen Kiefer und meinen Rachen so weit ich konnte und hielt meine Lippen fest um den Schwanz des Feuerdämons gepresst, als ich meine Hand zurückzog und mit meinen Fingern zu meinem Kitzler wanderte. Ich konnte die raue Bewegung von Jayces Schwanz spüren, der mich rammte, und ich spreizte meine Finger weit und ließ sie nach unten gleiten, um seinen Schwanz zu pressen, während er härter und schneller zustieß.

„Ich merke, dass dir das gefällt, Piper", ächzte er. „Deine Pussy ist eng wie ein verdammter Schraubstock. Komm. Komm für uns, Baby. Ich bin so nah dran und ich möchte spüren, wie du mich melkst."

Verdammt. Dieser Mann bringt mich mit seinem schmutzigen Gerede noch um den Verstand.

Das Tempo beschleunigte sich. Mein Herz schlug schneller, als Jayce härter in mich eindrang und ich fuhr mit meinem Mund über Xeros Länge, wobei meine Nase praktisch mit jeder Bewegung meines Kopfes seinen Bauch streifte. Speichel tropfte seinen Schwanz hinunter und Tränen quollen aus meinen Augenwinkeln von der Intensität der Empfindungen, die meinen Körper überfluteten – aber es war das verdammt Beste, was ich je gefühlt hatte.

Jayce hatte sich nicht geirrt. Das hier gefiel mir.

Ich liebte es.

Meine Finger kreisten verzweifelt über meine harte Knospe und als ich kam, ließ ich meine Hand schnell auf die Matratze sinken und versuchte, mein Gleichgewicht zu halten, während Wellen der Lust über mich wallten und zuerst weißes Licht und dann Dunkelheit vor meinen Augen tanzten.

Jayce gab ein harsches Grunzen von sich und rammte mich noch ein paar Mal, bevor er stoppte und sein Becken gegen meinen Arsch rieb, während er in mir pulsierte. Ich konnte fühlen, wie die Spannung aus seinem Körper abfloss und mit der Flut seines Spermas fühlte sich mein eigener Körper an, als würde er auf einem riesigen Hoch schweben.

Meine Lippen waren immer noch um Xero geschlungen, aber der breitschultrige Mann hatte seine Stöße verlangsamt, um mir und Jayce Zeit zu geben, uns zu erholen. Und als die Sterne aus meinem Blickfeld verschwanden, zog er sich vollständig heraus. Er rieb seinen Schwanz mit seiner Hand, während er hungrig auf die Stelle starrte, an der Jayce immer noch in mir steckte.

„Du bist dran", murmelte ich. Mein gesättigter Körper sehnte sich bereits nach mehr.

„Du gieriges Mädchen", sagte Jayce und verpasste mir einen leichten Klaps auf den Hintern, als er sich herauszog. Ein Schwall Nässe lief über meine Oberschenkel und der Gedanke, das Sperma dieser beiden Männer in mir zu haben, ließ mir den Atem stocken.

„Du liebst es doch, dass ich so gierig bin", erwiderte ich und sah den Höllenhund mit einer gehobenen Augenbraue über meine Schulter an.

„Oh, das leugne ich nicht, meine Schöne." Er beugte sich über meinen Rücken, um mich zu küssen und seine schweißnasse Haut klebte an meiner. „Komm. Wir machen dich für Xero bereit."

Nach einem weiteren Kuss schlang Jayce seine Arme um meine Taille, lehnte sich zurück und legte sich mit mir über sich auf das Bett. Mein Rücken klebte immer noch an seiner Brust. Sein Kopf wurde von meinem Kissen gestützt und er half mir, meine Leggings auszuziehen, bevor er seine Beine um meine schlang und diese Hebelkraft nutzte, um meine Oberschenkel weit zu spreizen und mich Xero zu präsentieren.

Die Augen des dunklen, gutaussehenden Feuerdämons blitzten im trüben Licht und die Hand, die langsam seinen Schwanz gerieben hatte, wurde still. Dann bewegte er sich vorwärts und biss sich auf die Unterlippe. Da Jayce unter mir lag, war ich höher, als ich es normalerweise gewesen wäre, also blieb Xero auf seinen Knien und richtete seinen Schwanz auf meinen feuchten Eingang aus, bevor er in mich glitt.

Er stieß ein leises, zufriedenes Geräusch aus, und mein Kopf sank vor Vergnügen in den Nacken. Das gab Jayce die Gelegenheit, mein Ohrläppchen zu lecken und zu lutschen, während mein Kopf auf seiner Schulter ruhte und er streckte seine Hände aus, um meine Brüste, meinen Bauch und meinen Kitzler zu streicheln, während Xero mich fickte. Jayce verweilte nie zu lange an einer Stelle und die Bewegung seiner Hände, kombiniert mit dem stetigen Rhythmus von Xeros Schwanz, brachten mich Schritt für Schritt zu einem süßen, qualvollen weiteren Orgasmus.

Die beiden kontrollierten meinen Körper vollständig, aber das befreite nur mehr von meiner Energie, um mich darauf zu konzentrieren, wie verdammt gut sich alles anfühlte.

Ich dachte nicht nach.

Ich machte mir keine Sorgen.

Ich genoss einfach nur das Gefühl von Xeros dickem Schwanz, der meine Innenwände dehnte, den Druck von Jayces bereits wieder hart werdendem Schwanz, der bei jedem Stoß gegen meinen Arsch rieb und die Geräusche, die wir drei in dem kleinen Raum machten.

„Sieh ihn dir an, Baby", flüsterte Jayce in mein Ohr und streckte seine Zunge heraus, um die empfindliche Haut an meinem Ohrläppchen zu lecken. „Sieh dir an, was du mit Xero anstellst. Das machst du auch mit mir. Du machst ihn verdammt noch mal verrückt."

Das Tempo des Feuerdämons war konstant geblieben, aber ich konnte eine fast unnatürliche Hitze von ihm ausgehen spüren, als ob es ihm schwerfiel, die Flammen in seinem Inneren in Schach zu halten. Selbst sein Schwanz fühlte sich heiß an, als er in meine Muschi rammte – nicht so heiß, dass es wehtat, aber heiß genug, um jede Empfindung noch zu verstärken.

Ich war mir nicht sicher, ob er Jayces Worte gehört hatte, aber sein Blick wanderte zu uns beiden hinab, huschte zwischen unseren Gesichtern hin und her, während wir beide zusahen, wie er mich fickte und das schien ihm das letzte bisschen Beherrschung zu nehmen. Seine Stöße wurden kürzer und wilder und er schob Jayces Hände weg, um meinen Kitzler zu massieren und mich zu einem weiteren Orgasmus zu treiben, während er selbst kam.

Wir kamen zusammen und Jayce schlang seine Arme um mich, um mich festzuhalten, als Xero und ich beide aufschrien und stöhnten und unsere Körper erschauderten.

Heißes Sperma schoss in mich hinein und ließ jeden Zentimeter von mir vor Kraft und Stärke kribbeln.

Xero beugte sich hinunter, um mich zu küssen und für einen Moment war ich vollständig von den beiden Männern umhüllt. Dann zog er sich zurück und sank auf die Matratze. Jayce drehte sich so, dass ich zwischen den beiden lag und wir ruhten in einem Gewirr aus verschwitzten Gliedmaßen und atemlosem Keuchen.

„In Augenblicken wie diesen denke ich, von diesem Höllenhund gebissen zu werden war das Beste, was mir je passiert ist“, murmelte Jayce schläfrig und drückte mir einen Kuss ins Haar.

Zufriedenheit durchzuckte meinen schlaffen Körper und meine Augenlider fielen zu. Ich war mir vage bewusst, dass Xero eine Decke über uns zog. *Gut.* Hannah war unglaublich verständnisvoll, was meine ständigen Stelldicheins mit Jayce anging, aber sie würde wohl nicht begeistert sein, wenn sie drei nackte Leute in meinem Bett sah.

Der letzte Gedanke, der mir durch den Kopf ging, bevor mich die Erschöpfung überwältigte, war, dass Kingston hätte bleiben sollen.

KAPITEL DREIUNDZWANZIG

„Ich hasse Abschlussprüfungen, ich hasse sie, ich hasse sie, ich hasse sie." Hannah raufte sich die Haare, während sie hoffnungslos auf den Notizstapel vor sich starrte.

„Bist du jemals bei einer Prüfung durchgefallen?" Ich zog skeptisch eine Augenbraue hoch.

„Nein!" Sie sah mich mit wilden Augen an. „Das war schon mein schlimmster Albtraum, als die Konsequenz nur ein schlechtes Zeugnis war. Aber dieses Mal sind die Konsequenzen ... ich kann es nicht einmal aussprechen. Verbannung wegen nicht bestandener Prüfung. Wie soll man sich da nicht unter Druck setzen?" Sie kaute hart genug an einem Bleistift, um tiefe Rillen im Holz zu hinterlassen.

„Hey, mach dir keine Sorgen", sagte Jayce und warf sein blondes Haar zurück. „Im schlimmsten Fall scheitern wir alle."

Hannah stieß ein hohes Quietschen aus und begann dann zu hyperventilieren.

„Nein, so meine ich das nicht. Ich will nur sagen, dann wären wir trotzdem alle noch zusammen!", sagte Jayce schnell. „Und Xero kennt sich da unten doch schon aus, richtig, Xero?"

„Ja." Xero schenkte Hannah sein sanftes, schönes Lächeln. „Ich zeige dir, wo die guten Foltergruben sind."

Das brachte sie zum Lachen und die Anspannung lockerte sich etwas.

Die Wahrheit war, wir alle schoben Panik. Ich, weil Lernen nicht gerade meine Stärke war, schon gar nicht hier und schon gar nicht in diesem Jahr. Es hatte viel zu viele Ablenkungen gegeben. Aber sie hatten sich eindeutig gelohnt, sagte ich mir und sah liebevoll auf meine „Ablenkungen". Hannah, Jayce, Xero – sogar Kingston und Kai lernten mit uns.

Natürlich hatte es auch weniger angenehme Ablenkungen gegeben, wie Sonja und Konsorten. Sie saßen uns in der Bibliothek gegenüber und taten so, als seien sie genauso aufs Lernen bedacht wie wir. Sonja verbrachte jedoch mehr Zeit damit, mir schmutzige Blicke zuzuwerfen, als in ihre Bücher zu schauen.

„Sie ist wie eine Bulldogge", kommentierte Xero, als er meinem Blick folgte. „Wenn sie einmal einen Knochen zwischen die Zähne bekommt, lässt sie nicht mehr los."

„Das ist eine Beleidigung für Bulldoggen", sagte ich. „Wenigstens hat sie aufgehört, Gerüchte über uns zu verbreiten."

„Gott sei Dank für die kleinen Dinge des Lebens", sagte Kingston. „Gut, dass sie es nie auf mich abgesehen hat."

„Ja, da hast du Glück gehabt", knurrte Kai.

„Was hat sie dir denn getan?", fragte Hanna.

Kai blinzelte sie an und schaute dann auf sein Buch. „Nichts."

„Sie hat allen von seiner Freundin erzählt", sagte Jayce hilfreich.

„Mann, halt verdammt noch mal die Klappe", brummte Kai, aber es klang wenig bedrohlich.

„Das ist schrecklich." Hannah verzog mitfühlend das Gesicht. „Ist das der Grund, warum...?"

„Hey, willst du einen Keks?", platzte ich heraus und schob ihr einfach einen in den Mund.

Sie murmelte verärgert etwas vor sich hin, während sie den weichen Schokoladenkeks kaute, aber ich grinste nur. Es war gegen die Regeln, Essen mit in die Bibliothek zu bringen, aber nach den Schäden, die die Uni in diesem Jahr erlitten hatte, konnte ich mir nicht vorstellen, dass ein paar Schokoladenkrümel ein Drama wären.

„Das Warum spielt keine Rolle", sagte Kingston und lehnte sich in seinem Sitz zurück. „Sobald Kai Piper endlich fickt, wird sie aufleuchten wie der gottverdammte Eiffelturm."

„Bei so viel unterdrückter sexueller Energie? Meine Güte, es wird einen weiteren Kurzschluss in der ganzen Burg geben", sagte Xero mit einem Grinsen.

Die Spitzen von Kais Ohren wurden rot und ein kleines Grinsen huschte um seinen Mund.

Jayce grinste. „Es sei denn, es funktioniert andersherum. Es wird so explosiv, dass es ein großes Vakuum in Raum und Zeit reißt."

„Genau das braucht diese Gruppe", sagte Kai. „Eine Energiesenke, um den Pheromonüberschuss zu bewältigen.“ Er verzog das Gesicht, als ob etwas streng röche, und wedelte mit der Hand vor der Nase herum.

„Hey, du tust so, als würde es dir nicht gefallen, aber bis jetzt hast du dich noch nicht beschwert.“ Kingston legte den Kopf schief und grinste.

„Du auch nicht“, feuerte Jayce zurück. „Obwohl du in letzter Zeit nicht gerade in der ersten Reihe gespielt hast.“

„Ja“, schaltete ich mich ein. „Was ist los? Du rennst immer weg.“ Ich keuchte in gespieltem Entsetzen. „Betrügst du mich etwas?“

Kingston blinzelte mich an und hielt die Augen halb gesenkt. „Was?“, fragte er.

Alle lachten, aber die im Scherz gestellte Frage ließ mich innehalten. Waren sie überhaupt in der Lage, sich andere Sexualpartner zu suchen? Ich wusste, dass ich es konnte. Ich wollte es nicht – überhaupt nicht – aber ich wusste, wenn ich jemals ohne sie irgendwo landete, könnte ich mich notfalls mit jemand anderem aufladen.

Owen kam just in dem Moment vorbei, als mir dieser Gedanke kam und warf mir im Vorbeigehen ein albernes Grinsen zu. *Beweisstück A, werte Geschworene.* Ich wollte ihn nicht, ich dachte nicht einmal an ihn. Aber ich erinnerte mich immer noch daran, wie er mir angeboten hatte, mir beim Energietanken zu helfen, falls ich es jemals brauchte und ich war mir ziemlich sicher, dass das Angebot noch stand.

Pfui. Bitte lass es nie so weit kommen.

Nicht, dass Owen abstoßend wäre oder so – obwohl sein Steindämon nichts war, was einen vor Begeisterung von den Socken riss, aber ich wollte wirklich mit niemandem außer mit meinen vieren zusammen sein.

Mein Körper sehnte sich nach ihnen, seit ich sie kennengelernt hatte.

Aber jetzt? Jetzt sehnte sich auch mein Herz nach ihnen.

Xero stupste mich an. „Hey, Piper. Wo sind deine Gedanken?“

Ich lächelte und senkte den Kopf, dankbar, dass die Jungs zwar meine Stimmungen mitbekamen, aber meine Gedanken nicht lesen konnten. „Keine Ahnung. Lasst uns weiterlernen. Geschichte oder Magie?“

KAPITEL VIERUNDZWANZIG

Die Woche war viel zu schnell vergangen. Ich fühlte mich nicht im Entferntesten bereit für die Abschlussprüfung, obwohl ich über dem Stoff gebrütet hatte, bis er mir zu den Ohren herauskam. Ich war mir viel zu bewusst, was passieren würde, wenn ich scheiterte und Jayces Worst-Case-Szenario war nicht einmal annähernd das Schlimmste, was passieren konnte. Wenn wir alle durchfielen, wäre das zwar scheiße, aber wir würden zusammen einen Ausweg finden.

Aber was wäre, wenn ich die Einzige wäre?

Ich saß mit meinen Jungs beim Frühstück und achtete darauf, jeden von ihnen zu berühren, sogar Kai, obwohl ich bei ihm etwas zurückhaltender war. Wenn ich heute versagte, war nicht abzusehen, wie lange es dauern würde, bis ich wieder in ihrer Nähe wäre.

Ich würde sterben. Ich würde buchstäblich sterben. Ich hatte Nachforschungen angestellt, seit ich erfahren hatte, was ich war und dabei hatte ich herausgefunden, dass das Lebensgefühl aus meinem Körper weichen würde, wenn ich zu lange keinen meiner Männer berührte. Das bildete ich mir nicht ein, es war eine Tatsache. Energie von anderen Männern zu tanken, die nicht an mich gebunden waren, würde mich nur eine Weile über Wasser halten. Ich brauchte meine Männer bei mir oder zumindest in meiner Nähe. Immer.

Die Stimmung in der Cafeteria war während des gesamten Frühstücks düster. Das einzige Thema an den Tischen waren leise Abfragen des Prüfungsstoffs. Alle waren nervös.

„Bloß keinen Stress." Ich seufzte.

„Nein, bloß nicht", sagte Hannah sarkastisch. „Oh nein!"

„Was?"

Sie sah mich in wilder Panik an. „Wann begannen die klassischen Kriege der Gefallenen? Wann war das dunkle Zeitalter? Ich glaube, es ist 207 nach Christus, aber das stimmt nicht, oder? Scheiße!" Sie zog ihre Notizen heraus und blätterte sie hektisch durch.

Mein Verstand setzte aus. Ich hatte keine Ahnung, was die Antwort war.

„Uff", stöhnte ich und vergrub mein Gesicht in meinen Händen. „Ich bin so was von geliefert."

Die Cafeteria begann sich zu leeren. Die Studenten bewegten sich leise, mit schlurfenden Schritten, wie Dutzende Todestrakt-Insassen, die auf den elektrischen Stuhl zusteuerten. *Gott, das ist schlimmer als die Aufregung von eben.* Das hier war wie eine Bleidecke, die alle auf einmal erdrückte. Sie war erstickend.

„Okay, Leute..." Ich sah meinen vier Männern und

Hannah in die Augen. „Es ist so weit. Wir sehen uns später."

Jayce zwinkerte mir zu, bevor ich einen Abschiedskuss von allen einsammelte. Kai machte sich nicht die Mühe, Widerstand zu leisten. Er war sich genauso bewusst wie ich, dass dies das letzte Mal sein könnte, dass wir uns sahen.

Als sich seine Lippen endlich von meinen lösten und sein verführerischer Geschmack von würzigem Ingwer schwand, atmete ich tief und beruhigend ein und ging davon. Wir durften sowieso nicht nebeneinandersitzen und ich brauchte einen Moment, um einen freien Kopf zu bekommen. Ich trottete hinter einer Gruppe schweigender Studenten her und beobachtete, wie sich alle um mich herum wie gehirngewaschene Zombies benahmen.

Ich sah Owen vor mir und beschleunigte mein Tempo. Ich dachte, ich könnte ihm viel Glück wünschen, bevor das Schlimmste passierte. Aber bevor ich ihn erreichen konnte, trennte er sich von der Menge und huschte schnell in ein enges Treppenhaus. Die Stufen führten in den Keller, aber ich hatte sie nur einmal benutzt, denn sie endeten an einem seltsamen Ort, von wo aus man sich einen komplizierten Weg durch ein Labyrinth von Gängen arbeiten musste, um in die große Trainingshalle zu gelangen.

Hm. Das ist seltsam. Was will er da unten?

Ich wusste genau, dass die Prüfungen im Kampftraining erst Ende der Woche stattfinden würden. Da Beedle seinem Glück nicht länger traute, hatte er darauf bestanden, dass alle anderen Prüfungen bereits vorbei wären, nur für den Fall, dass eine weitere Katastrophe eintrat.

Beedle war vielleicht paranoid, aber andererseits, was zum Teufel hatte Owen vor?

Ich durfte meine Prüfung nicht verpassen. Das wäre mein Untergang. Vielleicht wollte Owen nur die Toiletten dort unten benutzen. Vielleicht hat er seine Notizen in einem Spind vergessen. Ich versuchte, ihn mir aus dem Kopf zu schlagen, aber es gelang mir nicht. Zum einen hatte ich genug von Geheimnissen und Sabotage, zum anderen könnte ich mich vielleicht wieder an alles erinnern, was ich in den letzten Wochen gebüffelt hatte, wenn ich nur ein paar zusätzliche Minuten vor meiner Prüfung hätte. Man konnte ja nie wissen.

Also blieb ich oben im Treppenhaus stehen und wartete, bis ich seine Schritte auf den Steinen weiter unten hörte. Dann schlich ich ihm so leise wie möglich nach, aber ich war nicht sicher, wie leise ich tatsächlich war. Mein Blut rauschte so laut in meinen Ohren, dass ich überhaupt nichts mehr hören konnte. Als ich unten ankam, beruhigte ich meine Atmung und wollte nach rechts in Richtung der Turnhallen abbiegen, aber Owen hatte den linken Gang gewählt und verschwand gerade um die Ecke.

Jetzt war ich mehr als misstrauisch. Es gab buchstäblich nichts hier unten, es sei denn, man wollte sich in den Korridoren verirren. Ich rannte mit leisen Sohlen hinter ihm her und glitt über die Steine, sodass meine Schritte kaum ein Flüstern waren. Ich bog um die Ecke, gerade als er um eine weitere ging. Ich zwang mich, ein bisschen schneller zu laufen, denn es bräuchte nur einen kurzen Korridor, um sowohl Owen zu verlieren als auch den Rückweg nicht mehr zu finden.

Ich bog um eine weitere Ecke und machte drei Schritte,

bis ich merkte, dass Owen nicht mehr vor mir war. Doch bevor ich mich umdrehen konnte, traf mich etwas Hartes und Schweres am Hinterkopf.

Sterne funkelten vor meinen Augen und dann sah ich gar nichts mehr.

Das Letzte, was ich fühlte, war der Steinboden, der mir ins Gesicht schlug.

„Verdammt, Piper."

Ein klagendes Wimmern drang durch mein umnebeltes Bewusstsein. Ich wippte leicht, gerade genug, dass mir übel wurde. Mein Kopf und meine Füße baumelten schlaff herab, aber um meine Taille lag ein steinerner Schraubstock. Ich hing auf einem Stein. Auf lebendem Stein. *Owen.*

„Ich wollte das nicht tun", sagte er erbärmlich und seine Stimme kratzte. „Ich mochte dich wirklich. Nicht nur, weil du mit diesen dummen Pheromonen jeden dazu zwingst, dich zu mögen. Ich mochte dich tatsächlich. Du hättest das hier mit mir machen können. Du hättest auf der richtigen Seite dieses Krieges stehen können."

Er seufzte und verlagerte mein Gewicht, die Steine seiner Schulter rieben gegen meine Rippen. Ich wollte aufschreien, mich wehren – aber ich war immer noch verdammt benommen und er konnte mich zwischen seinen massiven Steinhänden zerquetschen. Außerdem war ich neugierig. Wovon zum Teufel redete er? Was hätte ich mit ihm machen können?

„Doch dann tauchten diese Loser auf und ich hatte

keine Chance. Natürlich freundet sich ein Mädchen wie du mit diesen Alpha-Idioten an. Du hättest dich mit jedem verbinden können, Piper. Mit buchstäblich jedem. Ich stand direkt vor dir! Aber du hast mich nicht einmal gesehen, oder? Weil du von Arschlöchern umgeben warst. Nichts mag eine Schlampe lieber als einen Haufen dickköpfiger Arschlöcher."

Wow, dieser Typ war verbittert. Ich war nicht einmal sauer. Ich war eher irgendwie beeindruckt von seinem Wahn.

Dann kicherte er und es war eines der gruseligsten Geräusche, die ich je gehört hatte. Völlig kalt und total krank. „Weißt du, sie haben mir gesagt, dass Dämonenmädchen anders sind. Dass man kein Supermodel sein muss, um von einem Sukkubus flachgelegt zu werden. Verdammte Lügner."

Großartig. Er ist einer von der Sorte. Ich verdrehte die Augen und hoffte, dass sein Monolog bald zu Ende wäre, weil mir in dieser Position die Unterwäsche unangenehm in die Haut einschnitt.

„Aber jetzt ist es so weit, Piper. Jetzt kannst du sehen, was du verpasst hast. Vorausgesetzt, du wachst jemals auf", schnaubte er leise. „Du faules Stück."

Das war zu viel. Meine Vorsicht war dahin. „Oh mein Gott, ist das dein Ernst? Du hast mich verdammt noch mal k.o. geschlagen, du Blödmann!"

„Halt die Klappe, wir sind da", knurrte er. Er warf mich zu Boden und nagelte mich mit einer steinschweren Hand fest. Mit dem anderen wickelte er einen dicken Draht um meine Hände und Füße und band ihn dann hinter meinem Rücken fest, so dass ich unbequem nach hinten gewölbt war. Wir befanden uns in einem kleinen Steinzimmer und ich spürte die riesige Burg über uns, noch bedrückender als im Keller. Wir waren tiefer unter der Erde, das wettete ich.

„Wo sind wir?"

Er blinzelte mich an. „Ich sollte es dir wahrscheinlich nicht sagen."

Ich konzentrierte mich, überwand meine Angst und Wut und die gewaltigen Kopfschmerzen, die im Takt mit meinem Herzschlag pochten. *Überzeugungskraft. Gib ihm die volle Ladung, Piper.*

„Komm schon, Owen, du weißt, dass du mir alles erzählen willst. Komm, sag mir, was für ein Genie du bist. Ich werde bestimmt beeindruckt sein." Die Worte schmeckten bitter wie Galle, aber ich brachte sie heraus.

Es funktionierte. Er plusterte sich auf und fing an, sich zu rühmen. „Wir sind im Inneren der Burg. In einem Geschoss unter dem Unterkeller. Du wusstest nicht einmal, dass sie einen Unterkeller haben, nicht wahr? Nun, sie tun es. Sie haben diese blöde Uni so weit in die Berge hineingesprengt, dass wir alle ein eigenes Zimmer haben könnten."

Wasser tropfte irgendwo in der Ferne und ich biss mir auf die Lippe, um nicht mit ihm zu diskutieren. Ich konnte mir nicht vorstellen, dass es besonders angenehm wäre, hier unten zu schlafen.

„Warum sind wir hier?"

„Um zu beenden, was ich begonnen habe", sagte er stolz. „Die Magie dieser Universität ist in der Erde verankert. Ha! Man könnte meinen, bei all dem Schnee hier hätten sie sich die Eiskraft zu Nutze gemacht. Davon hätten sie unerschöpflichen Nachschub gehabt. Aber sie sind alle

Idioten. Es war so schwer, Piper. Hast du eine Ahnung, wie es ist, ein Genie zu sein, und monatelang von Idioten umgeben zu sein? Nein, ich denke, du kannst das nicht nachvollziehen."

Er hatte seine steinerne Rüstung schmelzen lassen und bewegte sich wie ein zuckendes Frettchen durch den Raum und durchwühlte kleine Gegenstände auf geschnitzten Regalen. Ich wollte nicht warten, um herauszufinden, welchen neuen Horror er in der Uni entfesseln würde.

Also rief ich eine weitere Überredungswelle herbei und wünschte, ich hätte heute Morgen eine gottverdammte Orgie mit meinen Männern abgehalten, denn ich hätte die zusätzliche Energie gut gebrauchen können.

Außerdem würde ich sie wahrscheinlich nie wiedersehen.

Dieser Gedanke verursachte einen so starken Schmerz in meinem Herzen, dass ich fast aufschrie. Aber ich verdrängte ihn, um mich wieder so gut wie möglich auf meinen Entführer zu konzentrieren.

„Owen, du bist so toll. Aber du brauchst etwas Hilfe. Lass mich frei, damit ich dir helfen kann. Zusammen finden wir die Dinge, nach denen du suchst und dann können du und ich endlich zusammen sein. Du musst mich nur zuerst freilassen."

Owen hielt inne und ging dann ein paar Schritte auf mich zu. Ich konnte seine Augen im schwachen Licht nicht sehen, aber er bewegte sich, als stünde er in meinem Bann.

„Gut, komm näher", murmelte ich. „Binde mich einfach los und all deine Träume werden wahr. Ich gebe dir einen Kuss dafür, dass du Gavriel so ein guter Soldat bist."

Er berührte jetzt die Drähte und ich konnte seine

Augen sehen. Er war in meinem Bann, aber er band mich nicht los, sondern kniete nur mit der Hand auf den Drähten vor mir und starrte ins Leere.

„Komm schon, Owen." Es wurde immer schwieriger, die Panik aus meiner Stimme zu verdrängen und die reibungslose Anziehungskraft der Überzeugung aufrechtzuerhalten. „Diese Drähte tun mir weh. Du willst mich doch nicht verletzen, oder? Du brauchst meine Hilfe."

Das war ein Fehler. Sein benommener Blick verwandelte sich in einen angewiderten Blick und er wich vor mir zurück.

„Du Miststück! Hüte deine dreckige Zunge. Niemand braucht deine Hilfe, hörst du? Ich brauche nichts von dir. Du hast deine Wahl getroffen, als du dich an diese Freaks gebunden hast. Du hattest deine Chance und hast sie verspielt. Lass mich bloß in Ruhe!" Schließlich tat er, was er von vornherein getan hätte, wenn er kein Idiot gewesen wäre. Er riss Stofffetzen von seiner Tunika und stopfte sie sich in die Ohren. Er drehte mir den Rücken zu und suchte weiter.

Verdammt. Seine Achtlosigkeit hatte mir eine Chance gegeben, aber jetzt, da er erkannt hatte, was ich vorhatte, hatte er mir meine beste Waffe genommen.

„Owen", sagte ich und beugte mich so weit ich konnte zu ihm.

Nichts.

Meine Überzeugungskraft konnte ihn durch seine verstopften Ohren nicht erreichen, und ich wurde sauer. Ich versuchte zu schreien, aber das funktionierte nicht. Die Überredung war ein subtiler Zauber, der vom Schreien kaputtgemacht wurde. Ich versuchte, mich psychisch zu projizieren, aber ich hatte in diesem Fach nicht wirklich gut abgeschnitten. *Fach! Scheiße!* Ich verpasste gerade die Abschlussprüfung. Nicht, dass es wichtig wäre, wurde mir dann klar. Owen würde mich sowieso umbringen.

Denk nach, Piper. Überreden funktioniert nicht, was bleibt übrig?

Ein Gestaltwandel. Mist, kann das überhaupt funktionieren?

Ich schloss meine Augen und konzentrierte mich darauf, kleiner zu werden. Kleiner als die Drahtschlaufe. Aber der Draht, der magisch war, schrumpfte einfach mit mir. *Na schön. Dann werde ich eben größer.* Ich versuchte, den Zauber umzukehren, nahm meine normale Größe und Form wieder an, aber die Drähte schnitten in mein Fleisch und schienen meine Knochen zu durchsägen. Ich biss mir auf die Zähne, um nicht zu schreien und zuckte wieder zusammen. *Fabelhaft.* Jetzt war ich nicht nur gefangen, sondern steckte auch noch im Körper von der Größe eines Kleinkindes fest.

Ich lag auf dem kalten Boden und versuchte nachzudenken. Ich hatte Optionen, ich wusste es. Ich hatte Leute, die mir helfen würden, aber sie mussten mich schreien hören.

„Oh mein Gott, ich bin so dumm", murmelte ich vor mich hin. „Sie müssen mich nicht schreien hören!"

Ich hielt meinen Mund und projizierte meinen Schrecken und meine Frustration so laut ich konnte, und schickte sie entlang der unsichtbaren Verbindung an meine vier Männer. Ich fühlte mich wie ein Leuchtturm im Sturm, als ich meine Jungs verzweifelt anfunkte. Jayce konnte praktisch meine Gedanken lesen. Xero spürte mich immer, sobald ich einen Raum betrat. Bei den anderen beiden hatte ich meine Zweifel, aber ich rief sie auch an. Ich brauchte sie alle, um mich hier rauszuholen.

Für einen qualvoll langen Moment fühlte es sich so an, als würde ich im Geiste ins Leere schreien. Aber dann ...

Da.

Da!

Ich konnte sie fühlen. Ihre Energie. Sie war sehr schwach, wurde aber zunehmend stärker. Jayce war besorgt. Xero geriet in Panik. Kingston war verärgert und erschrocken und Kai war wütend.

Gut. Sei wütend, Vampir. Verpass Owen einen Tritt in den Arsch.

Sie kamen immer näher und ich konnte sie den ganzen Weg über spüren. Ich verlor den Überblick darüber, was Owen tat, aber es schien keine Rolle zu spielen. Ah, ich spürte die Überraschung meiner vier. Sie hatten das Untergeschoss unter dem Keller entdeckt.

Ich spürte ihre Neugier und ihre Unruhe. Jayces Herz schlug wild. Ich hatte bisher nicht gewusst, dass er klaustrophobisch war, aber es ergab Sinn. Kai hingegen war hier unten im Dunkeln ganz in seinem Element. Ich warnte sie in Gedanken, dass sie sich verwandeln und als Dämonen gerüstet hier einstürmen sollten.

Sie zögerten und ich ballte frustriert die Hände zu Fäusten. Die Verbindung zwischen uns war wahnsinnig stark und könnte mein Leben retten, aber es war nicht so einfach, wie die Kommunikation mit Worten. Ich drängte sie entschlossener.

Als sie schließlich taten, was ich ihnen sagte, war es wie ein Lichtstrahl in meinem Gehirn. Sie waren nun

Dämonen und unsere Verbindung war klarer. Mit so viel Kraft wollte ich fast noch einmal versuchen, meine Fesseln zu zerreißen, aber ich unterdrückte den Impuls. Ich konnte mir keine weiteren Verletzungen leisten, nicht wenn das passieren würde, was ich dachte.

Ich konnte ihre Schritte bereits im Gang vor dem Zimmer hören. Das Klicken der Klauen des Höllenhundes, das Gleiten des Drachens auf dem Stein, die schweren Schritte eines Dämons. Kai gab keinen Laut von sich. Ich öffnete meine Augen, um nach Owen zu sehen. Er stand vor der Wand mit den Regalen, den Rücken zur Tür gewandt. Er stockte einen Moment, sah zu mir und grinste mich an. Ich erwiderte seinen Blick starr, während ich immer noch meine Männer herbeirief und sie zu uns führte.

Als sie die Tür einschlugen, erwischten sie ihn völlig unvorbereitet.

KAPITEL FÜNFUNDZWANZIG

Owen war immer noch in seiner schlaksigen, spindeldürren menschlichen Gestalt, als Xero sich von hinten auf ihn warf. Owens Kopf prallte gegen die Wand vor ihm, was jeden Menschen bewusstlos gemacht hätte, aber Owen wirbelte einfach herum und verwandelte sich im Sprung. Er war ein wenig aus dem Gleichgewicht geraten, weil sein Schädel gegen die Wand geschlagen war, aber das reichte, damit Kingston ihn von der Seite anspringen und ihn nur Zentimeter von meinem Kopf entfernt zu Boden werfen konnte.

Kai bewegte sich wie ein Schatten und sprang über Owen hinweg, um mich zu packen. Er rollte mit mir zur Seite und zerrte an meinen Fesseln, während die anderen kämpften. Xero schlug mit fliegenden Fäusten auf Owens steinige Brust ein, aber es reichte nicht aus, um ihn unten zu halten. Der Raum erbebte, als Owen aufsprang. Sein Kopf reichte bis knapp unter die niedrige Decke und als er begann, um sich zu schlagen, war kaum Platz zum Ausweichen. Er würde sie alle töten!

Der Draht fiel von meinen Gelenken und sofort packte ich Kai und zog ihn dicht an mich. „Seine Ohren“, flüsterte ich. „Nimm den Stoff aus seinen Ohren!“

Kai nickte und fegte blitzschnell davon, um Owens Rücken hinaufzuklettern. Owen brüllte und wölbte sich nach hinten, bis er Kai gegen die Wand schleuderte. Der Vampir brach benommen zusammen.

„Sein Kopf!“, schrie ich Kingston an. „Setz ihn in Brand!“

Kingston schüttelte den Kopf. Er hing an der Decke und seine Krallen waren in den rauen Wänden eingehakt. Drachengestaltwandler konnten ihre Größe in Drachenform zwar anpassen, und er war im Moment ungefähr so groß wie ein Pferd, aber trotzdem war der Raum nicht groß genug für seine Flamme. Er würde uns alle brutzeln, verdammt.

„Xero! Jayce! Zieht Owen in den Gang hinaus!“

Die beiden Männer traten den Rückzug an, so als ob Owen sie in die Flucht schlüge. Der Steindämon lachte – zumindest dachte ich, dass es ein Lachen war, denn es klang wie Schotter in einem Rasenmäher – und stürmte hinter ihnen durch die Wand. Kingston folgte ihm blitzschnell. Ich lief zu Kai. Er atmete flach und er hatte eine bösartige Wunde am Kopf. Panisch presste ich meine Lippen fest auf seine, aber es half nichts.

„Sag schon, Kai, wie kann ich dir helfen?“

Ich musste auch den anderen helfen. Feuerblitze und bösartiges Knurren tosten in meinen Ohren, aber ich konnte ihn nicht einfach hier zurücklassen. Ich hielt seinen Kopf in meinem Schoß, streichelte sein Gesicht und fluchte, als meine Finger blutig wurden.

Als ich meine Hand wegzog, landete ein Blutstropfen aus einer tiefen Wunde an meinem Handgelenk auf seinem Mundwinkel. Ich versuchte ihn wegzuwischen, aber er drehte plötzlich den Kopf und presste seine Lippen auf mein Handgelenk.

„Scheiße. Ich bin so blöd."

Mein Herz schlug heftig gegen meine Rippen, aber ich stützte seinen Hinterkopf mit meiner anderen Hand und hielt mein Handgelenk an seinen Mund, damit er mein Blut trinken konnte. Die Wunde brannte zwar höllisch, aber dass Kai von mir trank ... tat gar nicht weh.

Es fühlte sich gleichzeitig seltsam und ermächtigend an und machte mich dankbar. Es war, als würde ich etwas geben, aber auch etwas nehmen.

Fühlten sich die Männer so, wenn meine Sukkubuskräfte ihre Energie tankten?

Ich konnte nicht von seinen Lippen an meinem Handgelenk wegsehen, wie sich seine Kehle beim Trinken bewegte, wie er sich mit besitzergreifendem Hunger an mich klammerte. Ich ließ ihn trinken, bis seine Augenlider flatterten und bemerkte kaum, wie die Kraft aus meinem eigenen Körper schwand, als er sich satttrank.

Sein Blick wurde scharf und er riss sich entsetzt von mir los. Schwindel überkam mich, als ich mich auf die Knie erhob.

Okay, jetzt merke ich es. Der Schlag auf den Kopf, die Schnitte an meinen Handgelenken, der Blutverlust – das alles fing an, mich einzuholen.

„Küss mich", flüsterte ich. In meiner Stimme lag keine Überzeugungskraft. Es war keine Forderung. Es war eine Bitte.

Er tat es, nur kurz. Gerade genug, um mich auf die Beine zu bringen, wie der Geruch von Kaffee am Morgen. Ich konnte mein eigenes Blut auf seiner Zunge schmecken und es sandte einen seltsamen Schub ängstlichen Vergnügens in mein Innerstes. Aber wir lösten uns beide schnell voneinander, sprangen sofort auf und waren bereit, uns wieder in den Kampf zu stürzen.

Ich war auf halbem Weg zur Tür, als mich seine Stimme stoppte.

„Piper." Er hauchte meinen Namen heiser.

„Wir reden später darüber", sagte ich und schüttelte alles ab, was gerade zwischen uns passiert war, was auch immer sich zwischen uns verändert hatte. „Owen will die Leute da draußen töten."

Kais Augen weiteten sich und er bewegte sich so schnell, dass er mich fast überholte. Kingston war in Position gegangen, um Feuer zu speien. *Perfekt.* Jetzt mussten die anderen beiden nur noch aus dem Weg gehen.

„In Deckung!", brüllte ich und sprintete vorwärts.

Sie pressten sich an die Wände und Kingston entfesselte sein Feuer. Owens Kopf verschwand in einer Flammenfontäne und sein Heulen erschütterte die Wände. Xero sprang herbei und folgte dem feurigen Atem mit Flammenfäusten, die Owens steinige Haut aufbrachen. Jayces Dämonenzähne durchbohrten Owens Fleisch und sein Höllenhund riss hin und her und versuchte, Owen in Stücke zu zerfetzen. Owen schlug blind um sich und hätte Jayce fast unter einer seiner gewaltigen Fäuste zerquetscht.

Zwei Glutstücke fielen aus Owens Ohren.

Überzeugungskraft, Piper. Komm schon. Du bist dran.

„Owen! Hör auf!"

Es wirkte kaum. Er war zu wütend und zu panisch, um sich überreden zu lassen. Ich musste zugeben, dass ich die Worte außerdem praktisch schrie, denn es fiel mir schwer, mein eigenes Adrenalin zu unterdrücken. Aber ich ließ Owens Entschlossenheit gerade so weit bröckeln, dass seine Faust direkt vor Kai auf dem Boden landete, anstatt Kai durch den Boden zu rammen. Kingston befeuerte ihn erneut, dann flog Xero kopfüber gegen die Brust des Steindämons und warf ihn zu Boden.

Owens beschädigter Kopf brach beim Aufprall auf den Stein. Xero landete einen weiteren Schlag in sein Gesicht, wodurch der Kopf des bereits am Boden liegenden Dämons zuckte. Unter ihm begann sich eine dicke schwarze Pfütze zu bilden, aber er zuckte immer noch. Kingston stieß Xero mit seinem Schwanz weg und setzte den Körper des steinernen Dämons in Flammen. Sie tosten wie ein Inferno, erst rotglühend, dann blau, dann weiß, und sie waren heiß genug, um Owens Haut zusammen mit den Steinen um uns herum rot und kurz darauf leuchtend gelb-weiß glühen zu lassen. Rauch erfüllte die Kammer, entkam aber durch eine Öffnung irgendwo hinter uns.

Kingston hörte schließlich auf und hustete. Owens Körper brannte weiter. Er schmolz. Seine massige Gestalt nahm die Breite des Flurs ein und schnitt Kingston von uns anderen ab. Mir wurde übel und meine Sicht wurde schwarz. Kurz bevor ich fiel, wurde mir klar, dass ich immer noch stark aus meinen Handgelenken und Knöcheln blutete, dass ich wahrscheinlich eine Gehirnerschütterung hatte und dass ich Kai wohl viel mehr Blut gegeben hatte, als ratsam war. Zu viel, als dass mich ein schneller Kuss hätte heilen können.

Ich fiel und machte mich darauf gefasst, den Steinboden unter meinem verwundeten Kopf zu spüren – aber stattdessen spürte ich, wie sich Kais Arme um mich legten. Er küsste mich leidenschaftlich und gab mir mehr, als er es vorher getan hatte. Ich öffnete gerade rechtzeitig meine Augen, um zu sehen, wie Jayce sich wieder in seine menschliche Gestalt verwandelte. Auch er küsste mich. Xero machte sich nicht einmal die Mühe, sich zu verwandeln. Seine Augen glitzerten schwarz in seiner fleckigen blauschwarzen Haut und seine rötlichen Hörner ragten hoch über seinem Kopf, aber sein Kuss war wie der eines Engels.

Kingston flog über den brennenden Haufen und verwandelte sich noch bei der Landung. Er küsste das Blut an meinen Handgelenken weg, während sich die Wunden schlossen und küsste mich dann auf den Mund. Ich versank in ihrer Berührung und der geballten Kraft ihrer Energie, die mich von allen Seiten stützte.

Ganz langsam erlangte ich voll aufgeladen das Bewusstsein.

Als ich allein stehen konnte, traten die Männer ein Stück zurück. Sie hielten mich nicht mehr fest, ließen mich aber auch nicht los. Schweigend sahen wir fünf zu der schwelenden Masse hinüber.

„Wir haben es geschafft“, sagte ich benommen.

Ich war noch nie zuvor daran beteiligt gewesen, jemandem das Leben zu nehmen. Ich war mir nicht sicher, was ich davon halten sollte. Aber wir hatten keine Wahl gehabt. Owen hätte uns umgebracht, wenn wir ihn nicht aufgehalten hätten. Außerdem war er der Spion gewesen, der von Anfang an die Uni sabotiert hatte. Wir hatten allen einen guten Dienst erwiesen, oder?

„Wir haben überlebt", sagte Kai fest und umklammerte immer noch meine Taille. „Wir haben getan, was wir tun mussten."

„Ja, und außerdem", sagte Jayce ein wenig atemlos und sein blondes Haar war fast schwarz von Ruß und Asche, „war der Typ ein Arschloch."

„Er hat versucht, dich zu töten, Piper", grollte Xero. Selbst der Feuerdämon, der sanftmütigste meiner Männer, hatte einen Funken Wut in den Augen, als er sprach.

Die anderen nickten und ich sank tiefer in ihre Umarmung und ließ die Flammen der Schuld los, die versuchten, an meinem Herzen zu lecken.

Owen hatte versucht, mich umzubringen. Er hatte versucht, die Uni zu zerstören. Er hatte versucht, meine Männer zu töten.

Und das würde ich nie zulassen.

KAPITEL SECHSUNDZWANZIG

„Was hat er überhaupt hier unten gemacht?“, fragte Kingston, als wir begannen, den Schock der Schlacht zu überwinden.

Ich schüttelte den Kopf und starrte auf den schwelenden Körper hinab. „Ich weiß es nicht. Aber er steckte hinter allem. Hinter den Kobolden und allem anderen. Er hat die Verteidigung der Uni sabotiert, glaube ich.“

„Das ist ihm nicht gelungen“, sagte Xero. „Dieser Ort wird von zu viel Magie beschützt. Er hätte unmöglich alles niederreißen können.“

„Wir haben ihn aufgehalten, bevor es so weit kommen konnte“, sagte Jayce überzeugt. „Wir sind in der Abschlussprüfung, dies war also seine letzte Gelegenheit. Er war noch nicht fertig, als wir ankamen. Er bastelte noch daran, als wir hier ankamen, stimmt´s, Xero?“

„Ja, er war noch mittendrin“, stimmte Xero zu.

„Siehst du.“ Ich atmete erleichtert aus. „Heiliges Kanonenrohr. Wir haben die Uni gerettet.“

„Verdammt ja, das haben wir!" Jayce gab mir ein High-Five. Xero grinste, was so selten war, dass er den ganzen Gang zu erhellen schien. Kingston versuchte, blasiert auszusehen, aber er war eindeutig stolz auf sich.

„Ohne dich hätte ich das nicht geschafft, Drachenmann", sagte ich ihm ernst. Dann runzelte ich die Stirn. „Hm ... erinnert sich irgendjemand, wie man hier rauskommt?"

„Hier entlang", sagte Kai leise. Er sah besorgt aus, war aber deutlich wortkarger als die anderen. Der Beitrag, den er zu unserem Erfolg geleistet hatte, würde ihm später klarwerden und dann würde er mit uns feiern. Da war ich mir sicher.

Dann war ich es plötzlich nicht mehr.

Als wir die Treppe zum Untergeschoss hinaufstiegen, überkam mich ein Gefühl unbeschreiblicher Angst. Auch die anderen spürten es. Xeros Mund presste sich zu einer schmalen Linie zusammen. Jayce ging schneller und drängte uns alle vorwärts.

„Tut mir leid, Leute. Klaustrophobie ist was Ätzendes. Wenn ich nicht in den nächsten zehn Minuten die Sonne sehe, drehe ich durch."

„Das verstehe ich, Kumpel. Hier entlang." Kai klopfte Jayce auf die Schulter, beschleunigte das Tempo und führte uns durch das Labyrinth der engen, niedrigen Gänge. Jayce geriet in Panik.

„Es ist alles gut, Mann", sagte Xero ihm beruhigend. „Du wirst es schaffen."

„Ja." Ich versuchte, gelassen zu klingen. „Es ist nicht so, als wären wir unter der Erde gefangen oder so."

Aber dieses Kribbeln der Angst wollte meinen Rücken

nicht verlassen. Etwas stimmte nicht, und nicht nur Jayce spürte es. Kingstons Augen glühten rot, als wäre er bereit, jeden Moment wieder in seine Drachenform zurückzukehren. Die Spannung stieg, als wir die Treppe in den Hauptkeller hinaufstiegen. Dann begannen wir alle, wortlos loszurennen.

Als wir die Trainingshalle erreichten, hörten wir Schreie. Oben ging etwas Schreckliches vor sich. Die ganze Universität war wieder in Chaos ausgebrochen.

Aber warum? Owen war weg. Und er war es gewesen, der das ganze Jahr über all die Störungen und Probleme verursacht hatte.

„Wir sind uns sicher, dass er tot ist, oder?" Jayces Stimme war angespannt.

„Ja. Er hätte nicht überleben können", sagte Kingston fest.

Wir hörten auf zu reden und rannten schneller. Unsere ganze Energie war darauf konzentriert, so schnell wie möglich die letzte Treppe hinaufzusteigen. Als wir in die Haupthalle stürmten, traf mich die volle Wucht des Durcheinanders mitten ins Gesicht. Die Leute schluchzten hysterisch und klammerten sich aneinander. Andere standen in entsetztem Schweigen da und starrten nur.

„Scheiße. Hannah! Wir müssen Hannah finden!", platzte ich heraus und erlag schließlich meiner eigenen Panik.

Wie von Zauberhand tauchte sie auf, als wir um die Ecke bogen. Ihr Gesicht war tränenüberströmt, ihr Haar war zerzaust und sie zitterte wie Espenlaub.

„Hanna! Was ist passiert?"

„Irgendetwas stimmt nicht", keuchte sie. „Irgendetwas

Furchtbares ist passiert. Wir alle ... wir können doch nicht alle ... Ich habe nicht einmal meine Prüfung beendet. Wie kann ich versagt haben? Wie können wir..."

Ich packte sie und schüttelte ihre Schultern. Angst krallte sich in meine Brust. „Hanna. Wovon redest du?"

Sie blinzelte mich an, schien aber nicht in der Lage zu sein zu sprechen. Dann öffnete und schloss sie ihren Mund, befeuchtete ihre Lippen und nahm meine Hand. Ich warf den Jungs, die dicht hinter uns folgten, einen besorgten Blick zu.

Wortlos führte Hannah uns durch die Burg, vorbei an dicht aneinandergedrängten Studenten. Es stank nach Angst und Schrecken. Hannah zitterte so stark, dass sie fast stolperte und ich legte einen Arm um ihre Taille. Sie war schon immer feinfühlig gewesen, aber so hatte ich sie noch nie erlebt. Was auch immer hier vor sich ging, war ein ganz neues Niveau von Trauma.

Sie brachte uns in die Haupthalle und mein erster Gedanke war, zu fragen, wie lange wir fort gewesen waren. Alle Lichter brannten und ich sah überhaupt kein Tageslicht.

„Wie spät ist es?", fragte ich.

Meine Freundin schüttelte nur den Kopf und packte meine Hand so fest, dass es wehtat. Dann führte sie mich zu den Fenstern und zeigte nach draußen, wo ich zumindest Mondlicht erwartete.

Aber es gab keins.

Ein rotes Glühen dämmerte über einer fremdartigen Landschaft, zerklüftet und schwarz. Ich rieb mir die Augen und sah noch einmal hin.

Eine Höhle? Eine endlose Höhle. Stalaktiten berührten

Stalagmiten, sodass es sich anfühlte, als würde ich durch die Zähne eines riesigen Monsters blicken. Lava sprudelte aus einem Erdriss und bildete einen glühendroten Strom, der sich über den schwarzen Boden schlängelte.

Xero holte neben mir scharf Luft. Ich sah zu ihm auf und war entsetzt, als ich sah, wie silberne Tränen über seine Wangen liefen.

„Ich glaube nicht, dass wir noch in Mönkh Saridag sind“, hauchte ich mit stockender Stimme.

„Ach, wirklich?“, fragte Kingston scharf.

Kai holte zitternd Luft. „Xero. Ist das hier ... sind wir...?“

„In der Unterwelt.“ Die Stimme des Feuerdämons war hart. „Alle. Wir alle. Die ganze Uni.“

Hannah jammerte. Ich hielt sie fest an mich gedrückt, während sie schluchzte.

„Wir haben alle versagt“, schluchzte sie. „Wir müssen die Prüfungen nicht bestanden haben. Wir sind alle verbannt!“

Ich schüttelte den Kopf und eine grimmige Erkenntnis füllte mein Herz mit Blei. Was auch immer Owen in diesem Raum tief unter der Burg versucht hatte – wir hatten es nicht rechtzeitig gestoppt. Ich hatte gedacht, er wollte die Uni angreifen – dabei hatte er die ganze Zeit versucht, sie zu verschieben!

„Nein. Ihr habt nicht versagt“, versicherte ich ihr. „Ich habe versagt.“

Wir sechs standen in düsterem Schweigen da und blickten auf die dunkle, glühende Landschaft hinaus. Ein einziger bitterer Gedanke ging mir durch den Kopf.

Willkommen zu Hause, Xero.

Die Serie geht weiter mit *Akademie der Gefallenen: Buch Zwei.*

AUCH VON CALLIE ROSE

Geliebt von den Alphas

Von Wölfen beschützt

Zerrüttete Bindung

Dunkler Wolf

Alpha-Königin

Akademie der Gefallenen

Akademie der Gefallenen: Buch Eins

Akademie der Gefallenen: Buch Zwei

Akademie der Gefallenen: Buch Drei

Printed in Poland
by Amazon Fulfillment
Poland Sp. z o.o., Wrocław

13296630R00186